MARIE KUHLMANN

Journaliste pour la presse féminine, ancienne directrice de collection, Marie Kuhlmann est très attachée à ses racines alsaciennes. C'est en Alsace donc qu'elle a situé l'action de ses ouvrages. Elle a publié une saga historique en trois tomes, *Ceux de la grande vallée*, puis est entrée en 2009 dans la collection « Terres de France » des Presses de la Cité avec son roman *Le puits Amélie*.

LE PUITS AMÉLIE

MARIE KUHLMANN

LE PUITS AMÉLIE

PRESSES DE LA CITÉ

Amélie Zurcher et Joseph Vogt, pionniers de l'« or rouge », la potasse, dont l'exploitation a marqué tout le XXe siècle, ont durablement modifié la physionomie et l'économie alsaciennes. Peut-être ont-ils côtoyé des personnes ressemblant à Blanche, Antoine, Lucien, Anneliese et les autres, héros de ce roman.

Le papier de cet ouvrage est composé de fibres naturelles, renouvelables, recyclables et fabriquées à partir de bois provenant de forêts plantées et cultivées durablement pour la fabrication du papier.

ISBN 978-2-266-19192-0

Merci aux anciens mineurs de l'association Kalivie de Wittelsheim, qui m'ont apporté leur aide.

Des ouvrages essentiels ont permis la rédaction de ce roman : Weissenberger Roger, *Chronique des Mines de Potasse d'Alsace et de la Société Kali-Sainte-Thérèse*, Tome 1 et Tome 2, Mémoire d'Entreprises, 2003, Éditions Carré Blanc de Strasbourg.

A la mémoire de
mon grand-père maternel, porion des mines de potasse d'Alsace,
et de mon père, mobilisé dans l'armée allemande, dont les carnets,
de 1914 à 1920, m'ont permis de mieux comprendre cette époque.

1

Emergeant au grand air après une rude journée au fond de la mine, Kurt Friedrich ne vit qu'elle, une silhouette féminine vêtue de noir, immobile, à mi-chemin entre l'imposant bâtiment réservé aux bureaux et l'endroit où il s'arrêta, intrigué. Dans la pénombre de cette froide journée d'hiver 1910, il devina davantage qu'il ne le distingua un visage d'une cinquantaine d'années levé vers le chevalement de la mine de potasse, la première à être mise en exploitation, quelques jours plus tard, à Wittelsheim, dans la région de Mulhouse. Le puits Amélie.

Quelques ouvriers qui préparaient sous sa direction le départ des galeries d'abattage, des Allemands comme lui, ayant l'expérience de la mine en général et de l'extraction de la potasse en particulier, lui lancèrent en passant :

— Bonsoir, monsieur Friedrich. A lundi.

— Bon dimanche ! répondit-il distraitement, les yeux toujours rivés à la silhouette immobile.

Elle ne ressemblait pas à une villageoise venue accompagner un mari ou un fils, futur mineur ; encore moins à une ouvrière cherchant de l'embauche en surface, au « jour », dans l'usine de traitement de la potasse. Il ne l'imaginait pas davantage en épouse de notable local ou en curieuse attirée par la nouveauté des installations. En fait, avec sa silhouette robuste, sa tenue simple mais de qualité, son chapeau coiffant un chignon de cheveux frisés, elle ne ressemblait à rien. A rien qui lui soit familier.

Lorsque la neige se mit à tomber en fins flocons, sans que la femme semble y prêter attention, il se décida. En quelques grandes enjambées, il la rejoignit et s'enquit :

— Puis-je vous renseigner ?

Elle tourna vers lui son visage sérieux et le scruta d'un regard intense. Alors il se sentit obligé d'ajouter :

— Je suis le chef du « fond », Kurt Friedrich. Si je peux vous aider, madame…

La phrase, laissée en suspens, incitait la dame à se présenter ; de près, elle lui parut plus singulière encore. Elle l'inspecta rapidement, et la conclusion de l'examen dut se révéler satisfaisante puisqu'elle ébaucha un sourire avant d'annoncer :

— Amélie Zurcher.

La surprise qu'elle lut sur le visage de l'homme l'amusa.

— De la société minière Gewerkschaft Amélie ? hasarda-t-il. Le premier puits a été baptisé Amélie en votre honneur, n'est-ce pas ?

La première mine avait en effet reçu le prénom d'Amélie Zurcher, membre éminent du conseil d'administration. Elle hocha la tête, savourant le plaisir un peu dérisoire d'être reconnue. Il atténuait la mélancolie qui, en cette fin de journée glaciale, l'avait amenée sur le carreau de la mine.

— Je suis honoré de faire votre connaissance, madame Zurcher. Tout le monde sait que, sans vous, il n'y aurait pas de mines de potasse en Alsace.

Elle eut un geste évasif de la main, balayant la flatterie, et Kurt comprit qu'il faisait fausse route. Ce n'est pas ainsi qu'il devait s'adresser à la pionnière. C'était une personne décidée, une maîtresse femme, elle l'avait prouvé. On disait qu'elle était remontée jusqu'au Kaiser en personne pour plaider la cause du projet de sa vie. C'était aussi une femme directe et simple. La vraie simplicité, qui ignore l'hypocrisie et se moque des convenances.

— J'en suis surtout très heureux, ajouta-t-il avec chaleur.

Sans doute perçut-elle la sincérité de l'homme : un vrai sourire illumina son visage.

— Moi aussi, je suis heureuse de vous rencontrer.

Ils échangèrent une poignée de main cordiale.

— Puis-je me permettre de vous poser une question, madame Zurcher ?

— Je vous écoute, monsieur Friedrich.

Tous deux s'exprimaient en allemand, que l'Alsacienne parlait avec une légère pointe d'accent héritée du dialecte employé dans la région de Mulhouse.

— L'exploitation va commencer dans quelques jours. Vous voyez l'aboutissement de vos aspirations. Et pourtant, vous ne semblez pas…

Il eut du mal à trouver le terme qui exprimerait le mieux l'impression qui lui venait à l'esprit. Une sorte d'insatisfaction, et même de frustration. Constatant qu'elle ne terminait pas la phrase à sa place, il reprit :

— Comme si on vous avait cassé votre rêve. Seriez-vous inquiète ?

La nuit était tombée pour de bon. Après la chaleur du fond, à six cent soixante mètres de profondeur, Kurt frissonna dans le vent glacial. Comme Amélie Zurcher ne semblait pas souffrir de la température hivernale, il ne voulut pas se montrer plus douillet qu'elle. Elle dut s'en apercevoir, elle remarqua :

— La différence de température entre le fond et la surface est trop importante. Vous risquez de prendre froid, d'autant que vous n'êtes guère couvert.

En effet, il avait enfilé une simple veste sur la tenue qu'il portait en bas, dans les galeries, ce qui lui semblait suffisant pour rejoindre rapidement le bâtiment abritant les services administratifs. Le fait qu'une femme de l'importance de madame Zurcher puisse se soucier de son bien-être le toucha et acheva de le conquérir.

— Puis-je vous inviter à me suivre au bureau ?

Elle acquiesça et lui emboîta le pas. En chemin, juste avant qu'ils ne franchissent le seuil, elle ralentit. Il fit de même pour l'écouter.

— Vous m'avez posé une question que je n'éluderai pas : je sens bien qu'elle n'est pas dictée par une simple curiosité. Mon inquiétude est la même que la vôtre. Nous savons tous les deux que les mineurs exercent un métier dangereux. En tant que chef du fond, vous porterez votre part de responsabilité. Vous devrez assurer non seulement une exploitation satisfaisante, mais encore et surtout la sécurité des hommes placés sous vos ordres. J'aurai aussi ma part de responsabilité : si je ne m'étais pas battue pendant dix-sept ans pour voir aboutir ma conviction, des mineurs ne perdraient pas la vie.

Sa voix fléchit légèrement. Mais Amélie Zurcher n'était pas femme à montrer une quelconque faiblesse, et elle se reprit très vite pour conclure :

— Je veux espérer que cela n'arrivera pas… trop souvent.

Des accidents avaient déjà eu lieu lors du fonçage du puits et, inévitablement, il y en aurait encore, en dépit de toutes les précautions qui seraient prises. Effondrement du toit d'une galerie, coups de grisou…

Mais il y avait autre chose, il le comprit confusément. Soudain, il crut deviner ce qui l'attristait. Une fois que le rêve devient réalité, que reste-t-il du rêve, sinon un grand vide ?

— Savez-vous ce qu'on raconte, vous concernant ? reprit-il.

— Quelques vérités et beaucoup d'élucubrations, je suppose.

— On prétend qu'une nuit d'été, vous avez rêvé que le sous-sol de votre domaine renfermait d'immenses richesses.

L'été de la terrible canicule, en 1893. La sécheresse devenait si dramatique qu'Amélie, célibataire âgée de trente-cinq ans à l'époque, se trouvait dans l'impossibilité de nourrir le bétail de la ferme familiale du Lutzelhof, près de Cernay, qu'elle exploitait avec son frère Albert, grand invalide de la guerre de 1870. Cet été-là, elle avait compris les limites de l'agriculture et de l'élevage. Et elle avait commencé à placer ses espoirs ailleurs. Dans le sous-sol, pourquoi pas ? Le sien, de préférence. D'autres avaient bien eu cette chance. Issue d'une famille qui devait sa prospérité au textile, elle avait la conviction que l'avenir appartenait à l'industrie.

— Qu'en pensez-vous, monsieur Friedrich ?

Il eut un sourire amusé.

— J'en pense, madame Zurcher, que vous avez répondu à ma question avant que je ne la pose. Vous étiez une sorte de visionnaire. Mais entrons, je vous en prie. Nous continuerons cette conversation dans mon bureau.

Les employés, nouvellement embauchés, quittaient les locaux l'un après l'autre, satisfaits de voir arriver la fin de la semaine. Ils saluèrent Kurt Friedrich, adressant un simple signe de tête distrait à la femme qu'il guidait dans les couloirs.

Le gardien de nuit, qui passait d'une pièce à l'autre pour éteindre les lumières, s'enquit en dialecte :

— Dois-je laisser la porte ouverte, monsieur Friedrich ?

— Fermez de l'intérieur en laissant la clé sur la porte. Je viendrai vous avertir de notre départ.

Le regard du gardien s'arrêta sur la dame qui accompagnait le chef du fond et s'illumina soudain.

— Madame Zurcher, je suis si fier de vous rencontrer enfin ! s'exclama-t-il. Quand je dirai à ma femme que je vous ai vue...

Lorsqu'il se fut éloigné, non sans se retourner plusieurs fois, adressant à la célébrité locale des regards éblouis, Amélie murmura :

— Vous voyez, il ne faut pas détruire les légendes.

— Comptez sur moi pour garder le secret, la rassura-t-il.

Ils parlèrent longuement, surtout lui. Des difficultés rencontrées depuis son arrivée, quelques semaines plus tôt. Le fonçage du puits avait déjà traversé les deux couches de potasse, la première à six cent trente mètres, la seconde localisée à six cent soixante mètres, Amélie le savait, comme elle avait déjà connaissance de tout ce qui concernait la mine.

Elle l'interrogea sur son emploi précédent, aux mines de Stassfurt, en Saxe. Ici, il bénéficiait d'une importante promotion, ce qui l'avait incité à venir. Malgré la charge écrasante de sa tâche, Kurt Friedrich lui parut à même de l'assurer efficacement.

Le chef du fond devait diriger les quartiers d'abattage, veiller entre ceux-ci et le puits au transport du minerai et du personnel, s'assurer d'un aérage correct des chantiers grâce aux ventilateurs. Des artisans mineurs et de nombreux manœuvres placés sous ses ordres assureraient l'exploitation ainsi que la maintenance des matériels et des machines destinées aux installations du fond. Aux mineurs d'about reviendrait l'entretien du puits. Le domaine du chef du fond s'étendait aux installations du jour directement attachées aux puits de service et d'extraction, y compris le chevalement, la machine d'extraction et ce qui concernait le travail des mineurs, le vestiaire, la lampisterie, le service de sécurité, le magasin du matériel affecté au fond et le parc à bois, nécessaire à la consolidation des galeries. Une lourde responsabilité, exigeant une disponibilité de chaque instant.

Agé d'un peu plus de trente-cinq ans, selon l'estimation d'Amélie, Kurt Friedrich dégageait une autorité naturelle et une assurance tranquille qui lui permettaient de s'imposer. En même temps, le comportement de cet homme avec elle, avant même de connaître son identité, prouvait son respect pour l'être humain.

Assise face à lui dans le bureau fonctionnel attribué au chef du fond, elle l'examina plus attentivement. Un visage qu'on aurait dit taillé à coups de pic de mineur qu'éclairait un beau regard bleu, direct et attentif, des cheveux blonds coupés très court, des épaules carrées... Fiable, responsable, tels étaient les qualificatifs qui lui venaient à l'esprit. Cet homme lui plaisait. L'impression première se confirmait. Elle fut persuadée que le chef du fond saurait se montrer à la hauteur de sa tâche et elle n'aurait pas effectué d'autre choix si on lui avait demandé son avis – mais cela, bien entendu, ne relevait pas de ses attributions.

Il parla de sa famille aussi, laissée au loin.

— Ma femme est chez ses parents, agriculteurs dans un village saxon. Elle viendra me rejoindre avec les enfants dès que la maison qui m'est destinée sera achevée.

— Qu'en pense-t-elle ? s'enquit Amélie.

— Elle est ravie à la perspective de découvrir l'Alsace.

Après un instant de silence, il ajouta avec une légère grimace de dépit :

— Mais ici, les Alsaciens n'aiment pas les Allemands.

Comment en aurait-il été autrement, alors que les Allemands occuperaient tous les postes d'encadrement, tandis que les autochtones devraient se contenter des emplois les moins qualifiés ? De plus, bien qu'allemands depuis quarante ans par la force des choses, ils restaient alsaciens avant tout.

Elle-même et ses associés également. Ils avaient tenté de trouver des financements locaux, en vain. Si bien qu'il leur avait fallu recourir aux banques germaniques, qui, elles, connaissaient la valeur de la sylvinite, plus connue sous le nom de potasse, *Kali* en allemand.

— Monsieur Friedrich, vous savez que partout, en Allemagne, chacun appartient d'abord à son village et à sa région. Pourquoi voulez-vous qu'il en soit autrement ici ?

Il hocha la tête, à moitié convaincu, se disant qu'il n'aurait pas aimé changer de nationalité, même parlant déjà la langue de la nouvelle patrie.

— Admettons que vous ayez raison. Mais vous ne pourrez contester le fait qu'ils n'aiment pas la mine.

— Il n'y a pas de tradition minière, chez nous, fit-elle valoir. Un peu de pétrole au nord, du charbon plus au sud, d'anciennes mines d'argent devenues anecdotiques… Les Alsaciens sont indépendants. Ils aiment la vie au grand air. N'auriez-vous pas recruté suffisamment de mineurs pour démarrer l'exploitation ?

— Nous avons quatre cents ouvriers en tout, dont une soixantaine de mineurs. Il en faudra davantage au puits qui porte votre nom. Sans compter ceux que l'on mettra en service par la suite.

— Ils viendront, affirma Amélie avec force. Une certaine méfiance règne. Il leur faut du temps. On ne modifie pas les mentalités en un jour. Les mines amèneront la prospérité dans une région qui en a bien besoin. Les habitants s'y feront, c'est inéluctable.

Amélie, quant à elle, resta très discrète. Son pèlerinage mélancolique de ce soir de janvier était motivé par une raison précise. Ce n'était pas la fierté ou la satisfaction qui l'emportaient, alors que la mine Amélie s'apprêtait à entrer enfin en phase d'exploitation, mais la certitude que l'aventure qui lui avait donné des ailes pendant dix-sept ans, qui avait mobilisé toute son énergie, progressait vers une fin inéluctable.

— Madame Zurcher, avez-vous jamais connu le doute ?

Elle se secoua.

— Le doute quelquefois, et même le découragement, admit-elle. Le chemin fut si long ! A plusieurs reprises, je fus la seule à y croire encore. Tenez, je vais vous confier un secret. Mon associé Joseph Vogt espérait trouver du pétrole ou du charbon.

Elle marqua une pause pour évoquer mentalement son principal associé, celui qui, grâce à ses compétences, ses relations et son entregent, avait porté leur projet commun à son terme. Trapu, couronné de cheveux blancs, arborant fièrement sa moustache, le conseiller général Joseph Vogt, propriétaire de parts de concessions pétrolières, industriel spécialisé dans la construction de matériels de sondage et de tours de forage, avait été l'homme de la situation. Dès leur rencontre lors d'un banquet de mariage, elle avait compris que lui seul saurait aplanir les innombrables difficultés qu'ils trouveraient sur leur route.

— Le premier sondage fut effectué dans l'une de mes propriétés, expliqua-t-elle. A quatre-vingt-dix mètres, mon associé voulut arrêter les frais. J'insistai tant qu'il accepta de continuer. Une cruelle déception nous attendait à quatre cents mètres : du chlorure de sodium d'une grande pureté. Du vulgaire sel gemme de peu de valeur, qui ne nous permettrait pas de couvrir les dépenses engagées. Là, je crus bien que mes associés s'arrêteraient pour de bon.

— Il fallait creuser encore. J'imagine que monsieur Vogt fut difficile à convaincre.

— Davantage encore que vous ne pouvez l'imaginer.

Et c'était conforme à la vérité. Seule, elle n'aurait pas abouti. Mais sans elle, il aurait renoncé. Finalement, ils avaient été indispensables l'un à l'autre.

Amélie saisit une petite bouteille posée sur le bureau de Kurt Friedrich. L'étiquette portant la mention manuscrite « Echantillon sans valeur » en dissimulait le contenu. Elle fit pivoter le flacon entre ses doigts de manière à révéler les blocs de cristaux aux couleurs éclatantes, hésitant entre l'orange et le rouge foncé.

Quel chemin parcouru en quelques années ! A présent, six ans plus tard à peine, d'innombrables sondages avaient révélé que le bassin potassique, le triangle du sel, s'étendait sur une surface de deux cent vingt kilomètres carrés. Et il trouva que la réalité de la pionnière qui se tenait devant lui dépassait la fiction.

2

Les cloches de l'église Saint-Nicolas sonnèrent à la volée, rappelant à l'ordre les habitants de Voegtlinshoffen qui se seraient attardés dans la tiédeur de leur lit.

Antoine Friess ne comptait pas au nombre de ceux-là, même s'il appréciait le repos du dimanche. Le jeune homme n'était pas matinal, ni plus dévot qu'un autre, la pratique religieuse faisant partie de la culture familiale qu'il n'avait aucune raison de rejeter. Battant la semelle sur le parvis de l'église paroissiale, il se tordait le cou dans l'espoir de voir arriver l'élue de son cœur. En pure perte, d'ailleurs.

Du même âge que lui, presque vingt-trois ans, Jeanne arrivait toujours en retard. Déjà à l'école communale, elle était incapable de franchir la porte de la cour avant que les autres élèves, en rangs par deux, les garçons d'un côté, les filles de l'autre, aient gagné leurs salles de classe respectives. Il était impossible à Antoine de rester sage sur son banc avant de l'avoir vue arriver de son pas lent, comme si la gamine avait tout son temps, et il s'agitait comme un diable à ressort. Il ne pouvait s'empêcher de se soulever pour jeter un coup d'œil à l'extérieur, la guettant avec angoisse. Et si aujourd'hui elle ne venait pas ? Et si elle était malade ? Le maître, qui connaissait son élève, avait renoncé à lui en faire la remarque. Un jour, pourtant, il avait annoncé, alors qu'Antoine n'avait pas regardé à l'extérieur depuis deux minutes : « Tu peux te mettre au travail, Antoine. Elle est arrivée. »

Cet épisode de sa vie scolaire était resté un bon souvenir, même si ce jour-là il avait rougi sous les quolibets de ses copains, personne n'ignorait les tendres sentiments qu'il portait à la « bohémienne ».

Née dans une famille de vignerons, comme Antoine et la plupart de leurs camarades, Jeanne devait son surnom à sa peau mate, à ses cheveux noirs et à ses yeux sombres, un physique inhabituel au village, et même au sein de sa propre famille. Antoine se demandait souvent comment un petit homme pâle et sa plantureuse épouse, blonds tous les deux, avaient pu engendrer ce diamant noir. Comme toujours en ces cas-là, il s'était trouvé des mauvaises langues pour chuchoter des hypothèses qui ne reposaient sur aucun fait plausible. Suzanne Ott, la plus acharnée des grenouilles de bénitier du pays, n'avait pas pu fauter. Et avec qui donc ?

Ils étaient déjà sur le parvis, Fritz et Suzanne Ott, mais leur fille unique devait encore traîner en route. Pourtant, compte tenu des dimensions modestes de la localité accrochée à flanc de colline, le trajet séparant leur maison de l'église ne prenait pas plus de quelques minutes. Les parents ne semblaient guère s'en émouvoir. Un dimanche matin, il ne pouvait rien lui arriver de fâcheux, du moment qu'Antoine Friess ne lui tournait pas autour.

Tout en bavardant avec des voisins et des connaissances, Suzanne Ott surveillait le prétendant de sa fille, craignant de le voir s'éloigner pour aller à la rencontre de Jeanne. Elle n'en voulait pas. Les Friess, de modestes vignerons comme eux, n'étaient pas assez bien pour sa Jeanne. Suzanne rêvait pour elle d'une alliance plus prestigieuse, d'un véritable statut social. Un notable, un gros propriétaire peut-être, le maire d'une commune, ou un notaire. Un homme d'un certain âge saurait apprécier la chance d'accueillir dans son lit une jeune et jolie fille qui émergeait du lot – on l'aurait remarquée au milieu de la foule la plus dense si l'occasion s'était présentée. Un morceau de roi.

Mais les projets de Suzanne n'avaient pas encore abouti. Elle n'avait pas l'impression de jouer à la mère maquerelle. Pour sa fille, elle voulait ce qu'il y avait de mieux, rien de plus légitime. C'était son devoir. Un jour, Jeanne lui en serait reconnaissante. La donner à un crève-la-faim, il n'en était pas question. Sa propre vie était trop dure. Elle devait épargner un tel sort à son unique enfant.

Une seule personne pouvait ruiner ces projets : Antoine Friess, avec ses sentiments ridicules. L'amour avait-il jamais rempli un garde-manger et une armoire à linge ? Cela se saurait. Tout au plus risquait-il de produire une volée de bouches à nourrir. Suzanne secoua la tête. Jamais de la vie !

Les fidèles pénétrèrent dans l'église pour se glisser entre les rangées de bancs, les hommes d'un côté, les femmes de l'autre. A regret, Antoine suivit le mouvement. Suzanne pouvait faire de même.

Antoine choisit la dernière rangée, la place à côté de la travée centrale. Ainsi la verrait-il arriver. La messe commença. Impossible de s'intéresser à l'office tant qu'elle ne serait pas là. Alors il pria ardemment, à sa manière : Mon Dieu, faites qu'elle arrive… Faites qu'elle m'aime… Faites que je puisse l'épouser…

Il était prêt à promettre tout et n'importe quoi en

échange, comme si l'on pouvait marchander avec le bon Dieu, lorsqu'un bruit de lourde porte claquée dans son dos sans la moindre discrétion le fit pivoter.

Suzanne se retourna elle aussi. Les autres fidèles ne prirent pas cette peine. Tous savaient qui venait d'arriver. Le curé jeta à la retardataire un coup d'œil sévère et lui désigna une place restée libre à la troisième rangée en partant du fond, côté femmes. Antoine y vit un signe du ciel, une réponse à ses ardentes supplications. Il pourrait à loisir contempler sa bien-aimée tout au long de la messe.

Il fondit d'indulgence, ayant oublié les affres de l'attente. Jeanne devait se faire désirer, c'était plus fort qu'elle. Il se plongea dans la contemplation de l'adorable nuque où bouclait une mèche échappée à sa coiffure sévère. Sa couronne de nattes d'un noir de corbeau lui donnait une allure royale. Il aurait aimé y piquer des perles, des pierres précieuses, ou à défaut des fleurs multicolores. Il aurait voulu poser ses lèvres brûlantes sur la peau tendre et délicate, juste derrière les oreilles. Il aurait désiré… Le reste se perdit dans des rêveries fort païennes, dont il aurait fallu s'accuser en confession. Mais comment l'amour ardent et sincère pourrait-il être un péché ?

Antoine joignait une voix distraite aux formules qu'il connaissait par cœur, s'agenouillait en même temps que Jeanne, se levait comme elle. Un coup de coude de son voisin lui fit prendre conscience qu'il s'était trompé, comme elle. Et un grand bonheur le submergea. Jeanne sentait son regard. Elle faisait des rêves aussi troublants que les siens. Fort de cette certitude, il se promit de lui demander un rendez-vous pour l'après-midi même. Il n'en pouvait plus d'être privé d'elle à cause de cette odieuse Suzanne Ott.

Depuis son récent retour de l'armée – il était rentré au village quelques semaines avant Noël – c'est à peine s'il avait eu l'occasion d'échanger avec sa bien-aimée quelques phrases en public.

Il fut le premier à attendre près de la sortie, Jeanne bondit dans sa direction. Dans la cohue, leurs doigts se trouvèrent l'espace d'un instant pour une furtive caresse.

— Cet après-midi, souffla-t-il presque sans bouger les lèvres. A la ruine.

Elle battit des paupières en guise de réponse. Déjà, sa mère arrivait. Réalisant que le lieu du rendez-vous manquait de précision, puisque trois ruines s'élevaient sur les hauteurs, il précisa entre ses dents :

— Wahlenbourg.

L'entendit-elle ? Il n'aurait su le déterminer avec certitude. Sachant qu'il n'avait plus rien à espérer dans l'immédiat, il s'éloigna à grandes enjambées, le cœur bondissant d'espoir, imaginant déjà leurs tendres retrouvailles en tête à tête.

C'est à peine si Antoine prit le temps de savourer la choucroute du dimanche. Pourtant, le déjeuner dominical était le seul de la semaine où ils pouvaient s'offrir de la viande. Le chou, qui avait poussé dans leur potager, était râpé à l'automne et mis en pot de grès avec de la saumure. Le lard provenait de leur cochon. Autant que possible, les Friess se nourrissaient de leurs propres produits, légumes du jardin, quelques volailles…

Les temps étaient durs pour les petits viticulteurs et vignerons. Depuis 1876, le phylloxéra avait ruiné le vignoble et ceux qui en vivaient. Ils avaient dû replanter, mais la vigne ne produisait qu'un vin de qualité médiocre, qui se vendait surtout sur le marché allemand pour servir au coupage. Il aurait fallu éliminer les plants hybrides et miser sur la qualité. Seuls les gros producteurs pouvaient se permettre d'investir ainsi.

Au village, on cultivait ce qu'on pouvait, et la récolte était vendue à vil prix aussitôt les vendanges achevées. Antoine enrageait. Lui qui aurait tant voulu produire du vin afin de poursuivre la tradition familiale était frustré du travail le plus valorisant. Ce Sibold, un gros homme chauve d'Eguisheim qui apposait une étiquette portant son nom sur le vin provenant des vignes de Voegtlinshoffen, il le haïssait.

Les Friess, comme les autres, gardaient juste de quoi faire du vin destiné à la consommation familiale, et Antoine devait bien convenir qu'il n'était pas fameux, en dépit de tous leurs efforts et de leur savoir-faire transmis de génération en génération.

— Tu t'en vas déjà ? s'étonna sa mère.

Son dernier morceau de tarte aux pommes encore en bouche, il marmonna une réponse incompréhensible.

— Laisse-le, intercéda Catherine, l'aînée des filles, qui avait deviné où son frère se précipitait.

Elle ajouta, avec un discret clin d'œil complice :

— Il va retrouver ses copains. Ils ont tant de choses à se raconter !

Avant qu'on ne lui demande davantage d'explications, Antoine sauta sur ses vêtements les plus chauds et quitta la maison sans avoir pris le temps de les enfiler.

— Papa, je peux aller à Eguisheim cet après-midi ? s'enquit Jeanne.

Les Ott étaient encore attablés devant leurs navets confits, découpés en lanières et préparés à l'automne comme le chou afin de durer toute l'année, accompagnés d'un morceau de collet de porc fumé.

Fritz Ott aimait qu'elle s'adresse à lui lorsqu'elle avait quelque chose à demander, même si son épouse prenait toutes les décisions.

— A Eguisheim ? intervint Suzanne. Pour quoi faire ? Et avec qui ?

Jeanne répondit à l'intention de son père :

— Avec Anneliese. Tu sais qu'elle a de la famille à Eguisheim. Elle est invitée à participer aux festivités du carnaval. Les jeunes se réunissent pour mettre les choses au point.

— Tu ferais le carnaval à Eguisheim ? demanda Suzanne d'un air suspicieux. La jeunesse accepte mal ceux qui viennent d'ailleurs.

Cette fois, Jeanne regarda sa mère droit dans les yeux.

— Je serai acceptée, là-bas Anneliese est considérée comme faisant partie du village. Elle sera avec ses cousins. J'en ai assez de Voegtlinshoffen. J'aimerais bien voir autre chose, connaître d'autres gens.

Le silence s'installa pendant un moment. Le nom du village voisin, plus prospère, avait résonné aux oreilles de Suzanne telle une formule magique. Dans ses rêves, elle voyait bien Jeanne richement établie là-bas.

La grand-mère Ott, qui vivait avec eux, intervint.

— Si tu veux marier ta fille, tu ne peux pas la tenir enfermée.

Suzanne reprit ses esprits.

— Il est hors de question de la laisser partir sur la route, même en compagnie d'Anneliese.

Jeanne ouvrit de grands yeux candides et s'exclama d'un ton horrifié :

— Mais, maman, je ne marcherai pas jusque là-bas ! Les cousins d'Anneliese viennent la chercher en charrette. Nous serons toute une bande. Et Anneliese doit rentrer avant la tombée du jour.

Les principes de Suzanne vacillèrent. A Eguisheim, sa Jeanne ferait peut-être la connaissance d'un garçon plus fréquentable qu'Antoine Friess.

— Y aura-t-il des garçons d'ici ?

— Ah ! non. Si je voulais voir des garçons d'ici, je n'aurais pas besoin d'aller ailleurs !

Ce cri du cœur rassura Suzanne à moitié.

— Demande à ton père, capitula-t-elle. Et n'oublie pas que ma cousine habite Eguisheim.

— Je peux, papa ? Je promets d'être de retour avant la nuit.

Jeanne attendit l'assentiment de son père pour enfiler les vêtements qui la protégeraient des rigueurs de l'hiver.

— J'espère qu'ils ne sont pas déjà partis ! lança-t-elle encore avant de refermer la porte.

De son pas lent, comme si l'impatience ne lui donnait pas des ailes, pour une fois, Jeanne marcha jusqu'à la maison où habitait Anneliese. Celle-ci, conformément au plan mis au point après la messe, avait raconté à ses parents une fable où il était aussi question de carnaval, des cousins d'Eguisheim et d'une voiture qui viendrait les chercher et les ramener.

Une carriole attendait bien à quelque distance du village, menée par un seul garçon, l'amoureux d'Anneliese.

— Partons vite, lui lança-t-elle, avant que quelqu'un ne nous en empêche. Jeanne va aux trois châteaux. Nous la laisserons par là-bas pour la reprendre au retour.

— Je dois participer au carnaval d'Eguisheim, s'empressa de préciser Jeanne. Sinon, ça ira mal pour moi.

— Pas de problème, répondit le jeune homme dans un éclat de rire. Les jolies filles sont toujours les bienvenues.

A dix kilomètres au sud-ouest de Colmar, le village de Voegtlinshoffen, adossé aux hauteurs des Vosges, était dominé par ce qui de loin ressemblait à une falaise, la carrière qui employait bon nombre d'habitants lorsque la viticulture ne parvenait pas à les nourrir. Juchée sur son promontoire, la localité offrait à la vue la plaine d'Alsace, ainsi que la Forêt-Noire, juste en face, de l'autre côté du Rhin. Vers le nord, on pouvait apercevoir la cathédrale de Strasbourg et sa flèche unique. En direction du sud, le regard se portait jusqu'à Bâle. Par beau temps, derrière le Jura, brillaient les sommets enneigés des Alpes suisses, auxquels le soleil donnait des reflets roses.

Antoine s'arrêta pour contempler le paysage. Il portait à son village, émergeant du vignoble, un attachement viscéral. Il se baissa pour ramasser une poignée de terre qu'il émietta entre ses doigts. Voilà le matériau dont il était fait. Il admira l'imbrication des parcelles de vignes qui, selon leur orientation, offraient au regard des rayures de terre brune saupoudrée de neige aussi fine que le sucre auréolant le kougelhopf du dimanche, ou mettaient en valeur les rangées sombres des échalas bien alignés. Certains pieds étaient déjà taillés. Le bois mort attendait d'être ramassé et lié en fagots ultérieurement. Il viendrait alimenter les poêles de faïence.

Il chercha des yeux la parcelle appartenant à son père. Tant que sa famille posséderait de la vigne, il ne pourrait rien leur arriver, en dépit des difficultés.

Avant de se remettre en route, Antoine pivota sur

lui-même pour embrasser la totalité du paysage qui lui appartenait en propre, lui semblait-il. Il en était fier comme s'il avait lui-même planté chaque pied de vigne, et jusqu'au moindre échalas, fier comme s'il avait construit de ses propres mains toutes les maisons du village et choisi l'implantation de l'ensemble des localités que le pâle soleil d'hiver révélait dans le lointain. Même les hauteurs des Vosges lui appartenaient.

Avant de partir à l'armée, il aimait son pays, mais pas à ce point. Il évoqua mentalement le jour où il avait endossé l'uniforme allemand pour découvrir le monde, avec une vive excitation mêlée d'une sourde angoisse – à vingt ans, il n'était jamais allé au-delà de Colmar.

Déclaré apte à la visite médicale, au printemps 1907, Antoine avait été enrôlé le 1er octobre de la même année. Il avait effectué l'essentiel de ses deux ans du côté de Brême, affecté à une brigade d'artillerie appartenant au 26e régiment. La région industrielle ne l'avait pas enthousiasmé. En revanche, il avait été impressionné par le port de commerce sur la Weser, autant sinon davantage encore par l'immensité grise et houleuse de la mer du Nord, quelques dizaines de kilomètres plus loin.

Un adolescent était parti de Voegtlinshoffen, un homme y était revenu. Ce qu'il avait découvert, en compagnie de ses copains de régiment, n'avait rien de commun avec l'amour qu'il portait à Jeanne depuis sa plus tendre enfance. En revanche, maintenant qu'il avait goûté aux plaisirs de la chair, il ne pouvait plus l'aimer de la même façon éthérée et lointaine. La sève bouillonnait en lui. Il éprouvait le besoin de la serrer dans ses bras, de découvrir son corps, de sentir contre sa peau celle si douce – du moins l'imaginait-il – de sa bien-aimée.

Les trois ruines qui se dressaient au-dessus

d'Eguisheim sur le Schlossberg, la montagne du Château, assez éloignées l'une de l'autre pour que chacune porte son propre nom, devaient autrefois appartenir à une même gigantesque construction. C'est du moins ce qu'en disait Théo, l'intellectuel de leur petit groupe, à Voegtlinshoffen. Tout au long de leur scolarité à la communale, Théo avait récolté les meilleures notes. Mais, au lieu de devenir instituteur comme il l'aurait souhaité, il avait dû se faire carrier à l'instar de son père. Sa mère, devenue veuve très jeune, avait besoin que son fils aîné lui rapporte le plus rapidement possible de quoi élever les cinq plus jeunes. Pour combien de temps encore ? L'espérance de vie, dans cette profession à haut risque, ne dépassait pas quarante ans.

L'attention d'Antoine fut attirée par un attelage qui approchait sur la route. En été, il ne se serait pas risqué à choisir l'un des donjons comme lieu de rendez-vous discret. Le dimanche, quantité de promeneurs, *Rücksack* au dos et grosses chaussures aux pieds, empruntaient la ligne de chemin de fer qui les amenait depuis la ville jusqu'au pied de la colline. Ils pique-niquaient là-haut, ou s'installaient à la terrasse des auberges jalonnant le trajet, pour la plus grande satisfaction des bistrotiers locaux.

La main en visière au-dessus des yeux, il tenta de discerner le visage des trois arrivants, un homme et deux jeunes filles. Celle qui portait une couronne de cheveux noirs fit un signe qui lui était destiné et son cœur bondit dans sa poitrine, qui lui sembla soudain trop étroite pour contenir l'immensité de son bonheur. Jeanne était venue. Jeanne était là.

Elle sauta de la voiture et se précipita dans ses bras. Il la serra contre lui comme un fou, pour la première fois, écrasant les seins ronds contre son torse, et s'enflamma aussitôt. Confuse, Jeanne constata son émoi. Loin de s'en offusquer, elle resserra encore leur étreinte.

— Bien, on vous laisse ! lança Anneliese avec des rires plein la voix. Vous avez une heure pour en profiter. Pas davantage ; après, nous devrons nous montrer à Eguisheim, sinon adieu les escapades pour les dimanches à venir.

Le cheval s'éloigna, laissant les amoureux seuls au monde. Ne voulant pas rester à découvert, ils franchirent en silence, enlacés, le reste du trajet menant au Wahlenbourg, conscients de la gravité de l'instant.

Puis ils s'embrassèrent enfin, buvant avec ivresse le souffle de l'autre. Les mains d'Antoine glissèrent sous les vêtements, explorèrent la chair palpitante.

— Veux-tu m'épouser, Jeanne ?

— Oui, je le veux.

Ayant donné son assentiment à ces noces en plein air, Jeanne, haletante, s'abandonna à l'exquis vertige, si nouveau pour elle. Antoine retira son manteau pour l'étaler sur le sol ; ils s'y étendirent, se serrant l'un contre l'autre pour se réchauffer. L'une après l'autre, ils franchirent les délicieuses étapes menant au but inéluctable.

3

Le jour se levait à peine. Lucien Mosmann pédalait allégrement. Un vent cinglant qui traînait sur la route, ce lundi matin, lui picotait les joues et brûlait ses poumons. A chaque tour de roue, il expirait un vigoureux jet de buée dans l'air glacé.

A plus de quarante ans, Lucien était un bon Alsacien au visage avenant. Quelques fils argentés se mêlaient déjà à sa tignasse châtain au niveau des tempes, dissimulées par sa casquette à rabats couvrant les oreilles. Il jetait sur le monde un regard clair, direct, confiant, et au premier abord inspirait la sympathie. Qui le connaissait mieux le trouvait optimiste, enclin à voir le bon côté des choses, ce qui n'était pas une qualité en toutes circonstances, et sans doute un peu naïf.

Lucien ne souffrait pas du froid. L'exercice lui échauffait les muscles. Alors qu'il allait quitter la maison que la famille louait dans le centre de Wittelsheim, Blanche s'était précipitée vers lui.

« Attends, papa ! Tu oublies ton écharpe et tes gants ! »

Il n'oubliait rien du tout, Lucien, et surtout pas le rituel quotidien. La sollicitude de sa fille aînée, âgée de seize ans déjà, le munissait d'une provision de bonheur, renouvelée chaque matin, à déguster tout au long du trajet.

Lucien Mosmann était heureux. Heureux mari, avec sa Lydia, heureux père de quatre enfants, et depuis quelques mois heureux copropriétaire d'un atelier de menuiserie.

Un virage, au moment où il s'engageait sur la route filant tout droit vers la sortie sud-est de Wittelsheim, lui révéla, émergeant des arbres, le chevalement de la mine de potasse. Sa belle humeur s'assombrit. Cette gigantesque verrue dressée au beau milieu de la plaine lui gâchait le paysage.

— Faut être fou pour descendre dans une mine, grommela-t-il. Un travail de forçat.

Après un temps de réflexion, il ajouta :

— Faudrait me payer cher pour que j'accepte de m'enterrer.

Secouant la tête, il conclut :

— Pour descendre sous terre, j'attendrai d'être mort.

Il se dérida. Satisfait de sa formule, il se promit de la répéter à l'occasion ; l'exploitation de la potasse, avec tous les puits qu'on fonçait dans presque la totalité des villages environnants, surgissait au détour de chaque conversation.

Paraissant guetter son passage, un homme de son âge agita le bras sur le bord de la route.

— Hé ! Lucien ! l'apostropha-t-il d'une voix tonitruante. T'as une minute ?

Reconnaissant un ancien camarade de classe, le cycliste freina, fit demi-tour et descendit de sa monture une fois parvenu à la hauteur de Paul Reinhart.

— Tu veux m'offrir le café ? plaisanta-t-il.

— Le café et ce qui va avec, répliqua Paul sur le même ton, faisant allusion à l'eau-de-vie que chacun distillait avec les mirabelles, les quetsches ou les cerises de son jardin. Mais auparavant, il faut le mériter. Jette donc un coup d'œil à la porte de ma cave.

Celle-ci, qui donnait sur la cour, rongée par des décennies d'intempéries à l'extérieur et d'humidité à l'intérieur, tenait encore par la simple force de l'habitude.

Lucien hocha la tête d'un air dubitatif.

— Je ne fais pas de miracles. Ta porte, elle est irréparable. Si tu ne veux pas qu'un visiteur vienne vider tes bouteilles, tu devras investir.

La femme de Paul était originaire du vignoble tout proche et Lucien, qui retrouvait son ancien compère et complice de fameuses bêtises d'autrefois, n'avait guère eu l'occasion de le fréquenter depuis son propre retour au pays, donc de goûter son vin. Paul n'avait jamais quitté Wittelsheim depuis son retour de l'armée. Lucien, en revanche, avait pas mal circulé, effectuant mille métiers ou presque. Un certain temps, il avait même travaillé en Suisse, qui n'était guère éloignée.

— Cette porte neuve, j'aime autant te la commander à toi, déclara Paul. Tu me feras un prix d'ami.

— Bien sûr. Ce sera deux fois plus cher que pour un client ordinaire, rigola Lucien.

Il n'en fallait pas davantage pour que l'affaire soit conclue.

— Tu as bien un moment pour arroser ça, lança Paul tout en prenant son vieux copain par les épaules pour l'entraîner vers la maison qu'il tenait de ses parents. Un patron n'a de comptes à rendre à personne. Surtout quand le petit personnel travaille à sa place et que le fils n'est pas là pour le trahir auprès de la patronne.

Lucien raconta que le gamin avait pris froid. Effectivement, d'habitude, Roger, l'aîné des garçons, accompagnait son père à l'atelier, où il apprenait le métier. Lydia avait décrété que pour une fois il resterait au lit. Le « petit personnel » auquel Paul avait fait allusion se limitait à un unique ouvrier menuisier, rêvant de prendre sa retraite. Il avait accepté de rester encore quelque temps, histoire de laisser au nouveau patron le loisir de s'habituer à la clientèle.

Plus les mois s'égrenaient, plus Lucien se félicitait d'avoir placé son petit héritage dans cet atelier qu'il pourrait léguer à ses enfants. Lydia l'avait encouragé à se fixer enfin quelque part. Sans doute avait-il un peu trop cherché sa voie. Sa propre famille, avec qui il était brouillé depuis longtemps, le traitait d'instable, à juste titre peut-être. Mais ces temps-là étaient bien révolus.

A présent, il était devenu son propre patron, ce qui l'emplissait de fierté. Le banquier, un Allemand rigide, s'était bien fait tirer l'oreille pour lui accorder un prêt. Au début, chaque fois qu'ils avaient l'occasion de se croiser, il le scrutait d'un air soupçonneux, comme s'il regrettait de lui avoir accordé sa confiance. A présent, rassuré par les versements réguliers, il venait vers Lucien pour lui serrer la main, arborant un sourire professionnel jusqu'aux oreilles et lui donnant du « monsieur Mosmann ».

En réalité, Lydia aurait préféré que son mari loue un local et démarre de zéro. Après bien des hésitations, il avait choisi de racheter l'atelier d'un artisan qui souhaitait goûter un repos bien mérité, laissant du matériel et une clientèle toute constituée. Une occasion à ne pas manquer.

Devant une eau-de-vie de framboise, une rareté qu'il appréciait à sa juste valeur, Lucien sortit la plaisanterie qui lui était venue en route. Paul s'esclaffa bruyamment. Soudain il changea de visage et se pencha vers Lucien.

— Tu te souviens d'Henri Schmitter ?

Bien sûr qu'il s'en souvenait, Lucien. Henri était le troisième compère de leur petite bande, de leur trio. Paul fit un signe du pouce par-dessus son épaule, indiquant la direction approximative de la mine. Lucien ouvrit de grands yeux incrédules. Voyant qu'il avait compris, Paul hocha la tête.

— Si, si. Il y est allé.

Il n'aurait pas arboré une expression plus catastrophée s'il avait annoncé le décès subit de leur camarade.

— Ça va donc si mal, chez lui ? interrogea Lucien, consterné.

Paul soupira. Ils n'étaient pas bien riches, les uns et les autres. Mais descendre à la mine représentait pour ces hommes, fils d'artisans ou de paysans, la pire des déchéances.

Lucien méditait encore sur le triste sort qui accablait son vieil ami en arrivant dans son atelier, à la sortie de Wittelsheim. Il ne regardait plus le chevalement de la mine comme une horreur plantée au beau milieu de la nature, mais comme une menace. Il chassa ces pensées lugubres en pénétrant dans sa propriété. L'odeur du bois avait le don de lui rappeler sa bonne fortune. Quelle chance il avait eue de trouver à s'établir !

Dire que jour après jour il verrait ce pauvre Henri passer devant chez lui pour aller s'ensevelir volontairement. Quoique, le pauvre, il n'y allât certainement pas de gaieté de cœur.

Gustave, l'unique employé, salua son patron. Il était au travail depuis longtemps. Tirant de sa poche le carnet où il avait noté les dimensions de la porte destinée à son ami, Lucien entreprit de lui expliquer la nature de la commande et lui demanda de s'en occuper dès que possible. Il ne voulait pas faire attendre ce client, qui devait être satisfait en priorité.

En réalité, peu habitué à son nouveau rôle de patron, il tenait à justifier son retard de ce matin. Même s'il était désormais libre de ses actes et ne devait rendre de comptes à qui que ce soit, il ne voulait pas être pris pour un paresseux qui a eu du mal à sortir du lit un lundi matin. Lucien avait un principe. Qui veut être respecté par ses employés doit se montrer irréprochable.

— Fernand Lang est déjà parti ? s'étonna-t-il soudain.

— Il n'est pas encore arrivé, grommela Gustave dans sa grosse moustache plus sel que poivre.

Aussitôt Lucien vola au secours de son associé.

— Il avait beaucoup de clients à visiter pour encaisser les factures en souffrance.

Gustave se détourna, l'air renfrogné, les sourcils froncés de réprobation, marmonnant des paroles indistinctes. Tout au plus Lucien crut-il comprendre quelque chose qui ressemblait à « bon à rien ». Son sang ne fit qu'un tour.

— Vous parlez de votre patron, Gustave ! s'exclama-t-il sévèrement. Ne l'oubliez pas.

L'ouvrier délaissa son rabot pour lancer à Lucien un regard lourd de commisération qui le transperça tel un coup de poignard.

— Vous en avez trop dit, Gustave. Ou pas assez. Avez-vous bien traité Fernand Lang de bon à rien ?

Gustave haussa les épaules.

— Vous avez choisi votre associé. Ce ne sont pas mes affaires.

Il l'avait choisi. Enfin, oui et non. Deux acquéreurs s'étaient intéressés à la menuiserie mise en vente :

Lucien Mosmann et Fernand Lang. Ni l'un ni l'autre n'avait les moyens de la racheter à lui tout seul. Alors ils avaient décidé de s'associer pour conclure l'affaire.

Lucien tenta de se rappeler comment les choses s'étaient passées exactement. Il arrivait devant l'atelier au moment où l'autre en sortait. Après avoir pris le temps de visiter les lieux et de discuter avec le vendeur, Lucien avait eu la surprise de revoir l'autre acheteur potentiel dans la rue, un peu plus loin. Ils s'étaient croisés par hasard. Ensuite ils avaient bu un verre ensemble au bistrot le plus proche. C'était Fernand Lang qui en avait pris l'initiative. Il avait aussi suggéré de mettre en commun leurs fonds et leurs compétences. Ou plus précisément, il l'avait mis sur la voie. Il avait juste jeté un mot par-ci, par-là. Et c'était lui, Lucien, qui avait lancé la proposition. L'autre avait ouvert de grands yeux étonnés. Jamais cette idée ne l'aurait effleuré ! C'était du moins ce qu'il avait prétendu, et Mosmann n'avait pas mis ses paroles en doute.

— Gustave, que savez-vous de monsieur Lang ?

— Ce que sait tout un chacun dans la région.

Lucien réalisa que lui ne savait pas grand-chose. Les Lang étaient originaires de Bollwiller, un peu plus loin, et Fernand y habitait toujours. Un gage de sérieux, à son avis. Lorsqu'on a quelque chose à se reprocher, on ne s'attarde pas sur place. Un soupçon insidieux se fit jour, qu'il tenta de repousser de toutes ses forces.

— C'est-à-dire ?

Gustave lui jeta un regard perplexe.

— Le père a fait de mauvaises affaires.

Lucien poussa un soupir de soulagement. Cela, il ne l'ignorait pas. Si tel n'avait pas été le cas, Fernand n'aurait pas eu à se soucier de son avenir.

— Mais encore ? insista-t-il cependant.

— Fernand a toujours été un mauvais sujet.

Lucien interrogea sa mémoire. Que lui avait raconté son associé ? Que lui aussi avait tenté sa chance dans « les affaires ». En quoi celles-ci consistaient au juste, Lucien n'en savait rien, il n'avait pas posé la question. Fernand avait sauvé du patrimoine un petit pécule ainsi que la maison de famille, quelques terres et de quoi les exploiter. Mais il ne se sentait pas paysan.

Il avait proposé son cheval et sa charrette pour effectuer les livraisons. Cette suggestion avait emporté l'adhésion de Lucien, qui s'inquiétait du transport.

— Ce n'est pas sa faute si son père…

— Je ne parle pas du père.

Gustave regarda son patron d'un air incrédule et, constatant l'étonnement sincère qu'affichait son visage, se résolut à lâcher du bout des lèvres :

— Le père était maladroit. Le fils s'y prend un peu mieux.

— Mais pour quoi faire ? s'énerva Lucien.

— Pour escroquer son prochain. C'est du moins la réputation qu'on lui prête.

— Il n'a jamais eu d'ennuis avec la justice ! protesta Lucien dans un sursaut d'espoir.

Gustave retourna à son travail en secouant la tête. De toute évidence, ce n'est pas lui qui aurait choisi un tel individu pour associé.

— Demandez à votre fille ce qu'elle en pense.

Blanche ! Une sueur glacée se mit à couler le long du dos de Lucien. A plusieurs reprises, elle avait tenté de le mettre en garde. En vain. Un caprice de gamine, avait-il pensé. Il l'entendait encore lui dire d'une petite voix gênée :

« Papa, cet homme ne me plaît pas.

— Il n'a pas à te plaire, ma petite fille. Du moment

qu'il plaît à la clientèle, je ne lui demande rien de plus. Qu'as-tu à lui reprocher ?

— Rien de précis, des regards… »

Lucien avait éclaté de rire.

« Tu es une belle fille de seize ans, normal qu'un homme jeune aime à te regarder. »

Un jour, il avait quand même poussé l'interrogatoire un peu plus loin :

« T'aurait-il manqué de respect, ma petite fille ? »

Le regard habituellement si direct de Blanche s'était détourné.

« Pas vraiment », avait-elle avoué avec réticence.

Lucien s'était contenté de cette réponse.

« Bon, alors n'en parlons plus. »

Quelques jours plus tard, Blanche lui avait demandé la permission d'effectuer désormais les travaux de bureau à domicile, dans leur maison. En effet, c'était elle qui s'occupait de l'établissement des devis, des factures et des bons de commande, ainsi que de la comptabilité, avec une compétence qu'il n'aurait pas soupçonnée chez une gamine aussi jeune, surtout sans formation particulière. Lucien avait accepté.

Un terrible soupçon lui vint tout à coup, qui cette fois ne se laissa pas étouffer sous l'habituelle bonne couche d'optimisme.

— Je vous confie l'atelier, Gustave. J'ai à faire.

Le menuisier hocha la tête, avec l'air de dire qu'il était grand temps de s'y mettre.

Vers la fin de la semaine, Lucien avait remis à son associé toutes les factures que lui-même ne se sentait pas de taille à encaisser. Réclamer de l'argent, même si on le lui devait, il n'y arrivait pas, alors que Fernand Lang, lui, montrait d'étonnantes dispositions pour accomplir cette « corvée ».

« Laissez, je m'en occupe, avait-il proposé.

— Il s'agit de sommes importantes, avait tergiversé Lucien, pensant au dimanche qui allait arriver très vite et craignant un vol toujours possible.

— Je passerai à la banque, c'est promis. »

Sur un signe entendu de l'employé de banque à travers la vitre, le directeur ouvrit la porte et invita fraîchement Lucien à pénétrer dans son bureau. Le fait qu'il ne le salue pas d'un large sourire commercial et ne lui donne pas du « monsieur Mosmann » long comme le bras lui parut de mauvais augure. Du coup, il ravala les questions qu'il s'était promis de poser et resta figé devant le bureau directorial, tel un gamin pris en faute à l'école.

La question fusa avec une froideur glaciale :

— Pouvez-vous m'expliquer ce que signifie tout ceci ?

— Quoi donc, monsieur le directeur ?

L'homme, vêtu de noir, une cravate tout aussi lugubre nouée autour de son col dur, évoquait un juge courroucé. Il agita quelques feuillets devant lui, comme s'il avait besoin de ce mouvement de va-et-vient énervé pour trouver l'air dont ses poumons manquaient cruellement. Son visage rubicond virait au violacé. Tout à coup, il se leva d'un bond pour placer les papiers juste sous le nez de Lucien.

— Je vous parle de ceci.

— Mais j'ignore de quoi il s'agit, protesta Lucien.

— Monsieur Mosmann…

Ces deux mots n'avaient plus rien de commun avec ceux dont Lucien se gargarisait un peu plus tôt, tant il les sentait lourds de menaces.

Constatant que Lucien, pétrifié, ne réagissait pas, le directeur prononça avec lenteur, martelant chaque syllabe :

— Je vous parle de la clôture de votre compte.

— Vous me renvoyez de la banque ?

Un rire strident lui répondit.

— Ah ! non, vous ne vous en tirerez pas de cette manière ! Nous avons eu confiance en vous, monsieur Mosmann. Vous nous devez encore…

Le directeur consulta les feuillets et énonça un chiffre qui sembla astronomique, même s'il correspondait au montant du prêt, plus les intérêts, moins les quelques remboursements déjà effectués.

— Je ne comprends pas, protesta Lucien d'une voix blanche, même s'il ne comprenait que trop bien. Sur le compte…

Le directeur l'interrompit.

— Sur le compte, il ne reste rien.

— Mon associé devait passer…

— Votre associé a effectué un retrait samedi, juste avant la fermeture, accusa l'homme en noir.

— Il devait au contraire déposer des sommes importantes.

Le directeur se rassit derrière son bureau. Ce client paraissait sincère, il n'en restait pas moins qu'il se retrouvait tout nu.

— Pourrez-vous poursuivre votre activité de manière à rembourser votre emprunt ? s'enquit-il.

Lucien avait déjà compris qu'il n'y aurait pas de délai de grâce.

— Tout dépend des dégâts, avoua-t-il. Le recouvrement des factures…

Il n'alla pas jusqu'au bout de sa phrase et préféra demander :

— Pourrais-je connaître les dernières opérations ?

Le directeur lui tendit l'ensemble des feuillets préparés à son intention. Un simple coup d'œil révéla l'ampleur de la catastrophe.

Le reste de la journée, Lucien le passa à pédaler de client en client. Tous avaient réglé ce qu'ils devaient. Deux d'entre eux, qui le reçurent très fraîchement, n'avaient pas encore digéré les menaces dont Fernand Lang avait usé à leur encontre pour les obliger à payer en totalité.

Lucien aurait pu passer chez lui pour vérifier auprès de Blanche l'itinéraire effectué par son associé à la fin de la semaine précédente, mais il ne s'en sentait pas le courage. A quoi bon ? Fernand Lang avait raflé tout ce qu'il pouvait, il en aurait mis la main au feu.

Dans la soirée, il pédala jusqu'à Bollwiller.

Il ne trouva personne à la maison de son associé. Un voisin, le voyant rôder comme une âme en peine, le héla depuis son propre jardin :

— Qui cherchez-vous ?

— Fernand Lang. L'avez-vous vu aujourd'hui ?

— Fernand n'habite plus ici. La maison a été vendue il y a quelques mois.

— Vous ne savez pas où il loge en ce moment ?

L'homme eut une mimique signifiant qu'il l'ignorait.

— Et les terres ?

— Il y a belle lurette qu'elles n'appartiennent plus à la famille Lang.

— Le cheval, la charrette…

L'homme réfléchit un moment.

— Il me semble l'avoir aperçu plusieurs fois avec un attelage. Fernand a dû le louer, s'il a trouvé un fou acceptant de lui faire confiance. Mais il oubliait généralement de payer, alors…

— Où pourrais-je le trouver, à votre avis ?

— A mon avis, en Amérique. Son frère est déjà parti. Les deux gamins, qui allaient à l'école avec les miens, n'arrêtaient pas de saouler leurs camarades. Ils voulaient faire fortune là-bas ! Au fait, il vous doit de l'argent, Fernand ?

Lucien enfourcha son vélo sans répondre. La voix du voisin le poursuivit.

— S'il vous doit quelque chose, Fernand Lang, vous feriez mieux de faire une croix dessus ! Il est trop malin pour se laisser prendre.

4

Suzanne Ott choisit le moment où Anneliese arrivait – les jeunes filles avaient, paraît-il, à discuter de choses mystérieuses – pour annoncer qu'elle se rendait à Eguisheim.

— Tu restes ici, n'est-ce pas ? Tu as assez d'ouvrage pour t'occuper tout l'après-midi.

— Je ne bouge pas d'ici, maman. Anneliese me donnera un coup de main.

Suzanne estima pouvoir s'absenter l'esprit serein. Son mari étant occupé dans la cour, personne ne sortirait de la maison ou n'y pénétrerait sans qu'il s'en aperçoive.

— Je n'en ai pas pour longtemps, annonça-t-elle laconiquement.

Les jeunes filles attendirent qu'elle se soit éloignée à coup sûr.

— A ton avis, où va-t-elle, ta mère ? s'enquit Anneliese.

— Vérifier auprès de sa cousine si je suis bien allée lui rendre visite, hier et le dimanche d'avant.

Anneliese s'esclaffa.

— Elle peut aller vérifier ton alibi ! A mon avis, tu es tranquille pour des semaines.

Jeanne resta silencieuse. Même si sa mère trouvait à

Eguisheim la confirmation de ses dires, la jeune fille sentait un malaise diffus la tracasser.

Ayant tout donné à Antoine dès leur premier rendez-vous, elle n'avait guère pu se refuser au deuxième. Il n'avait qu'un mot à la bouche : « mariage ». Il désirait l'épouser le plus vite possible. Jeanne se sentait moins enthousiaste à mesure que passaient les jours, elle se demandait si elle y tenait vraiment.

Depuis son abandon, elle s'était mise à réfléchir. Sans doute aurait-il mieux valu commencer par là. Si seulement sa mère n'avait pas monté la garde à ce point ! Jamais elle n'aurait cédé aussi vite si des relations normales avaient pu s'établir avec son amoureux. Longtemps privés l'un de l'autre, ils avaient brûlé les étapes comme s'ils devaient se hâter d'en profiter, comme s'ils devaient ne jamais se revoir.

Jeanne se reprochait à présent d'avoir perdu la tête. Elle en voulait à sa mère de l'avoir paradoxalement poussée à commettre ce que sa morale rigide redoutait si fort. Elle en voulait aussi à Antoine de l'avoir placée dans cette situation.

— J'espère que tu ne dis rien en confession, s'inquiéta Anneliese.

— Je n'y suis pas encore allée, avoua Jeanne, tiraillée entre ses obligations de bonne catholique et son amour coupable.

— Ce que le curé ne sait pas, il ne risque pas de le répéter, décréta Anneliese.

— Et le secret de la confession ? s'indigna Jeanne.

— Je ne vais pas lui raconter des choses auxquelles il ne connaît rien.

Le silence s'installa. Dans la corbeille à linge posée sur la table de la salle de séjour, Jeanne prit une taie d'oreiller dont une couture était défaite ; son amie s'empara d'un torchon à ourler.

— Dis-moi, Anneliese, ton ami Louis Neumann et toi…

— Tu veux savoir si nous « l'avons fait » ?

Jeanne hocha la tête.

— Ah ! non, imagine qu'il ne m'épouse pas. Sa famille est bien plus riche que la mienne. S'il se décide, tant mieux : il me plaît bien. Sinon, je pourrai quand même me marier en robe blanche. Sans angoisses.

— Mais alors, s'étonna Jeanne, vous passez votre temps à vous embrasser ?

— Et pourquoi pas à nous regarder dans le blanc des yeux en nous tenant par la main ? se moqua Anneliese, trouvant son amie bien niaise.

Rougissante, vaguement écœurée, Jeanne écouta, sans lever les yeux de son ouvrage, les confidences de son amie. Celle-ci estimait qu'il lui revenait le soin de parfaire l'éducation d'une pauvre fille innocente et pensait lui rendre service.

— Nous n'avons pas fait tout ça, admit Jeanne à contrecœur mais sans mentir. Tu l'aimes ? ajouta-t-elle très vite pour couper court à l'interrogatoire.

— Bien sûr, sinon je ne le laisserais pas faire. Je l'aimerai encore plus s'il me propose le mariage.

Jeanne aurait pu lui prophétiser que jamais il ne le ferait. Louis Neumann s'amusait avec elle. Il trouvait en sa compagnie ce qu'il cherchait, même si Anneliese avait, jusqu'à présent, réussi à préserver sa précieuse virginité. Il n'était pas question d'amour, ni d'un côté ni de l'autre.

Avec Antoine, en revanche…

Jeanne s'interrogea honnêtement. L'aimait-elle ? Sans doute. A moins qu'elle ne soit tombée amoureuse des sentiments indéfectibles qu'il lui vouait. Durant sa longue absence, aucun garçon ne s'était empressé auprès d'elle. Peut-être la pensaient-ils tous engagée avec Antoine. Ou alors, fallait-il imaginer qu'aucun autre ne pourrait l'aimer ?

Depuis qu'elle était devenue l'amante d'Antoine, Jeanne avait changé. La première semaine, la félicité l'avait emporté, le bonheur d'être femme, d'avoir découvert le langage des corps, d'avoir appartenu à celui qui la désirait depuis si longtemps. Après le deuxième abandon, une inquiétude sourde l'avait envahie. Elle s'en était ouverte à son amoureux.

« Je serais ravi d'avoir un enfant avec toi, avait-il déclaré. Ta mère ne pourrait plus me refuser. »

Jeanne n'en était pas aussi certaine. Puis elle vit clair dans ses propres sentiments, si confus depuis un peu plus d'une semaine. En un instant, comme lorsque le soleil dissipe un brouillard matinal. Dégrisée, elle réalisa que se marier avec Antoine impliquerait de s'installer chez les parents, d'un côté ou de l'autre ; ils n'auraient pas les moyens de faire autrement. Et cela, elle n'en voulait pas. Elle essaya d'imaginer toute une vie à ses côtés, la naissance des enfants, les bons comme les mauvais jours, la maladie, les fins de mois difficiles qui reviendraient avec une inéluctable régularité, et elle n'y parvint pas.

Elle soupira, consciente d'être allée bien plus loin qu'elle ne l'aurait souhaité. Anneliese se méprit.

— Il te manque ? Je te comprends. Mais ne commets pas d'imprudence avec lui.

Jeanne retint un autre soupir et son inquiétude augmenta.

Suzanne n'eut pas à marcher jusqu'à Eguisheim. Il se trouvait toujours quelqu'un sur la route pour la prendre à bord de son attelage.

Eguisheim, avec ses ruelles déployées en cercles concentriques autour du château, le tout ceint de murailles, l'avait toujours fait rêver. A la belle saison, des géraniums croulaient sur le rebord de chaque fenêtre, donnant à la localité un perpétuel air de fête. L'hiver, il fallait se contenter des façades soulignées de colombages. C'était là qu'elle aurait dû s'installer, qu'elle devrait vivre aujourd'hui, si les choses s'étaient déroulées autrement, si elle n'avait pas commis une erreur lamentable qu'elle regrettait encore.

Hortense, sa cousine, s'était établie couturière près de la mairie. Une cliente sortit au moment où Suzanne allait pousser la porte.

Les deux femmes, aussi corpulentes l'une que l'autre, se ressemblaient. On aurait presque pu les prendre pour des jumelles si l'une n'était pas pomponnée et vêtue à la dernière mode, tandis que l'autre portait pour l'occasion ses vêtements du dimanche usés jusqu'à la corde. Elles s'embrassèrent avec une réelle affection. Une vieille histoire les liait encore davantage que leur parenté.

— J'ai vu Jeanne hier en milieu d'après-midi, déclara Hortense. Et le dimanche d'avant également. Elle était accompagnée d'une donzelle qui me semble bien délurée sous ses allures de sainte-nitouche.

Suzanne hocha la tête, consternée. Elle pouvait se fier au jugement de sa vieille complice.

— Je viens te voir à ce propos, avoua-t-elle.

Hortense se garda de la questionner. Elle prépara un bon café, et sortit d'un placard une boîte de fer-blanc contenant des petits gâteaux de Noël qu'on lui avait offerts.

Suzanne trempa ses lèvres dans le café odorant, en avala une gorgée, croqua dans un gâteau à l'anis tout blanc, semblable à une tête de champignon posée sur un socle, puis se décida.

— J'ai besoin de ton conseil.

Elle raconta toute l'histoire, Antoine Friess, les sorties du dimanche qui lui semblaient de plus en plus louches, l'humeur de Jeanne qui avait changé, sans oublier ses ambitions secrètes. Elle conclut par ces mots :

— J'aimerais mieux qu'elle fasse une connaissance à Eguisheim. Seulement, ce Friess est capable de la poursuivre jusqu'ici.

Hortense eut un claquement de langue réprobateur.

— Je t'ai proposé de la prendre avec moi. Une jeunesse belle et élégante attire la clientèle davantage qu'une vieille femme comme moi. De plus, elle se débrouille bien en couture. Je te rappelle que tu as refusé.

— Je voulais la surveiller, gémit Suzanne.

— Conclusion, l'interrompit Hortense, elle a pour unique soupirant un crève-la-faim dont tu ne veux pas.

Les yeux de Suzanne, embués de larmes, débordèrent tout à coup.

— Bien, décida Hortense, je la prends. Dès demain, j'enverrai une voiture la chercher. Je lui ferai rencontrer de bons partis, tout en la surveillant. C'est bien ce que tu veux ?

Rassérénée, Suzanne opina.

En fin de journée, Antoine Friess prit la direction de l'auberge. Dans la salle bruyante et enfumée de la Grappe d'Or battait le cœur du village de Voegtlinshoffen. Les hommes venaient y refaire le monde ou échanger des nouvelles et commenter les événements.

C'est là, dans son environnement familier et sécurisant, que s'exprimait le mieux l'âme de l'Alsacien. Jovial, volontiers hâbleur, aimant lever le coude, bon vivant en dépit des vicissitudes, franc comme l'or mais la tête près du bonnet.

A la table des habitués, appelée *Stammtisch*, on retrouvait toujours les mêmes, des vieux qui ne savaient que faire de leur temps, d'autres qui éprouvaient le besoin d'échapper pour un moment à la coupe d'une épouse un peu autoritaire ou aux cris des gamins trop nombreux dans l'étroit logis.

Théo Kleitz occupait sa place attitrée, à l'écart, le journal à la main. Le carrier ne disposait certes pas d'un superflu à gaspiller en chopines ou en demis de bière. Chez lui, on tirait le diable par la queue. Mais l'aubergiste lui offrait volontiers à boire ; Théo attirait la clientèle. Lorsqu'on avait une lettre à rédiger, une démarche à se faire expliquer, on allait à la Grappe d'Or pour lui demander ce service.

Ravi de le trouver disponible, Antoine s'assit en face de lui. A la table voisine, on venait d'aborder un nouveau sujet de conversation.

— Vous savez qui j'ai vu au village ? Augustin Laugel.

Antoine se laissa distraire de son objectif. Il avait déjà entendu ce nom-là, mais ne parvenait pas à lui associer un souvenir précis.

— Il y a plus de quinze ans qu'il est parti.

— De la mauvaise graine. Il aurait mieux fait de rester où il était.

Tendant l'oreille, Antoine comprit que ce Laugel avait autrefois vécu au village. Le patron qui avait bien voulu employer cet orphelin à l'époque avait dû le renvoyer, à la suite d'un vol, ou d'une agression. On n'avait jamais su ce qui s'était passé d'une manière précise, la victime refusant d'en parler, « par charité chrétienne ». Le fautif, étranger au village, avait bien vite été oublié.

— Il revient avec de l'argent plein les poches ! Il rachète tout ce qu'il peut.

Les interventions fusèrent de toutes parts.

— De l'argent mal acquis.

— C'est un charognard qui profite de la crise.

— Personne ne lui adresse la parole. Pas même ceux qui le connaissaient dans le temps.

— Crois-moi, on lui rendra la vie impossible.

— Il a une femme avec lui ?

— Non, il est venu seul. Et il ne trouvera pas de femme ici.

Antoine était tout jeune au moment de l'histoire. Il se souvenait vaguement de celui que les gamins appelaient « le voleur ». Ils lui jetaient des pierres en sortant de l'école, par jeu – après tout, les autres en faisaient autant. Un grand type maigre.

Puis le but de sa visite au bistrot lui revint en mémoire. Alors qu'il ouvrait la bouche, une question jaillit à la table voisine.

— Quoi de neuf dans le journal ?

Cette tâche-là aussi revenait à Théo, lire tout ce qui était écrit dans les quotidiens achetés par l'aubergiste pour le transmettre à ceux qui n'aimaient pas lire ou manquaient de temps, selon la version officielle, ou qui en avaient peu à peu perdu l'habitude.

Le carrier feuilleta le quotidien, à la recherche d'un sujet capable d'intéresser son auditoire. Puis il s'arrêta sur un article.

— Nos élus demandent que tous les enfants alsaciens puissent bénéficier de cours de français. Le député Kubler, au nom de la commission des langues à la délégation d'Alsace-Lorraine, fait des propositions pour rendre obligatoire l'enseignement du français dans toutes les écoles primaires.

— Il faudrait déjà que les instituteurs en soient capables ! ricana le forgeron.

— Justement, Kubler y a pensé, précisa Théo. Les futurs instituteurs devraient apprendre le français dans les écoles normales.

— Les Allemands ne voudront jamais.

— En effet, ajouta Théo, ça semble mal parti, même si nos députés insistent sur le côté pratique et économique. Notre région, située entre l'Allemagne et la France, devrait pouvoir jouer un rôle dans les affaires. Les moyens de transport se développent, avec le train, les gens et les marchandises vont partout. On peut imaginer que le téléphone rendra les relations internationales plus faciles.

— Des relations faciles entre la France et l'Allemagne ? objecta une grande gueule. Tu es tombé sur la tête !

— D'accord, mais certains ont besoin de connaître le français.

— Ceux qui le connaissent déjà.

Les fils de bourgeois parlaient le français à la maison et allaient en pension dans l'ancienne patrie. Pour leur éviter d'endosser l'uniforme allemand, dès l'âge de seize ans on les envoyait même chez des parents qui avaient quitté l'Alsace en 1871, ou depuis, si bien qu'ils effectuaient leur service militaire en France.

— Théo, tu crois vraiment qu'on peut apprendre une langue étrangère à l'école ?

Celui qui posait la question paraissait sceptique. Lui-même n'avait quitté l'école primaire qu'avec un bagage fort mince. Il lui semblait presque inconcevable qu'il puisse en rester quelque chose au bout du compte. Théo hocha la tête. Cette langue étrangère avait été la leur quarante ans plus tôt. Lui-même l'avait apprise par ses propres moyens, en lisant ce qui lui tombait sous la main.

— Les Allemands prétendent que les gens comme nous, les travailleurs, les villageois, ne sont pas intéressés par l'apprentissage du français, qui ne nous servirait à rien. Pour eux, l'Alsace est une sorte de colonie africaine. Moins on en saura, mieux ça vaudra pour eux. Les établissements secondaires enseignent le français, ça ils n'ont pas pu l'empêcher. Si nous redevenons français un jour, ceux qui auront appris le français pourront se débrouiller. Vous imaginez les autres ?

Il se fit un grand tumulte dans la salle de la Grappe d'Or. L'un suggéra qu'en apprenant le français, on risquait de devenir suspect aux yeux des autorités et, qui sait, de finir en prison. On voyait des espions partout. Un autre s'indigna que les petites gens soient comme d'habitude la dernière roue du carrosse, il aurait bien voulu connaître des rudiments de français, lui. Lorsqu'on ne parle pas la langue officielle, on ne peut avoir droit à la parole, si bien qu'on se retrouve floué comme d'habitude. Le plus vieux rappela que dans l'Alsace devenue Reichsland, terre d'empire, l'école s'était tenue en allemand du jour au lendemain. Si les Français agissaient de même, un jour, quelle pagaille dans les écoles ! Les élèves seraient perdus. Et les enseignants de même.

Puis on parla d'une guerre, toujours possible. Les militaires du Reich, ils les connaissaient bien. Les plus jeunes, dès leur retour de l'armée, passaient pour quatre ou cinq ans dans l'effectif de réserve où ils accomplissaient deux périodes d'entraînement par année. Puis ils appartenaient à la territoriale. Si la guerre devait éclater, tous les hommes de dix-sept à quarante-cinq ans seraient susceptibles d'être appelés. Par conséquent, tous se sentaient concernés, personnellement ou à travers leurs enfants et petits-enfants.

L'un des hommes, qui avait caressé un moment l'espoir de faire carrière dans l'armée, rappela qu'aucune promotion n'était possible pour un simple soldat désirant sortir du rang ; il en avait gardé l'amertume au cœur. L'armée du Kaiser restait entre les mains, et à la botte, de l'aristocratie. On y méprisait le menu fretin comme eux.

— J'espère ne plus jamais avoir affaire à ces gens-là ! s'exclama-t-il, exprimant l'opinion générale.

On commanda une tournée supplémentaire, puis une autre encore – discuter donnait soif –, à la vive satisfaction de l'aubergiste, qui glissa en direction de Théo du pain et un morceau de fromage qu'il faisait venir de la vallée de Munster toute proche.

Le jeune homme avait gagné son dîner. Ce serait ça de moins à prendre aux petits, à la maison.

Théo se pencha vers Antoine, qui avait assisté à la discussion sans ouvrir la bouche.

— J'imagine que tu as quelque chose à me demander.

— Oui. On embauche à la carrière ?

La réponse fusa.

— Ne fais pas ça si tu peux te débrouiller autrement.

— Je veux me marier.

Théo acheva son dîner, puis, comme son ami attendait une réponse, il lança en le regardant droit dans les yeux :

— Tu vois Jeanne en femme de carrier ?

Antoine soupira. Non, il ne la voyait pas du tout dans ce rôle, sa princesse. Et pourtant, comment faire autrement ?

— Je dois gagner ma vie.

Théo avala quelques gorgées de vin de Voegtlinshoffen, le temps de trouver un conseil judicieux. Il finit par secouer la tête d'un air désolé.

— Malheureusement, mon pauvre Antoine, je ne vois pas trente-six solutions. L'idéal serait de trouver de l'embauche quelque part dans le vignoble. Moi, je n'ai pas trouvé, ce n'est pas une raison pour renoncer d'emblée à tenter ta chance.

— Sinon ?

— Il ne reste que la carrière ou la mine. On embauche à Wittelsheim.

Antoine fit la grimace.

— Je préfère encore la carrière.

5

Tenaillée par une sourde inquiétude, Blanche Mosmann ne cessait de soulever le rideau pour scruter la rue. Bien que la nuit fût tombée depuis longtemps, son père n'était toujours pas rentré.

Ça toussait dans tous les coins de la chambre que partageaient les quatre enfants.

— Je veux du sirop de sapin, réclama la petite Camille d'une voix entrecoupée par les quintes.

— Il n'y en a plus, lui répéta Blanche au moins pour la dixième fois de la journée en laissant retomber le rideau qu'elle tenait toujours en main.

— Je déteste le radis noir ! glapit la petite.

Tout le monde préférait le sirop que leur mère préparait au printemps à partir des jeunes pousses vertes des sapins qu'on cueillait en famille à l'occasion d'une sortie dominicale dans les Vosges.

— Moi aussi ! renchérit Albert couché dans le lit voisin.

— A huit et dix ans, fit leur aînée, vous devriez comprendre que lorsque la bouteille est vide, je ne peux pas la remplir d'un coup de baguette magique.

Roger, qui travaillait habituellement avec son père, soupira profondément. Agé de quatorze ans, il ne pouvait se joindre au chœur des lamentations, d'autant que c'est lui qui avait bénéficié du reste du sirop de sapin.

— Tu me donnes du sirop de radis noir, Blanche ? réclama Roger. Il est bien plus efficace que l'autre.

Il n'était ni plus efficace ni vraiment mauvais. Les enfants détestaient surtout la vision de l'énorme radis noir suspendu dans la cuisine, tel un entonnoir. Lydia le décapitait, creusait la partie la plus large, puis, à l'aide d'une aiguille à tricoter, perçait le radis depuis le fond de l'orifice jusqu'à la pointe. Il ne restait plus qu'à couper l'extrémité effilée et à remplir la cavité de sucre candi. Le jus du radis noir dissolvait le sucre, coulait le long du canal percé avec l'aiguille à tricoter, et tombait goutte à goutte dans le récipient placé juste en dessous.

— Bon, j'en veux bien aussi, capitula Albert.

Blanche leur en servit une bonne cuillerée à soupe, puis elle pivota vers la cadette.

— Et toi, Camille ? Tu en prends ou tu préfères rester malade ?

La petite prit le remède avec force grimaces.

— Il n'empêche que c'est dégoûtant, conclut-elle.

Blanche, qui venait d'entendre grincer le portillon qui menait de la rue vers leur cour, se précipita à la fenêtre et poussa un soupir de soulagement. Son père venait enfin de rentrer.

— Couvrez-vous bien, recommanda-t-elle à ses frères et sœur. Je vais ouvrir la fenêtre pour rabattre les volets.

Les trois malades glissèrent sous les couvertures, appréciant la sollicitude autoritaire dont l'aînée faisait preuve à leur égard.

Blanche remarqua tout de suite que quelque chose de grave venait d'arriver. Le visage fermé de son père, l'évitement du regard, ce n'était pas dans ses habitudes. Depuis qu'il s'était établi à son compte, il rentrait de bonne humeur, heureux de retrouver sa famille. Cette expression maussade, Blanche la lui connaissait cependant. C'était celle des mauvais jours, annonçant que ses projets avaient échoué une fois de plus. Elle signifiait qu'il fallait déménager, à la poursuite d'un autre rêve qui, inévitablement, s'écroulerait à son tour. Ce jour-là était encore arrivé. Pourtant, cette fois, elle y avait cru, Blanche.

Sa mère, préoccupée par la maladie des plus jeunes, ne remarqua rien.

— Il faudrait peut-être appeler le docteur ? suggéra-t-elle.

Son père ouvrit la bouche pour répondre, sans doute à côté de la question. Blanche le devança.

— Ils n'ont pas beaucoup de température. Attendons un jour ou deux.

Lucien hocha la tête, adressant à sa grande fille, si raisonnable, un coup d'œil trahissant son soulagement. Puis son regard vacilla, se fixa sur l'assiette que Lydia remplit de soupe aux légumes.

— Mange pendant que c'est chaud, conseilla Blanche, voyant que la cuillère de son père tournait dans l'assiette sans se porter vers sa bouche.

Il fournit un effort surhumain, avala deux cuillerées et s'apprêta à parler. Blanche resta suspendue à ses lèvres, redoutant ce qui allait venir. Mais non, il secoua la tête, gardant pour lui son terrible secret.

— Excuse-moi, Lydia, fit-il en s'adressant à son épouse. Ta soupe est très bonne, mais ce soir je n'ai pas faim.

Puis il s'éclipsa, laissant la mère et la fille terminer seules le repas. Après, il fallut porter un bol de soupe aux trois plus jeunes, qui étaient restés au lit. Blanche accomplit sa tâche, l'esprit ailleurs.

Enfin elle put éteindre la lumière et leur souhaiter une bonne nuit. Aussitôt, elle frappa à la porte de ses parents. En bas tintaient des bruits de vaisselle que l'on lavait dans la bassine de zinc.

— Papa, c'est moi, insista Blanche, collant sa bouche contre la porte.

Ne recevant pas de réponse, elle tourna la poignée et poussa le battant. La pièce était vide.

— Tu viens essuyer la vaisselle, Blanche ?

— J'arrive, maman ! répondit-elle à mi-voix en descendant l'escalier.

Les Mosmann n'étaient pas chez eux. Par chance, et du fait qu'ils étaient originaires de Wittelsheim, ils avaient trouvé cette maison, sans électricité ni eau courante, comme bien d'autres anciennes habitations, à louer l'année précédente. Elle n'était pas très grande : la cuisine et une pièce commune en bas, deux chambres en haut. On se lavait dans la cuisine. Un grand fait-tout rempli d'eau chauffait en permanence sur la cuisinière à bois qui servait aussi bien au chauffage qu'à la cuisson des repas. Dans la salle, un poêle à bois aux jolis carreaux de faïence verts dispensait une agréable chaleur.

Les chambres, en revanche, n'étaient pas pourvues d'un moyen de chauffage. De grosses couvertures piquées garnies de laine équipaient chaque lit, ainsi qu'un « plumon » rebondi aux allures d'oreiller pour géant. En hiver, il était toujours difficile de se glisser entre les draps, à la recherche de la bouillotte en zinc ovale remplie d'eau chaude qu'on avait promenée de place en place. Elle était glissée dans une housse crochetée par Lydia, pour permettre aux pieds de s'attarder sans crainte de brûlures, et limiter les risques de douloureuses engelures qui, en dépit de toutes les précautions, s'attaquaient aux orteils. Rouges et gonflés, ils souffraient, enfermés dans les chaussures.

Cela faisait partie des désagréments de la mauvaise saison, comme la température des chambres, à peine tiédies par les conduits qui les traversaient, amenant les fumées du rez-de-chaussée vers la cheminée débouchant sur le toit. Il arrivait que des tuyaux mal emboîtés les uns dans les autres ou des conduits à l'étanchéité déficiente intoxiquent les dormeurs, qui ne se réveillaient pas au matin, aussi fallait-il bien aérer les chambres avant d'aller se coucher, ce qui avait pour effet de chasser la faible chaleur accumulée au courant de la journée. Les frères et la sœur de Blanche hurlaient généralement, affirmant qu'ils préféraient mourir en dormant plutôt que congelés. Il n'empêche que l'hiver précédent ils s'étaient réveillés, un matin, avec un fort mal de crâne. Depuis, ils se conformaient aux instructions de Lydia.

Blanche ne s'en plaignait pas. Ils avaient un toit sur la tête, du bois dans l'appentis, et jouissaient finalement d'un confort qu'ils n'avaient pas toujours trouvé au cours de leurs années d'errance, malgré l'eau qu'il fallait pomper dans une dépendance, malgré les toilettes installées dans un édifice de la cour, une banquette de bois percée d'un orifice rond muni d'un couvercle, construite au-dessus de la fosse à l'odeur forte.

Enfin, Blanche put partir à la recherche de son père ; son instinct lui soufflait que s'il avait voulu mettre son épouse au courant, il l'aurait déjà fait.

Elle sortit sous prétexte d'aller chercher du bois. Les vélos de son père et de Roger, leur unique luxe, étaient bien à leur place dans la remise. Ensuite elle inspecta du regard les recoins de la cour, balayée par un vent glacial. Le ciel d'un noir d'encre brillait de milliers d'étoiles. Il ne neigerait pas cette nuit. Elle le sentait, lorsque le temps se mettait à la neige. D'ailleurs, la température était bien trop basse. Le thermomètre tomberait certainement jusqu'à moins dix degrés, peut-être même moins quinze ou moins vingt au lever du jour, l'heure la plus froide.

Blanche ouvrit la porte de la cave. Aussitôt elle comprit qu'il était là, tapi dans l'ombre.

— Papa, chuchota-t-elle, tu vas bien ?

— N'allume pas la bougie ! fit une voix oppressée.

Elle entreprit avec précaution la descente en se tenant à la rampe de bois brut. L'odeur d'humidité si familière la prit à la gorge. Parvenue en bas, elle resserra sur ses épaules le châle de laine dont elle s'était munie pour sortir.

— Où es-tu, papa ?

Mais ses yeux, qui avaient eu le temps de s'habituer à la pénombre, l'avaient déjà découvert, assis sur la luge. Il leva vers sa fille un regard désespéré. La lueur qui s'insinuait à travers le soupirail éclairait son visage.

— Mais que fais-tu là, papa ? s'exclama Blanche, affolée. Tu vas tomber malade, toi aussi. Que deviendrons-nous si tu n'es pas là pour t'occuper de nous ?

Il soupira pour toute réponse. Elle s'assit à côté de lui et des deux bras s'accrocha au cou de son père. Il l'enlaça en retenant ses sanglots. Elle lui communiqua un peu de sa chaleur, il tremblait, de froid et sans doute d'autre chose. Elle berça ce grand corps comme pour le consoler de ce qu'il avait à lui dire.

— Parle, papa. Je suis là, avec toi.

Il ouvrit la bouche, mais les mots ne parvinrent pas à franchir sa gorge nouée.

— Que fais-tu là, dans le noir, papa ? interrogea-t-elle avec douceur. Tu as horreur d'être enfermé dans la cave. Tu ne supportes pas l'obscurité.

— Je m'entraîne, ma petite fille.

C'est à peine si elle perçut ces quelques mots chuchotés dans son cou.

— Tu…

L'esprit de Blanche galopa à la poursuite d'une explication rationnelle.

— Tu t'entraînes à…

— A descendre sous terre, dans le noir.

Le cœur chaviré, Blanche écouta son père lui raconter l'épouvantable journée qu'il avait dû affronter, alors qu'il l'avait commencée avec un tel bonheur et une telle confiance en quittant la maison. Quelques heures à peine s'étaient écoulées, et pourtant leur vie à tous venait de basculer. Blanche s'en voulut de ne pas avoir deviné, de s'être accrochée à une sécurité illusoire.

— Je me suis inscrit à la mine, avoua-t-il. Je commence lundi prochain. Il me reste la semaine pour régler mes affaires.

Il s'arrêta une seconde pour reprendre avec un ricanement qui faisait mal, tant il était loin de sa nature :

— Ce sont plutôt les affaires qui me règlent mon compte ! Je suis responsable de vous, ma petite fille. Je dois assumer.

La voix, brusquement affermie, la rassura. Dans l'esprit de son père, le suicide, c'était de descendre à la mine. Une forme de suicide qui sacrifiait tout ce qu'il aimait, le grand air, l'espace, l'indépendance. Pour racheter ses erreurs.

— Le mal est fait, papa. Nous ne pourrons pas revenir en arrière.

Une foule de questions se pressaient dans sa tête, mais elle ne voulait pas les poser maintenant. Ni ici.

— Viens, papa. Remontons dans la cuisine. Maman a dû nous préparer de la tisane.

Lucien eut un mouvement de recul.

— Jamais je ne pourrai raconter à Lydia… après toutes les déceptions que je lui ai déjà infligées…

Elle resserra son étreinte pour lui donner le courage d'affronter les conséquences de ses actes et d'aller au bout de cette terrible journée.

— Nous formons une famille. Tant que nous resterons ensemble, tout ira bien.

— J'aurais tant voulu que ta mère soit fière de moi ! soupira-t-il.

— Je suis fière de toi, papa. Et elle le sera aussi. Nous ne sommes pas à la rue. Tu as trouvé un travail, qui est difficile. Tu es un homme courageux et responsable. Nous t'aimons tous, papa. Aie confiance en nous. Aie confiance en l'avenir. Tu sais, on s'habitue à tout. N'oublie pas les avantages.

Il ricana encore, mais avec moins de conviction.

— Quels avantages ?

— Il paraît que les mineurs seront logés dans de belles maisons, avec tout le confort. J'ai vu celles qui sont en construction à la cité Amélie. Elles sont grandes, entourées d'un jardin. Tu n'auras même pas besoin d'un vélo pour aller travailler. En rentrant, tu cultiveras nos légumes, toi qui aimes tant bêcher et biner. Ça te manquait, ici, n'est-ce pas ?

Dans son désespoir, Lucien venait de trouver un point d'ancrage. Pour oublier la nuit permanente du fond, il pourrait profiter du soleil, s'en gorger, s'en saouler, savourer chaque rayon jusqu'à plus soif.

Blanche continuait la description idyllique de leur vie future.

— A la belle saison, on installera une table dans le jardin pour manger tous ensemble les légumes que tu auras fait pousser. Des haricots, des petits pois, des carottes. Et des choux aussi. Sans oublier le persil, la ciboulette…

Sachant le trait forcé, Lucien se rebiffa.

— Avec vue sur le chevalement de la mine !

— On lui tournera le dos, fit-elle légèrement. Et puis, le chevalement n'est pas pire qu'une cheminée d'usine. Au moins nous n'aurons pas des fumées empoisonnées à respirer.

Pour sa famille, tout irait bien. Les inconvénients, ce serait à lui de les supporter. Ce n'était que justice.

— Tu as raison, ma grande fille. Nous aurons une vie plus agréable. Et personne ne pourra nous voler l'essentiel. Nous restons ensemble.

— Et puis, c'est un travail stable, ajouta Blanche.

Aussitôt, elle regretta cette phrase. Elle soulignait involontairement l'instabilité de son père, et aussi le fait qu'il allait rester prisonnier du fond, un calvaire quotidien pour lui, sans espoir de pouvoir y échapper un jour, à moins d'un accident qui lui coûterait la vie.

Pour lui éviter de s'appesantir sur ces travaux forcés à perpétuité auxquels il venait de souscrire, elle se leva d'un bond, l'obligeant à se mettre debout lui aussi.

— Viens, papa. Nous devons mettre maman au courant.

Lucien se dressa pour quitter le froid sépulcral de la cave, soutenu par sa fille. On prétendait que dans le fond de la mine il faisait chaud. Chaud comme l'enfer.

6

Les tâches ménagères occupèrent Blanche toute la matinée, ainsi que les multiples exigences des petits malades. Ceux-ci se portant mieux, le passage du médecin ne semblait pas indispensable, enfin une bonne nouvelle ! Comme ils avaient recouvré leur tonus, ils se montraient d'autant plus difficiles. Tout en vaquant à ses occupations, Blanche avait hâte de quitter la maison.

Enfin, en début d'après-midi, une fois la vaisselle lavée et rangée, elle enfila ses bottines.

— Où vas-tu ? s'étonna Lydia.

Blanche n'aimait pas mentir mais, cette fois, elle ne pouvait pas dire la vérité.

— Rejoindre papa à l'atelier. Il ne t'a pas prévenue qu'il avait besoin de moi pour l'inventaire ?

— Non, répondit Lydia en cherchant dans sa mémoire.

Blanche se hâta d'enfiler son manteau et de poser un fichu de laine sur sa tête avant que sa mère ne remarque sa coiffure inhabituelle, réalisée à la dernière minute. Le dimanche, ses longs cheveux couleur de miel lissés avec soin pendaient dans son dos. Un ruban retenait quelques mèches sur le sommet de la tête. Plus généralement, ses cheveux étaient nattés. Les deux tresses s'agitaient à chaque mouvement un peu vif, et comme Blanche était très active, elles dansaient à longueur de journée.

Cette coiffure de petite fille sage ne convenait pas à la démarche qu'elle allait entreprendre aujourd'hui. Aussi avait-elle entortillé ses cheveux dorés en un chignon qui la vieillissait de quelques années – du moins voulait-elle le croire.

Blanche se hâta de quitter la maison avant que sa mère ne s'en étonne. Elle claquait le portillon de la cour lorsqu'elle entendit :

— Un moment, Blanche ! Que signifie cette coiffure ?

Accélérant son allure, la jeune fille fit la sourde oreille. Elle s'expliquerait plus tard. La fenêtre de la salle de séjour s'ouvrit, sa mère se pencha à l'extérieur pour l'appeler encore d'un ton plus autoritaire.

— Blanche, reviens ! Je t'ordonne de rentrer !

Mais Blanche était déjà loin. Elle savait que sa mère ne la poursuivrait pas dans la rue, ne voulant pas laisser les trois malades seuls. De plus, le temps d'enfiler un vêtement chaud et des bottines, il lui serait impossible de la rattraper. Et finalement, elle avait confiance en sa fille, la plus raisonnable de tous ses enfants.

Blanche progressa d'un bon pas. La température s'était radoucie. Bas et lourd, le ciel gris semblait vouloir s'accoupler à la terre gelée.

— On l'aura peut-être quand même, cette neige, murmura-t-elle.

En temps ordinaire, elle s'en serait réjouie. Cet hiver-là, les enfants n'avaient pas eu l'occasion d'en profiter. Il avait beaucoup plu. Ensuite, les flocons étaient tombés sans conviction. Mais Blanche avait quitté le monde insouciant de l'enfance, les joyeuses batailles de boules de neige et les folles parties de luge sur les talus. Les soucis familiaux l'avaient du jour au lendemain fait basculer dans la réalité d'un monde cruel et injuste. Il lui fallait porter une part du fardeau.

Aujourd'hui, en tant que jeune adulte, elle ne prenait en considération que les inconvénients de cette neige à venir. Les chaussures abîmées, les vêtements trempés, la longue route rendue plus difficile. Trois kilomètres et demi depuis le centre de Wittelsheim.

Arrivant en vue de l'atelier de menuiserie, à la sortie du village, elle ralentit, scrutant les éventuels mouvements. La cheminée du poêle de fonte fumait, signalant une présence. Le vieux Gustave était probablement occupé à terminer les dernières commandes, de quoi dégager un ultime salaire. Son père aussi, peut-être.

Avant de quitter la maison, ce matin, il n'avait pas desserré les dents. Les paroles qui étaient tombées lourdement la veille au soir, lorsqu'il était remonté de la cave en compagnie de Blanche, résonnaient encore à toutes les oreilles. Depuis, Lucien n'avait plus de mots.

Mais rien ne bougeait aux alentours de l'atelier. Blanche prit son élan et dépassa ce point critique en courant de toute la force de ses jambes. Cent mètres plus loin, le souffle haletant, elle ralentit son allure, se retourna. Non, personne ne l'avait vue passer. Elle poussa un soupir de soulagement et se concentra sur ce qu'elle aurait à dire, espérant de tout son cœur se montrer convaincante.

Amélie Zurcher, encore vêtue du long manteau à grand col et double boutonnage que portaient les visiteurs et les membres de la direction lorsqu'ils descendaient dans le puits de mine, le casque de protection à la main, raccompagna le chef du fond jusqu'au bâtiment qui abritait son bureau.

— Merci de m'avoir emmenée là-bas, monsieur Friedrich. J'avoue que je suis impressionnée.

— Savez-vous que pour certains nouveaux mineurs locaux c'est le bagne ?

— Je ne suis qu'une personne de passage, une simple visiteuse, admit Amélie en tempérant son enthousiasme. Je n'aurai pas à travailler dans un étroit boyau en redoutant que le ciel me tombe sur la tête pour m'ensevelir. Je comprends ce que ces hommes peuvent ressentir et craindre.

Tout en discutant, ils franchirent le seuil. Dans le couloir hésitait une jeune personne. Celle-ci retira le châle de laine qu'elle portait sur la tête, vérifia de la main si son chignon n'avait pas trop souffert puis, prenant une grande inspiration, s'enquit auprès d'un homme pressé chargé d'un dossier :

— Pourriez-vous m'indiquer le bureau d'embauche, s'il vous plaît ?

Amélie retint un sourire. La coiffure sévère ne parvenait pas à faire illusion. Trahie par sa voix très jeune et son allemand scolaire, la gamine, une villageoise, ne devait guère compter plus de seize printemps.

— Une nouvelle recrue, murmura-t-elle à l'intention de son compagnon.

L'homme pressé auquel la gamine s'était adressée désigna un bureau. Amélie allait s'éloigner, mais quelque chose dans le comportement de la jeune fille retint son attention. Peut-être céda-t-elle à un simple accès de curiosité.

Voyant que sa visiteuse de marque s'était arrêtée dans le couloir, à proximité de la porte restée ouverte, Kurt Friedrich revint sur ses pas.

— C'est la première personne que je vois se présenter à l'embauche, lui expliqua-t-elle. Le hasard veut que ce soit une gamine.

— Je ne l'emmènerai pas au fond, plaisanta-t-il à mi-voix.

— Voyons ce qu'elle va demander, ajouta Amélie.

Blanche s'adressa à l'homme assis derrière un bureau.

— Est-ce ici qu'il faut s'adresser pour obtenir un emploi dans la mine ? s'enquit-elle d'une voix qu'elle espérait ferme.

En réalité, elle se sentait intimidée par le gigantisme des lieux et l'importance de sa démarche. L'homme ne leva même pas les yeux de son registre.

— Pas de femme dans la mine, trancha-t-il.

Blanche se mordit les lèvres, contrariée d'avoir mal formulé sa demande, et redoubla de politesse dans l'espoir d'amadouer ce cerbère.

— Pardon si je me suis mal exprimée, fit-elle avec un sourire. Bien entendu, je ne parlais pas d'un emploi de mineur.

L'homme se radoucit.

— Nous avons besoin de « klaubeuses ».

Blanche se fit expliquer en quoi consistait ce travail. Elle retint une grimace. Trier les blocs de sel remontés à la surface, à l'entrée des moulins de la mine qui concassaient la potasse, cela ne pouvait pas convenir. Oh ! elle ne faisait pas la fine bouche, elle aurait accepté n'importe quel emploi, mais son père ne voudrait jamais qu'elle devienne ouvrière.

— J'envisageais plutôt un emploi de bureau.

L'homme haussa les épaules.

— Les emplois de bureau qualifiés sont tenus par du personnel formé dans le Reich.

— Nous sommes dans le Reich, rétorqua Blanche

sans se démonter, tout en sachant qu'un Alsacien n'y aurait jamais le même statut qu'un Allemand.

— Soit, mais quelle qualification as-tu ?

— J'ai tenu la comptabilité dans l'atelier de mon père.

Il examina la candidate d'un œil critique.

— Ton père, voyez-vous ça, grommela-t-il. Un bon conseil, reste là-bas. Tu y seras bien mieux qu'ici.

Et voilà, ils en étaient déjà arrivés au point que Blanche redoutait le plus. Elle avait bien réfléchi à ce qu'elle allait dire, mais à part la vérité, elle ne voyait vraiment pas.

Dans le couloir, Amélie tendit l'oreille.

— Mon père a dû renoncer à cet atelier, avoua Blanche.

— Et pourquoi donc ?

— Il a fait de mauvaises affaires.

L'homme grimaça, méprisant.

— Encore un ivrogne qui a coulé son fonds de commerce.

Blanche sursauta, piquée au vif.

— Pas du tout ! protesta-t-elle avec emportement.

Puis, modérant le ton, poussée dans ses derniers retranchements, elle expliqua :

— Il a été roulé par un associé malhonnête.

— Alors je suppose qu'on le verra lui aussi, un de ces jours. Tu pourras lui dire que nous avons besoin de mineurs.

— Vous l'avez déjà vu hier. Lucien Mosmann.

L'homme feuilleta son registre.

— Lucien Mosmann, en effet. Mais il n'a pas évoqué d'atelier – de quoi, au juste ?

— Un atelier de menuiserie.

Il leva vers la jeune fille un regard interloqué.

— Pourquoi n'en a-t-il pas parlé ? Il m'a juste dit avoir exercé plusieurs métiers, autant dire aucun. Nous employons toutes sortes de professionnels. Un menuisier peut devenir boiseur, pour étayer les galeries. C'est moins dur que d'être mineur.

— C'est sans doute moins bien payé, remarqua Blanche.

L'homme hocha la tête.

— En effet. Mais je ne peux rien pour toi, petite. A moins que tu n'acceptes un emploi d'ouvrière. Et encore, il faudra que ton père revienne dans ce bureau avec toi pour nous donner son accord.

Accablée, Blanche comprit qu'elle ne mènerait pas à bien sa mission : décrocher un emploi qui lui permettrait d'aider sa famille. Son père descendrait au fond, elle devait apporter sa contribution. Elle eut un sursaut d'énergie.

— Vous avez parlé des emplois de bureau qualifiés. Et les autres ? J'ai sans doute beaucoup à apprendre et le travail ne me fait pas peur.

— Je ne vois pas… vraiment, je regrette. Reviens avec ton père, nous en reparlerons avec lui. Mais ne te fais pas d'illusions, nous n'avons besoin de personne dans les bureaux. Il n'y a pas de poste disponible.

C'était la renvoyer poliment mais sans appel.

Amélie, debout dans le couloir, esquissa une mimique désolée. Si elle s'était trouvée à la place de l'homme, elle l'aurait prise, cette petite, pour sa détermination, une qualité précieuse qui peut soulever des montagnes. Ou, en ce qui la concernait, creuser des galeries dans le ventre d'une terre vouée à l'agriculture.

— Dommage, murmura-t-elle à l'intention de Kurt. Je suis sûre qu'elle saurait tirer son épingle du jeu et se rendre utile.

— Tu as quel âge ? s'enquit encore le responsable de l'embauche.

— Dix-huit ans, affirma Blanche avec aplomb.

Puis, secouant la tête, elle rectifia d'un air de défi :

— En réalité, j'ai seize ans.

— Hum, d'où le chignon, fit l'homme goguenard.

— J'avais peur que vous ne me trouviez trop jeune.

— Nous prenons des garçons de treize ans pour descendre au fond, quand ils sont amenés par leur père.

Blanche ne parvenait pas à prendre la décision de se rendre à l'évidence, de tourner les talons, de renoncer au rêve qu'elle avait caressé tout au long de la nuit. Tout à coup, elle vit surgir dans le bureau un personnage qui devait être important puisque le chargé du recrutement le salua avec respect. Le nouveau venu fit remarquer d'une voix habituée au commandement :

— Fräulein Ilse réclame à cor et à cri quelqu'un pour la décharger des menues besognes.

— En effet, approuva l'homme.

Perplexe, celui-ci se demandait où se situait son intérêt. Accéder à la demande du chef du fond, lui rendre service, pourrait se révéler utile un jour ou l'autre. Peu lui importaient les motivations de Kurt Friedrich. Il le savait célibataire par la force des choses, tant que sa famille restait au loin, et le minois de la gamine lui semblait plutôt agréable. Alors, dès lors qu'il n'y aurait pas d'histoires…

Avec un vif déplaisir, Kurt suivit le raisonnement de son interlocuteur. Passer pour un coureur de jupons lui faisait horreur, surtout s'agissant d'une gamine à peine sortie de l'enfance, mais il tenait à accéder au souhait d'Amélie. Qu'elle ait raison dans son jugement concernant cette petite lui importait peu, en réalité. Avec un sourire en coin, il marmonna, comme si la cause était déjà gagnée :

— N'oubliez pas de faire remarquer à Fräulein Ilse que vous avez cherché à lui être agréable.

Le chargé du recrutement entrevit aussitôt le bénéfice personnel qu'il pourrait en retirer. Fräulein Ilse régnait sur l'ensemble des secrétaires, ou plus exactement exerçait sa tyrannie sur les malheureuses qui étaient soumises à ses ordres. Il n'empêche que cette forte femme d'une trentaine d'années, aussi séduisante qu'autoritaire, avait le don d'éveiller en lui – bon mari et bon père au demeurant – des sentiments inavouables.

— C'est bien, petite, conclut-il. Tu es engagée. Reviens demain matin. Fräulein Ilse t'expliquera elle-même ce qu'elle attend de toi.

Il ne put s'empêcher d'éprouver pour cette petite Mosmann une vague compassion. Elle allait souffrir.

Blanche quitta le bureau dans un état second. Elle avait réussi et ne parvenait pas à y croire. Toute seule, sans ses parents, et contre eux ; elle aurait bien du mal à les convaincre, une fois de retour à la maison.

Au bout du couloir, elle aperçut les larges épaules de celui dont l'intervention miraculeuse s'était révélée déterminante. Les Mosmann avaient l'habitude des promesses avortées, des projets qui tombent à l'eau, des rêves qui se muent en cauchemar. Pour la première fois, la chance s'était trouvée sur la route de l'un d'eux. Elle avait revêtu l'apparence d'un homme qui à présent s'apprêtait à ouvrir une porte et allait disparaître à ses yeux. Blanche ne pouvait pas se montrer ingrate.

Abandonnant sa feinte dignité désormais superflue, elle courut dans cette direction avec une spontanéité juvénile. Son chignon s'écroula dans l'effort et ses longs cheveux dorés se répandirent sur ses épaules, lui rendant ses seize ans.

— Merci, monsieur ! s'exclama-t-elle avec emportement. Merci beaucoup. C'est grâce à vous que j'ai obtenu cet emploi.

Il secoua la tête.

— Non, grâce à cette dame, madame Amélie Zurcher.

Blanche connaissait ce nom. Elle resta pour une fois sans voix, attachant sur sa bienfaitrice un regard éperdu de reconnaissance. Celle-ci eut un petit rire attendri et rectifia :

— Monsieur Kurt Friedrich, le chef du fond, est intervenu en ta faveur. Je suis sûre qu'il ne le regrettera pas.

Amélie souhaitait que la petite Blanche connût le nom de ce personnage haut placé dans la hiérarchie et pût faire appel à lui, si nécessaire. Un maigre atout dans son jeu, mais qui un jour pourrait avoir son importance. Elle désirait aussi que Kurt se sentît un peu responsable de la nouvelle recrue.

Blanche les remercia encore tous les deux. Puis il lui sembla entendre le chef du fond, le futur patron de son père, expliquer qui était Fräulein Ilse, et la mettre en garde contre cette personne d'un commerce difficile, mais elle était si heureuse que les mots s'entrechoquaient dans sa tête sans parvenir à se frayer un chemin jusqu'à son esprit.

7

Jeanne Ott se retrouva dans l'atelier de couture appartenant à celle qu'elle appelait tante Hortense sans avoir compris ce qui lui arrivait. Un attelage était venu, Suzanne lui avait dit d'y grimper sans lui expliquer pourquoi ni vers quelle destination on l'envoyait, elle lui avait donné quelques affaires préparées en douce et Fritz, le regard douloureux et résigné, avait regardé sa fille partir.

A Eguisheim, la mine sévère d'Hortense ne laissait rien présager de bon.

— Ma petite, ne me prends pas pour une idiote, fit-elle abruptement. Je connais la vie mieux que toi.

Elle scruta la jeune fille, si brune, à la recherche de signes qu'elle seule savait déchiffrer.

— Désormais, tu habiteras ici. Tes parents me font confiance pour organiser ton avenir.

Prisonnière. Jeanne était prisonnière. Curieusement, elle ne parvenait pas à se rebeller. Elle ne demandait qu'à se soumettre, laisser autrui décider à sa place. Sa liberté lui avait tout au plus inspiré des bêtises qu'elle regrettait à présent. Renvoyer Antoine, lui annoncer que tout était fini, elle n'aurait pu s'y résigner. Voilà, les jeux étaient faits sans qu'elle soit obligée d'affronter des larmes et des supplications. La relation avec son soupirant de toujours n'était pas une si bonne idée, après tout.

Sachant qu'il allait souffrir comme un damné, elle s'en voulait de respirer plus librement, comme lorsqu'on vient d'échapper à un grave péril. Elle se trouvait lâche, si bien qu'à son intense soulagement se mêlait un désagréable sentiment de honte. Sans doute regretterait-elle dans l'avenir l'amour qu'il lui témoignait, mais il serait toujours temps d'y penser plus tard.

— C'est avec Antoine Friess que tu avais rendez-vous, ces deux derniers dimanches, fit la tante Hortense sûre de son fait.

Jeanne hocha la tête en silence.

— Seule ?

Au point où elle en était, la jeune fille ne voyait pas l'intérêt d'un mensonge.

— Oui.

Une lueur d'inquiétude passa dans les yeux d'Hortense.

— J'espère que vous n'êtes pas allés trop loin.

Le regard de Jeanne échappa à celui, aigu, de la couturière. Celle-ci, au lieu de laisser exploser sa colère comme l'aurait fait Suzanne, garda son calme.

— Il nous faudra agir plus vite, mais il vaut mieux que je le sache.

Son ton se radoucit.

— Assieds-toi, ma fille. Sache que je ne suis pas ton ennemie. Nous allons agir au mieux de ton intérêt. Veux-tu absolument épouser Antoine Friess ?

— Non, je ne veux pas l'épouser, fit-elle d'une voix déterminée.

Si elle en fut soulagée, Hortense se garda bien de le montrer.

Le dimanche suivant, Hortense se rendit seule à l'église d'Eguisheim. Pour une fois, elle resta dans l'une des dernières rangées. La messe commença comme d'habitude.

Tout à coup retentit dans le fond un sonore claquement de porte. Toutes les têtes se retournèrent, à la vive contrariété du curé, qui interrompit un moment la célébration pour réprimander des yeux la retardataire inconnue. Une belle fille brune, grande, mince, au port de tête royal.

Hortense balaya du regard l'assemblée masculine, s'arrêta sur le visage des hommes qui lui semblaient intéressants. Puis le déroulement de la messe reprit et Hortense, en fonction de ses premières constatations, commença à échafauder des plans prometteurs.

A l'issue de la messe, une bonne partie des fidèles resta sur le parvis ou sur la place. On s'apostrophait pour échanger des bonjours et des nouvelles. Jeanne demeura seule, attendant sa tante, qui prit tout son temps avec les uns et les autres. Sans avoir à se forcer, la jeune fille arborait un air à la fois hautain et souriant.

— C'est ma nièce, Jeanne Ott, répéta Hortense plusieurs fois d'une voix forte et intelligible. Elle va travailler avec moi.

Un jeune homme s'approcha, que Jeanne reconnut avec un vif déplaisir. Il s'agissait de Louis Neumann, l'ami d'Anneliese. Elle ne modifia en rien son attitude lorsqu'il l'aborda.

— Tiens donc, fit-il d'un air sardonique. La petite Jeanne, presque méconnaissable. Quelle élégance ! Ton cher et tendre est au courant ?

— C'est de l'histoire ancienne, laissa-t-elle tomber avec une feinte indifférence.

— Souvent femme varie, ironisa-t-il.

— Et l'homme encore bien davantage, rétorqua-t-elle un peu sèchement.

— Que dois-je dire à ton… amoureux ?

— Rien du tout.

Louis Neumann hocha la tête. Finalement, cette histoire ne le regardait pas.

— Entendu, je ne t'ai pas vue. D'ailleurs, je ne te connais pas.

De retour chez sa tante, Jeanne abandonna son sourire.

— Un coup pour rien, conclut-elle avec dépit.

— Ne crois pas ça, ma petite.

— Ah ! non, pas lui ! s'exclama-t-elle. Pas ce répugnant personnage !

Elle faisait allusion à un homme suffisant qui lui avait adressé la parole.

Hortense adopta un drôle de ton pour la rassurer.

— Non, pas celui-là. Jamais de la vie !

Consciente que sa nièce la dévisageait avec surprise, Hortense se reprit.

— Non, pas un Becker. Il n'y a rien à en attendre. C'est une famille de profiteurs. Pour eux, les filles ne sont que des amusements qu'on prend et qu'on jette. N'en parlons plus. Je constate avec satisfaction que tu l'as jugé au premier coup d'œil.

Rassurée, Jeanne chercha dans sa mémoire.

— Mais je n'ai vu personne d'autre. A part bien sûr Louis Neumann.

— Que tu connais.

— Malheureusement, oui. Espérons qu'il ne dira rien.

— Même s'il parle, on ne le croira pas, estima

Hortense après un moment de réflexion. A te voir, on te donnerait le bon Dieu sans confession. Tu étais parfaite.

— Personne d'autre ne s'est approché de moi.

Hortense esquissa un sourire satisfait.

— Il ne s'est pas approché mais il t'a regardée. Ça ne m'étonnerait pas qu'il vienne me rendre visite bientôt. Crois-en mon expérience, ma petite, ou alors je ne connais plus les hommes.

Il fallut à Jeanne un bon moment avant de réaliser ce que cette phrase pouvait avoir d'incongru dans la bouche de sa tante.

Quotidiennement, Hortense envoyait Jeanne effectuer quelques emplettes chez les commerçants d'Eguisheim. La jeune fille en était ravie. Elle adorait musarder dans les rues, admirer les vitrines, et saluait de bon cœur toutes les personnes qu'elle croisait.

Comme Antoine n'était pas encore venu faire un scandale, elle estima que Louis Neumann avait tenu sa langue.

En regagnant la maison de sa tante, elle trouva la porte du petit salon fermée. Parfois, Hortense y recevait une cliente afin de prendre ses mesures, mais aujourd'hui, une voix masculine résonnait dans la pièce. Jeanne en eut le souffle coupé. C'était peut-être « lui ». Le prétendant annoncé par sa tante. Oh ! elle ne s'attendait pas à un jeune homme : Hortense avait préparé le terrain.

« Celui auquel je pense, avait-elle dit à plusieurs reprises, a déjà un certain âge, mais il est riche. Tu ne pourrais pas mieux tomber. »

Chaque tentative pour en apprendre davantage s'était heurtée à un sourire mystérieux.

Tout à coup, la porte s'ouvrit.

— Entre, dit sa tante d'un ton engageant. Il y a ici quelqu'un qui désire te connaître. Je vous laisse bavarder tranquillement. Excusez-moi, j'ai à faire.

Pleine d'un espoir teinté d'appréhension, Jeanne entra à pas lents. Elle découvrit un homme qu'elle connaissait déjà. Il s'agissait de Georges Sibold, le vigneron qui venait acheter la récolte de son père, qu'il ajoutait à la sienne pour faire du vin commercialisé sous son propre nom. Mais devant elle ne se tenait plus l'homme qui imposait sa loi aux petits viticulteurs. Elle lui découvrit une expression bien différente. Le rapport de force était inversé. C'est elle qui occupait la position dominante. Elle aurait pu s'en réjouir, estimer venger son père et tous les autres, toutefois il ne s'agissait pas d'une simple revanche mais de son avenir. Aux côtés de cet individu chauve qui avait l'âge de son père ? Evidemment, il n'était pas beau. Sa taille et son embonpoint lui donnaient cependant une certaine allure. Elle aima l'expression de son regard où se mêlaient la crainte, l'humilité et l'espoir.

— Vous souhaitez me parler, monsieur Sibold ? fit-elle d'une voix douce.

— Je vois que vous me connaissez. En effet, je viens régulièrement à Voegtlinshoffen.

— Vous faites des affaires avec mon père.

La phrase, lancée l'air de rien, sous-entendait quand même qu'il en profitait pour l'exploiter. Georges Sibold perdit une bonne partie de son assurance.

Suivant les conseils de sa tante, Jeanne s'interrogea : Pourrai-je dormir avec cet homme jusqu'à la fin de sa vie ? Pourrai-je accepter sa bouche sur la mienne, ses mains sur ma peau, son poids écrasant mon corps ?

Pourrai-je le laisser prendre son plaisir avec moi ? Cette relation pourra-t-elle m'être agréable ?

Aux premières questions, elle répondit mentalement par l'affirmative. Elle le trouvait touchant. Son physique, sans la séduire, ne la rebutait pas. Seule la dernière interrogation resta en suspens. Sans doute cette relation intime n'irait-elle pas jusqu'à la rendre heureuse, mais sa tante l'avait prévenue. Il y a toujours quelque chose qui cloche.

A mesure que passaient les secondes, Georges sentait croître en lui la crainte d'un refus. Jeanne le détaillait. L'image qu'il offrait, la même qu'il voyait dans le miroir en se rasant le matin, lui semblait si peu propice à séduire une jeune femme aussi belle qu'il sentit le désespoir l'envahir.

— Souhaitez-vous que je vous laisse ? s'enquit-il, prêt à quitter la pièce sans insister davantage.

Cette délicatesse acheva d'emporter la décision.

— Pas du tout, monsieur Sibold. Prenez place, je vous en prie.

Elle s'assit et lui désigna un siège, juste en face d'elle.

— Avez-vous quelque chose à me dire ? s'enquit-elle.

— Dois-je comprendre que vous m'encouragez à parler ?

— Oui.

Il prit une grande inspiration. En apercevant Jeanne au fond de l'église, il était tombé amoureux sur-le-champ. Depuis elle l'obsédait, nuit et jour. Il n'aurait pas pu attendre une journée de plus tant il avait peur qu'on le devance et la lui prenne.

— Voulez-vous m'épouser ?

— Si vite ? Nous nous connaissons à peine.

— Je suis sûr de mes sentiments. Mon souhait le plus ardent est que vous acceptiez de devenir ma femme.

Jeanne sourit. Elle ne dit ni oui ni non. Ne pouvant supporter ce silence, il reprit :

— Votre tante pense que vos parents devraient être d'accord. Mais la décision vous appartient.

— C'est normal, me semble-t-il. Il s'agit de ma vie.

Il acquiesça, pensant à nouveau la cause perdue, oubliant que la quasi-totalité des parents de la région auraient donné leur fille à ce veuf sans enfants plutôt trois fois qu'une. Mais c'était celle-ci qu'il voulait, aucune autre.

— Vous aurez tout ce que vous voudrez, insista-t-il. Vous serez respectée. Vous mènerez une existence agréable. Vous aurez du personnel pour vous aider à tenir une grande maison.

Elle eut un petit geste de la main, lui signifiant qu'il faisait fausse route.

— Je voudrais y mettre une condition, précisa-t-elle.

— Laquelle ?

Jeanne leva le menton comme elle seule savait le faire.

— Je n'ignore pas, monsieur Sibold, qu'on vous prête de nombreuses aventures. Je sais aussi que le jour du mariage vous promettrez comme il se doit amour et fidélité, même si vous n'avez pas l'intention d'honorer cet engagement. Il vaut mieux que nous en discutions maintenant. Sachez que je ne supporterai pas la moindre infidélité. Je ne suis pas du tout disposée au partage. Cette condition est sans appel.

Georges crut voir le ciel s'ouvrir devant lui. Jeanne, à qui il redoutait d'imposer des désirs qu'elle n'accepterait peut-être qu'à contrecœur, exigeait l'exclusivité des relations physiques. Rien ne pouvait le rendre plus heureux. Comment aurait-il pu deviner que la jeune femme, qui avait pris l'habitude d'être adulée, n'envisageait pas d'être moins bien lotie avec son mari, sur ce plan-là du moins ?

— Je vous le jure. Il n'y aura plus que vous, promit-il.

— Nous ne sommes pas encore mariés, fit-elle remarquer.

Il comprit qu'elle plaisantait mais s'informa quand même, par acquit de conscience.

— Y a-t-il d'autres conditions ?

— Non, mais mes parents n'ont pas encore donné leur accord.

Il s'empara de la main de Jeanne avec emportement.

— Dois-je comprendre que vous acceptez ma demande, Jeanne ?

— Oui, Georges. Je veux devenir votre épouse.

Il posa ses lèvres chaudes sur la main qu'il tenait toujours entre les siennes.

— Quand nous marions-nous ? demanda-t-il.

— Mais quand vous voudrez, Georges, fit-elle doucement. Avez-vous peur que je ne change d'avis ?

Oui, maintenant qu'elle avait accepté, il redoutait qu'un obstacle ne se dresse sur la route de son bonheur. Le plus vite serait le mieux.

La fiancée avait observé ce déferlement d'émotions avec un étrange détachement, comme si elle ne se sentait pas concernée. Elle ne ressentait rien, ni crainte de laisser derrière elle son enfance, ni appréhension au moment de pousser la porte qui la mènerait vers une autre vie. Pas un seul instant, tout au long de cette scène, sa raison n'avait cessé de parler. Son cœur, lui, était resté muet.

Jeanne constatait qu'elle était capable d'inspirer des sentiments amoureux. En revanche, sans doute n'était-elle pas capable d'aimer.

8

Dans la nuit glacée, chaque tour de roue qui l'éloignait de son foyer rapprochait Lucien de l'enfer, d'autant plus redouté qu'il l'avait noirci au fil des jours, des heures et des minutes écoulés depuis le moment fatidique où il avait dû se résoudre, la mort dans l'âme, à choisir la mine comme solution de repli. Il ne pouvait s'empêcher d'évoquer le jour récent où il avait effectué le même trajet, son dernier jour de bonheur. Une belle matinée d'hiver, au froid sec et piquant sous un soleil pâle, si différente de la grisaille neigeuse qui attristait la région ces derniers temps.

Seul le soutien de sa famille l'aidait à tenir. Son épouse Lydia restait à ses côtés, pilier inébranlable, dans les bons comme les mauvais jours, se gardant bien de lui rappeler les conseils judicieux qu'elle lui avait prodigués à chaque choix de son existence professionnelle, conseils qu'il avait hélas ignorés alors qu'il était encore temps de les suivre.

En apprenant la nouvelle de la faillite paternelle et de sa reconversion, Roger s'était exclamé : « Moi aussi, je veux travailler à la mine ! » Lucien s'était élevé contre cette idée saugrenue, mais lorsque Blanche avait annoncé son embauche dans les bureaux, il avait été désarçonné, touché, si ému de cette solidarité indéfectible qu'il n'avait guère protesté.

Sa petite Blanche, qui avait commencé avant lui, se déclarait satisfaite de son emploi.

« J'arriverai à progresser, affirmait-elle. Tu verras, papa, tu seras fier de moi. »

Il l'était déjà, Lucien. Cela lui donna le courage de dépasser la maison de son copain Paul Reinhart, pourvue d'une porte de cave neuve, avant que la nouvelle de la faillite n'ait fait le tour de Wittelsheim. Il n'aurait pas supporté les commentaires teintés de commisération. A la hauteur de l'atelier qui ne lui appartenait plus désormais, la frustration et la douleur de l'échec lui firent monter des larmes aux yeux, faiblesse qu'il combattit courageusement.

— Allez, Lucien, se morigéna-t-il. Conduis-toi en homme.

En raison des horaires décalés des mineurs, qui prenaient leur poste au fond à six heures du matin alors que la nuit s'attarderait encore longtemps, peu de personnes se dirigeaient vers le chevalement de la mine dressé au milieu de la plaine, tel un monstre qui s'apprêtait à les dévorer, dissimulant une bouche gigantesque avide de saisir une victime de plus. Des hommes, à pied pour la plupart. Avec son vélo, il faisait presque figure de nanti.

Sans hâte excessive, il se retrouva sur le carreau de la mine illuminé, le cœur battant à grands coups et le souffle de plus en plus oppressé. Il descendait de son deux-roues, indécis, quand une main se posa sur son épaule.

— Lucien, c'est bien toi ? s'exclama une voix masculine incrédule.

Se retournant vivement, il découvrit un visage qui lui

sembla vaguement connu. Puis il comprit qui l'avait apostrophé aussi familièrement.

— Henri ! J'espérais bien te retrouver ce matin.

Ce qui était faux. Tout à ses angoisses, Lucien avait oublié son ancien camarade de jeunesse, dont pourtant Paul Reinhart lui avait parlé quelques jours plus tôt.

— Tu vois, plaisanta Lucien en espérant donner le change, je viens te tenir compagnie.

Henri Schmitter ne fut pas dupe. Lucien n'avait jamais été téméraire et le premier jour avait de quoi impressionner n'importe quel caractère, même le mieux trempé.

Il n'était pas si lointain, le jour où Henri avait dû se résoudre à chercher, lui aussi, un nouvel emploi. La terre était moins riche que dans d'autres régions d'Alsace, et son petit lopin ne parvenait plus à nourrir sa famille. C'était ainsi qu'il était devenu mineur tout en restant paysan à temps partiel.

— Viens avec moi, décida Henri. Je vais te montrer où laisser ton vélo. Puis nous descendrons ensemble. Je t'expliquerai au fur et à mesure.

En compagnie amicale, la salle des pendus, où chacun laissait ses vêtements « civils » jusqu'à la fin du service, fut beaucoup moins impressionnante que Lucien l'aurait cru. Une fois que celui-ci eut hissé ses habits au bout d'une chaîne, abandonnant par ce geste son identité et tout ce qui ne concernait pas son nouvel emploi, Henri l'encouragea.

— Te voilà un vrai mineur. Viens à la lampisterie.

Lucien constata que chacun était muni d'une lampe à carbure réglementaire, ce qui lui rappela qu'en bas régnait l'obscurité et qu'il ne supportait pas le noir. Il pâlit. Tout comme Henri, d'un geste machinal, il accrocha son jeton au tableau, signalant ainsi sa présence au fond, sans s'interroger sur ce que cela impliquait.

Un mineur d'une vingtaine d'années ricana en lui lançant :

— Ça leur permet de nous compter. Lorsqu'il leur manque des lampes à la sortie, ce sont autant de bonshommes prisonniers au fond. Sinon déjà crevés ! Avec les jetons, ils savent qui…

Les derniers mots moururent dans sa gorge. A quelques pas de là, un homme impressionnant le foudroyait du regard. Le jeune se hâta vers la cage qui allait les descendre vers leur lieu de travail.

— Le chef du fond, murmura Henri en désignant l'homme carré, planté sur ses jambes écartées. Un bon bougre, dur mais juste.

Celui-ci leur fit signe d'approcher et s'adressa à Lucien en allemand :

— C'est votre première descente, n'est-ce pas ?

Lucien, intimidé, hocha la tête.

— Quel est votre nom ?

— Lucien Mosmann.

Il lui sembla que le regard du chef s'attardait sur sa personne, allait à son compagnon, puis revenait sur lui pour s'enquérir :

— Vous connaissez Schmitter ?

— C'est un camarade d'école, expliqua Lucien en alsacien, trop perturbé pour parvenir à s'exprimer en allemand.

Pourtant, il le maîtrisait pour l'avoir appris à l'école et pratiqué dans les administrations, même si le dialecte restait la langue de la vie quotidienne.

— Bien, vous ferez équipe avec lui. Il vous mettra au courant. Dites-le au porion.

Henri hocha la tête.

— C'est entendu, monsieur Friedrich, dit Henri en alsacien comme son camarade.

Tous les gars de la région utilisaient leur langue maternelle au travail, même avec l'encadrement allemand, Henri le lui confirma.

Sans avoir compris comment, Lucien se retrouva prisonnier d'une cage qui s'enfonça dans le ventre de la terre à la vitesse de neuf mètres par seconde, lui amenant le cœur au bord des lèvres. Il s'agrippa au bras d'Henri qui, pour lui éviter de se laisser emporter par son imagination, ne cessait de crier à son oreille afin de couvrir le vacarme :

— Le puits est divisé en deux compartiments d'extraction. Chacun comporte deux cages d'ascenseur.

— Deux sont tractées par une machine à vapeur, les deux autres par un moteur électrique, ajouta un autre mineur, le visage grimaçant de sympathie. Même si l'un des systèmes tombe en panne, il reste l'autre.

— Le puits comprend aussi un compartiment étanche pour le retour d'air. Et un compartiment pour les échelles, ajouta un troisième dans un éclat de rire. Ça me rassure de savoir qu'elles existent, mais je préfère ne pas avoir à remonter à pied !

Un moustachu se pencha vers Lucien pour lui demander avec un clin d'œil complice :

— Tu t'y connais en mécanique ?

— Non, avoua-t-il, comprenant avec reconnaissance que ses nouveaux compagnons tentaient de le réconforter.

— Nous avons une machine d'extraction électrique à la pointe du progrès. Une poulie Koepe entraînée par un moteur Siemens-Schuckert muni d'un système de freinage pneumatique, d'un indicateur de profondeur et d'un contrôleur de cordées.

A chaque précision, l'homme hochait la tête pour en appuyer la portée, l'air de dire : « Tu vois, il ne peut rien t'arriver. »

— Merci, les gars, fit Lucien à la cantonade.

Au moment où un coup de klaxon annonçait que la cage arrivait à six cent soixante mètres sous la surface, le moustachu, dont le clin d'œil devait faire partie du mode d'expression habituel, conclut :

— Nous sommes tous embarqués dans la même galère. Et te voilà rendu à destination, à la recette du fond.

Le rideau de protection de la cage s'ouvrit, libérant les mineurs. Une fois qu'ils furent sortis de l'ascenseur, le moustachu ajouta que les cages servaient aussi bien aux hommes qu'aux berlines remontant la potasse. Redescendues à vide, elles étaient extraites des cages à la main, puis reconduites vers le chantier d'abattage du minerai.

— Pauvre bête ! s'exclama Lucien en voyant un cheval attelé à sa lourde rame de quinze berlines.

— Dans d'autres mines, ils restent tout le temps au fond, si bien qu'ils finissent par devenir aveugles, déplora Henri. Ici, ils remontent chaque semaine pour passer le dimanche à l'air libre.

Si on s'occupait correctement des animaux, on ne pouvait se montrer trop dur avec les humains, se dit Lucien, rassuré.

Entouré par l'amitié de ces hommes qu'il ne connaissait pas quelques minutes plus tôt, il se laissa porter par les événements dans un univers gris, poussiéreux, oppressant, surpris par une chaleur sèche qui lui sembla suffocante après la froidure humide de l'hiver abandonné en surface.

— La recette du fond est une gare de triage, annonça

Henri. Tout part de là et y revient. Suis-moi, je vais avertir le porion.

Plusieurs départs de galeries parallèles s'esquissaient. Les deux camarades se rendirent dans celle qui serait leur lieu de travail, la plus profonde.

La température augmenta à mesure qu'ils s'éloignèrent du puits. Lucien se sentait agressé par un souffle diabolique évoquant une torride journée de canicule. Pouvait-on vraiment effectuer un travail de force par une chaleur qui devait se situer aux alentours de quarante degrés ?

A la lueur des lampes, Lucien découvrit la potasse, dont les veines horizontales rouges alternaient avec du sel gemme blanc, soulignées de gris et de noir par quelques minces couches de schiste et d'argile.

Le moustachu, d'ailleurs surnommé Moustache, était le haveur de leur petit groupe. Il souleva le marteau-piqueur pour s'attaquer, arc-bouté sur son engin, au mur qui fermait la galerie en cul-de-sac. L'abattage de la roche, la plus difficile des tâches, était aussi la mieux payée.

Conformément aux instructions qui lui furent données, Lucien se mit à manier la lourde masse afin de casser les blocs arrachés au front de taille par Moustache. Henri tenait la pointerolle.

Ensuite, il fallait charger le sel sur la berline. Très rapidement, le simple geste de lever la pelle assez haut pour atteindre le rebord supérieur du wagonnet, à un mètre vingt-cinq au-dessus du niveau du rail, lui demanda des efforts démesurés. Parfois, suivant l'exemple de ses compagnons, il délaissait la pelle, appelée la « cuillère », pour soulever de gros blocs à mains nues.

Tout essoufflé, il murmura à son compagnon :

— Je me demande comment je pourrai tenir pendant six heures. J'ai l'impression d'être desséché de l'intérieur par cette atmosphère salée.

— Retire ta chemise, conseilla Henri sans ralentir son rythme, tu vois que presque tout le monde travaille torse nu, mais ne t'arrête pas. Nous sommes tenus à un certain rendement. Le salaire est réduit pour celui qui n'abat pas son quota journalier. Tu t'y feras, comme les autres. Et bois un bon coup.

L'arrivée d'un gamin portant deux seaux d'eau cabossés fut accueillie avec de grandes exclamations. L'eau parfumée au jus de réglisse, pourtant tiède, lui parut le breuvage le plus délicieux qui puisse exister. Mais elle ne calma sa soif que temporairement, le besoin de boire revenant très vite le torturer. Constatant que les autres buvaient tout autant, il n'osa pas se plaindre.

— Tu sues jusqu'à sept litres par jour, il faut bien remplacer cette eau, le tranquillisa Moustache. Crache la poussière, tu auras moins soif.

Le porion vint surveiller le nouveau du coin de l'œil, et cette attention constante et soupçonneuse lui fut une écharde de plus. Lui qui avait été son propre maître, qui avait changé souvent d'emploi parce qu'il détestait les contraintes, se retrouvait cette fois piégé sans espoir de délivrance.

Lucien s'échinait comme un esclave, dégoulinant d'une sueur qui lui collait la poussière sur la peau, la gorge en feu, les bras engourdis paraissant peser une tonne, le dos et les épaules douloureux. Au fil des heures, il ne parvenait même plus à penser, et c'était tant mieux. Rabâcher son malheur ne servirait à rien, sinon à le pousser au désespoir.

Tout à coup, il perçut une voix s'exprimant en allemand, la langue du personnel d'encadrement. Lucien reconnut le chef du fond aperçu à l'arrivée, autant dire une éternité. Existait-il même encore une vie à la surface ? Ici, prisonnier de cet autre monde, il en doutait presque.

Lucien tendit l'oreille. Il était question de « stots ». Des piliers de minerai qui devaient rester en place, comprit-il, à intervalles réguliers, pour soutenir le toit.

Le chef du fond s'arrêta à la hauteur de Lucien.

— Ça va, Mosmann ? Pas trop dure, cette première journée ?

Sidéré, Lucien réalisa que le chef du fond l'avait reconnu, en dépit du masque de poussière qui figeait ses traits marqués par l'épuisement. Il n'était pas un forçat anonyme, tout juste bon à crever à la tâche. Cette constatation le tira de son hébétude et lui mit du baume au cœur.

— Ça ira mieux demain, répondit-il, reprenant courage.

Le chef du fond hocha la tête, ne voulant pas avouer au débutant que le lendemain serait pire encore : son corps tout entier serait moulu par les courbatures. Et il y aurait les écorchures creusées par le sel, qui n'arriveraient pas à guérir, les plaies qui occasionneraient des furoncles. Souvent, ces ennuis s'atténuaient après une période d'adaptation, mais pas toujours.

Même si les hommes effectuaient un travail difficile, ils étaient privilégiés par rapport aux mineurs français ; en Alsace s'appliquait la loi allemande qui limitait la journée de travail à six heures, non comprises la descente et la remontée, dès que la température du lieu de travail dépassait vingt-neuf degrés. Les ouvriers du jour, eux, travaillaient huit heures.

On ne se reposait que le dimanche, et encore pas tout

le monde, cette journée étant réservée aux indispensables travaux d'entretien.

La plupart des hommes qui s'échinaient dans les galeries et se disaient mineurs n'étaient en réalité que des manœuvres. L'exploitation qui démarrait à peine appellerait encore bien d'autres ouvriers peu qualifiés pour extraire et manipuler la potasse. Des centaines, des milliers. Ces paysans, ces ouvriers venus d'autres industries, il faudrait les encadrer.

Kurt Friedrich, soucieux, se demandait comment remédier à la pénurie de professionnels, des boiseurs capables d'étayer un toit de galerie ou un mur, de vrais mineurs possédant des connaissances sur l'effet des coups de mine. Le creusement des galeries engendrait en effet un déséquilibre entre les différentes couches géologiques. Cette différence de pression provoquait des tensions capables de faire éclater les roches.

Comme il lui semblait impossible de faire venir d'autres régions du Reich ces hommes expérimentés en nombre suffisant, il ne voyait qu'une solution : les former sur place, comme c'était le cas en Saxe. Lui aussi était passé par l'école de la mine.

Le dimanche suivant, en sortant de la messe, Lucien Mosmann proposa à sa famille une promenade tout à fait surprenante à cette heure de la journée. A chaque question concernant leur destination, son sourire s'élargissait davantage encore. Une belle neige fraîche, tombée dans la nuit, scintillait sur la route, donnant à l'expédition une allure de fête. Lydia, un moment perplexe, crut deviner où son mari les emmenait. Quelques centaines de mètres plus loin, elle en fut certaine.

Ils marchèrent d'un bon pas jusqu'à la Thur, fort

tumultueuse cet hiver-là. De l'autre côté du pont se dressait une auberge où Lucien emmenait sa Lydia autrefois, à l'époque où ils commençaient à se fréquenter.

Il rassembla les enfants en cercle autour de lui.

— Tout le monde aime les truites ? Parfait. Dans ce cas, je vous invite à déjeuner au restaurant pour fêter notre nouvelle vie.

Il poussa la porte de l'auberge et la salle souffla son haleine chaude, chargée d'un remous de conversations animées et d'odeurs appétissantes. Comme s'il n'avait attendu que ce signal, l'accordéoniste s'empara de son instrument pour en tirer de vieux airs connus de tous. Impressionnés, éblouis, les enfants Mosmann s'installèrent autour de la table que leur père avait réservée la veille, certains que chaque détail de cette journée exceptionnelle resterait gravé dans leur mémoire.

9

N'ayant pas vu Jeanne à l'église deux dimanches de suite, Antoine, inquiet, attendait de pied ferme l'amoureux d'Anneliese. Si elle n'était pas chez ses parents à Voegtlinshoffen, et à l'évidence elle ne s'y trouvait pas, sa bien-aimée avait été envoyée chez sa tante à Eguisheim : on ne lui connaissait pas d'autre famille.

Louis Neumann, qui ne tenait pas à gâcher ses moments d'intimité avec sa petite amie, affirma qu'il ne l'avait pas vue là-bas. Anneliese, quant à elle, jura ignorer où se trouvait sa meilleure amie, Suzanne Ott l'ayant renvoyée comme une malpropre, sans l'ombre d'une explication, quand elle s'était présentée à leur domicile.

Le dimanche en milieu d'après-midi, alors qu'elle rendait à ses cousins la visite qui lui servait d'alibi, Anneliese tomba des nues. A Eguisheim, on ne parlait que du futur mariage de Jeanne Ott avec le gros Georges Sibold. Neumann ploya l'échine. Si les yeux d'Anneliese avaient pu lancer des éclairs, il serait mort foudroyé sur-le-champ.

Elle ne s'attarda pas et demanda à son amoureux de la reconduire. La jeune fille attendit que le village soit derrière elle pour exploser.

— Tu te moques de moi ? Tu savais très bien où se trouvait Jeanne.

— Bien sûr que je le savais. Tu aurais voulu que je l'annonce à Antoine ? Il m'aurait sauté à la gorge. Tu as vu dans quel état il se trouvait tout à l'heure.

Il est vrai que le pauvre garçon faisait peine à voir.

— Je ne comprends pas ce qui se passe. On l'aura forcée, hasarda Anneliese.

— Pas du tout, protesta Louis. Elle n'a pas l'air malheureuse, Jeanne. Bien au contraire. On la voit se promener dans les rues d'Eguisheim, toute souriante.

Anneliese ne parvenait pas à y croire. Quoi qu'il en soit, Louis aurait pu lui en parler. Constatant qu'elle lui en voulait pour ce mensonge par omission, il tenta de se faire pardonner. Mais il eut beau plaider sa cause en faisant valoir que, de toute manière, ils n'y pouvaient rien, Anneliese ne décolérait pas. Elle boudait, les yeux rivés sur le village de Voegtlinshoffen dont les contours se dessinaient d'une manière de plus en plus précise. Elle finit par lui lancer un regard plein de rancune.

— Si tu me mens, comment veux-tu que je te fasse confiance ? lança-t-elle alors qu'ils étaient presque arrivés.

Le jeune homme ne voulait pas la quitter dans cette disposition d'esprit. Pour peu qu'elle rumine tout au long de la semaine à venir, il risquait de perdre sa bonne amie. Prenant une brusque résolution, il bifurqua dans le vignoble. Elle se fâcha pour de bon.

— Je dois rentrer. Puisque tu ne veux pas me ramener, j'y vais à pied.

Elle sauta de l'attelage et s'éloigna à vive allure. Il la rattrapa en deux enjambées et la serra dans ses bras, la bâillonnant d'un baiser fougueux pour arrêter le flot de ses protestations. La retenant emprisonnée contre lui d'un bras autoritaire, il laissa sa main libre musarder. Elle s'insinua dans le corsage, puis releva la jupe.

Anneliese ne songeait plus à protester. Elle se laissa basculer sur la veste que Louis jeta n'importe comment sur le sol glacé et oublia tout le reste.

Un cri horrifié les sépara. Un couple de sexagénaires qui se promenait au milieu des vignes leur lançait des regards indignés, du moins la femme – le mari aurait bien fermé les yeux après s'être réjoui du spectacle.

— Vous n'avez pas honte ? cria-t-elle. Faire vos saletés ici, à deux pas de la route, alors que des enfants pourraient assister à…

Les mots lui manquaient pour exprimer son indignation. Jusqu'où Louis s'était aventuré, les promeneurs de Voegtlinshoffen ne pouvaient pas le déterminer avec précision. En tout état de cause, qu'il ait atteint son objectif ou non importait peu, finalement. Les jeunes gens étaient assez débraillés pour que les apparences parlent contre eux.

La femme courut vers le village, vivante image du châtiment qui attendait Anneliese. L'homme adressa aux fautifs une mimique désolée et suivit son épouse. Quoi qu'il fasse, il ne parviendrait pas à la faire taire.

Louis se rajusta précipitamment. De toute évidence, le lieu était mal choisi pour une réconciliation. Prendre autant de précautions pendant des semaines pour se laisser surprendre aussi bêtement !

— Bon, je te laisse, Anneliese, fit-il d'une voix mal assurée.

— Tu ne m'accompagnes pas jusqu'à la maison de mes parents ? s'enquit la jeune fille, sachant déjà qu'il allait l'abandonner lâchement.

Affronter les parents reviendrait à s'enferrer dans une promesse de mariage.

— Ça servirait à quoi, que je vienne ? Ton père prendrait son fusil.

— Et moi ? fit-elle, dégrisée.

— Toi, tu es leur fille. Tu recevras une correction, c'est sûr, et après ils te pardonneront.

Lui lançant un ultime regard de mépris, elle se dirigea vers le village, s'attendant au pire.

Une haie de curieux, amusés ou indignés, salua son passage. Elle s'efforça de traiter par le mépris les commentaires des uns et des autres. Blême et tremblante, elle arriva devant la maison de ses parents, n'osant pas entrer. La porte s'ouvrit à la volée.

— Tu peux rester dehors, traînée ! cria son père, rouge de colère et de honte. Tu n'as plus ta place ici !

Anneliese aurait bien voulu pleurer, supplier, mais tous ses efforts seraient vains. Elle avait infligé à ses parents la pire des humiliations. Son déshonneur éclaboussait toute la famille.

Son père pivota vers l'intérieur de la maison. Elle crut un instant, en dépit de l'évidence, qu'il se laisserait aller à un mouvement de pitié, mais il se contenta de ramasser un maigre bagage réuni par sa mère. Celle-ci n'eut même pas le courage d'adresser à sa fille un dernier regard. Tout au plus entendait-on résonner ses sanglots.

— Inutile de revenir ici, conclut le père Rennwald. Tu n'es plus notre fille.

Des commentaires retentirent derrière Anneliese. Certains approuvaient haut et fort la fureur paternelle, d'autres chuchotaient que le châtiment était peut-être un peu sévère. La plupart d'entre eux, s'ils regardaient dans leur passé, proche ou plus lointain… En tout cas, personne ne tendit une main secourable à la pécheresse.

Anneliese descendit le village pentu d'un pas mécanique. Elle n'avait nul endroit où aller. Elle savait seulement qu'il lui fallait partir, aussi dignement que possible. La nuit d'hiver était tombée. Laissant derrière elle son village natal, elle pensa que le mieux serait de disparaître définitivement. Il ne lui restait plus qu'à mourir de froid, quelque part au milieu du vignoble.

Le pas d'un cheval retentit derrière son dos, lent et régulier. Elle se gara sur le côté de la route pour lui laisser le passage, n'accordant pas le moindre regard au cavalier. Celui-ci arrêta sa monture.

— Tu sais où aller ? s'enquit une voix masculine inconnue.

Elle leva les yeux vers l'homme, qu'elle identifia pour l'avoir déjà aperçu au village. C'était Augustin Laugel, celui que tous appelaient « le voleur ».

— Tu veux que je t'emmène quelque part ? insista-t-il.

— En enfer, de préférence, marmonna-t-elle. Et le plus vite possible.

Un rire retentit, qui n'était pas moqueur. Il lui tendit la main.

— Allez, viens. Je t'offre l'hospitalité.

— Pourquoi ferais-tu une chose pareille ?

— Je me suis rendu coupable d'un horrible larcin. Tu as oublié ? Moi aussi, on m'a jeté sur la route. J'avais tout juste dix-sept ans.

Anneliese hésita un moment. Puis elle haussa les épaules. Elle n'avait rien à perdre.

— Une putain et un voleur sont faits pour s'entendre, conclut-elle.

Un nouvel éclat de rire s'éleva, sonore et amusé, celui-ci. Elle saisit la main qu'il lui tendait et se laissa hisser sur le dos du robuste cheval.

— J'habite tout en haut du village. Nous allons faire

un détour pour qu'on ne nous voie pas passer. Laissons-les mijoter dans leurs remords.

— Des remords ? protesta Anneliese avec véhémence. Ces gens-là ignorent jusqu'à la signification de ce mot.

Le reste du trajet s'effectua dans le silence, le long des sentiers déserts qui quadrillaient le vignoble. La lune gibbeuse leur indiquait le chemin. Les sabots ferrés du cheval martelaient le sol gelé avec une régularité tranquille que rien ne semblait pouvoir troubler. Appuyée contre le dos de l'homme, Anneliese, en confiance, laissait sa chaleur la gagner. Avec une curieuse indifférence, elle se dit qu'elle ne mourrait pas de froid, du moins pas au cours de la nuit à venir. Et demain serait un autre jour.

Elle savait où habitait Augustin Laugel, celui qui était revenu à Voegtlinshoffen plus de quinze ans après en avoir été chassé ignominieusement. Venait-il se venger ? Acheter de la vigne avec de l'argent volé ?

Une fois passé le portail qui clôturait sa cour, il sauta à terre et tendit les bras à la jeune fille. Un instant, elle se retrouva contre lui et ce contact la réconforta. Après qu'il eut dessellé le cheval, ramené dans son écurie et nourri d'un seau d'avoine, il ouvrit la porte de l'habitation.

— Bienvenue dans mon château, ironisa-t-il.

Il y régnait un désordre indescriptible.

— Je ne pouvais pas prévoir que tu serais chassée aujourd'hui, lança-t-il sur le ton de la plaisanterie. Sinon j'aurais fait un brin de ménage. Et je crains que le souper ne soit réduit à un morceau de fromage avec du pain.

— A côté de ce que me réservaient les bonnes âmes du village…

Elle ne put en dire davantage. Il dissipa l'émotion qui risquait de s'installer.

— Allez, ranime le feu, la houspilla-t-il avec gentillesse. Rends-toi utile. Pendant ce temps, je vais tâcher de débarrasser cette table.

La vaisselle sale s'y accumulait.

— Il manque une femme ici, remarqua-t-elle.

— Je suis bien de ton avis. Si le poste te tente…

Elle en resta interloquée.

— Tu me proposes de rester ici ?

— Pourquoi pas ? Tu n'as plus de famille. Je n'en ai pas non plus. Réunissons nos solitudes.

Elle réfléchit un moment puis, se disant qu'il attendait d'elle sans doute un autre service, elle crut utile de préciser :

— Je ne suis pas une putain.

— Bien sûr que non, je ne l'ai pas cru une seconde. Je ne suis pas un voleur non plus.

Elle en resta les yeux écarquillés et la bouche ouverte de stupéfaction, si bien qu'il lui tendit un morceau de fromage d'un air moqueur.

— Mets ça dans ta bouche, sinon tu vas dire des bêtises. Et pour arroser ce festin, voici un échantillon de mon vin.

— Mais tu viens d'arriver, comment aurais-tu…

— A Voegtlinshoffen, oui. Mais il y a trois ans que je suis établi à Housseren, juste en dessous des trois châteaux, où je n'avais pas laissé un souvenir aussi impérissable qu'ici, si bien que mon installation est passée inaperçue.

— Tu veux prendre ta revanche sur ceux qui t'ont chassé.

— En quelque sorte. Ils viennent tous me proposer

leurs terres. Certains me supplient même de les acheter. Tu peux imaginer ça ?

Assis face à face devant une belle flambée, ils formaient une sorte de couple. Tout à coup, il s'arrêta de manger pour plonger son regard intense dans celui de la jeune fille. Elle se troubla, avec le sentiment étrange qu'il lisait en elle jusqu'à la moindre pensée cachée. Le regard d'Augustin glissa vers la bouche d'Anneliese. Elle ne put empêcher ses lèvres de s'entrouvrir. De toutes ses forces, elle tâcha de lutter pour s'arracher à l'attraction qu'il exerçait sur elle.

— Tu n'as pas volé ? balbutia-t-elle maladroitement.

Il secoua la tête avec une sorte de tendresse indulgente.

— Non. Il est temps, je crois, que je te raconte la triste histoire du pauvre Augustin. Je te préviens, elle va t'arracher des larmes de compassion.

Il avait été abandonné dans la cathédrale de Colmar. Un 28 août, le jour de la Saint-Augustin, d'où son prénom. Puisqu'il lui fallait un nom de famille, le prêtre qui l'avait ramassé lui avait donné celui de sa grand-mère maternelle. Très jeune, l'enfant avait été placé à Voegtlinshoffen, chez un vigneron, en principe pour bénéficier d'une éducation chrétienne tout en donnant un coup de main.

— Ma mère, la pauvre, pensait sans doute me laisser la possibilité d'être adopté. Elle a fait de moi un esclave et un souffre-douleur.

Anneliese eut un sursaut d'indignation.

— Ici, au village ?

Augustin se leva, déboutonna sa chemise et souleva son tricot de peau. Son torse large et musclé était labouré d'horribles cicatrices, souvenirs des mauvais traitements subis autrefois.

— Le dos est pareil, de même que le reste du corps. Tout ce qui, habillé, n'était pas visible.

Elle chercha dans sa mémoire l'identité de ce bourreau, mais ne parvint pas à se rappeler dans quelle famille il avait été placé. Augustin se rhabilla, ajouta quelques sarments bien secs sur les braises, si bien que les flammes bondirent à nouveau dans un joyeux crépitement, et reprit place en face de son invitée.

— Mon tortionnaire est toujours en vie, et m'a vu revenir avec une véritable terreur. C'est sans nul doute le plus acharné à me dénigrer à la Grappe d'Or.

Jamais aucune plainte n'avait échappé au gamin, jusqu'à ses dix-sept ans. Un jour où la correction avait failli le tuer, il avait promis à son patron : « Plus tard, je vous ferai payer tout ça. » Le vigneron avait soudain réalisé que son esclave avait deux têtes de plus que lui, même s'il était aussi faible et efflanqué qu'une vieille carne. Alors il avait inventé cette histoire de vol pour se débarrasser de lui avec la bénédiction du village.

Augustin avait un moment pris la direction de la plaine. Là, il s'était ravisé. N'ayant nulle part où aller, il s'était dirigé vers la montagne. Après, il ne se souvenait plus très bien. Il avait marché jusqu'à l'extrême limite de ses forces. Puis il y avait eu le concert des clarines que les vaches portaient au cou. Par chance, c'était en été. Un « marcaire », qui passait la belle saison sur les hautes chaumes avec son troupeau, avait fini par le trouver, à moitié mort de faim et de fièvre. Il l'avait ramené dans sa « marcairie », l'habitation estivale où il fabriquait ses fromages.

Horrifié par les profondes blessures qui labouraient le corps du garçon, il avait prévenu le maire et le pasteur du village de Soultzeren.

Augustin avait émergé peu à peu, sauvage et craintif.

Nourri de lait et de fromage, entouré d'une affection bourrue, il avait progressivement cessé de lever le bras pour se protéger des coups lorsqu'on lui adressait la parole. Il rendait de menus services. Fin septembre, il était descendu au village avec les troupeaux.

Au bout de quelques mois, le marcaire, Martin Bresch, le considérait presque comme un fils. Il l'aurait bien gardé pour lui apprendre le métier mais Augustin voulait fuir, s'éloigner, quitter le pays. Il avait aussi envie de retrouver un vignoble, n'importe lequel pourvu qu'il ne se situât pas en Alsace.

A regret – il s'était attaché à ce grand garçon malmené par l'existence – Martin Bresch l'avait adressé à un ami et collègue établi en face, de l'autre côté des crêtes où se situait la frontière entre le Reichsland et la France. A partir de cette étape, de proche en proche, d'ami en ami, travaillant quelque temps chez l'un, quelque temps chez l'autre, Augustin était arrivé en Champagne. Là, contemplant un matin de printemps, avec une intense émotion, les rangées d'échalas bien alignés émergeant de la brume, il avait compris qu'il était arrivé.

Sur la recommandation d'un ami, un vigneron l'avait accueilli les bras ouverts, le traitant aussi bien que ses deux garçons. Augustin était resté, apprenant la méthode champenoise qui mettait des bulles dans le vin doré. Peu à peu avait germé en lui l'idée d'en faire autant avec le vin de chez lui. Chez lui, là-bas, en Alsace, où une pauvre fille l'avait déposé dans une église.

Un rêve qu'il pensait ne jamais concrétiser. La vie dans cette famille le rendait heureux. Il avait fallu que le vieux vigneron meure pour qu'Augustin s'interroge sur son avenir. Il se retrouvait avec un pécule conséquent, légué par son père adoptif. Ceux qui lui servaient de frères le pressaient de rester avec eux, affirmant que la vie de l'orphelin se situait désormais à leurs côtés. Augustin avait même effectué ses deux ans dans l'armée française.

Finalement, la nostalgie l'avait poussé à revenir dans sa patrie, en effectuant quasiment les mêmes étapes qu'à l'aller. A Soultzeren, Martin Bresch l'avait accueilli comme l'enfant prodigue, heureux de voir l'adolescent malingre devenu homme.

Augustin n'avait pas tenu plus de quelques semaines auprès du marcaire. Il devait trouver sa propre voie, et celle-ci se situait dans le vignoble.

— Tu as cassé la figure à celui qui t'avait fait tant de mal ? s'enquit Anneliese.

— Non, mais je sais qu'il ne fera plus de mal aux gamins qu'il prend chez lui. D'ailleurs, je leur ai dit qu'au moindre coup, ils pouvaient venir se réfugier chez moi. Au moins, pour eux, mon retour a été utile.

Augustin se leva brusquement, arrachant Anneliese à ses réflexions.

— Viens, j'ai quelque chose à te montrer.

La cave recelait les mêmes tonneaux de chêne que chez son père. Mais, un peu plus loin, dans un couloir creusé à flanc de colline, s'offrait un autre spectacle. De longues rangées de bouteilles inclinées.

— Qu'est-ce que c'est ? s'étonna Anneliese.

Il répondit par une autre question.

— As-tu déjà bu du champagne ?

— C'est du mousseux.

La naïveté de la réponse le fit sourire.

— Voilà du vin d'Alsace traité comme du vin de Champagne. Je connais la méthode champenoise pour l'avoir pratiquée pendant plus de dix ans.

Anneliese ouvrit des yeux extasiés.

— Encore faut-il se faire connaître et vendre en Alsace, admit Augustin.

— Il suffit d'envoyer une ou deux bouteilles aux personnalités de la région.

Il approuva, étonné de ne pas y avoir pensé.

— Tu vois bien que j'ai eu raison de te ramener chez moi ! Viens, retournons là-haut. Il est temps d'aller prendre un repos bien mérité.

Au premier étage, Augustin ouvrit plusieurs portes, ne sachant quelle chambre proposer à la jeune fille.

— Choisis toi-même.

— Tu dors où ?

Il désigna une petite pièce pourvue d'une étroite couchette.

Elle fit la grimace.

— Il doit y avoir mieux que ça.

— Oui, celle des anciens patrons. Ils ont vendu tout équipé.

Devant les dimensions de la chambre pourvue d'un grand lit et d'une armoire peinte de fleurs naïves jaunes et vertes sur fond rouge foncé, elle se déclara satisfaite.

— Je m'installe là. Où se trouvent les draps ?

Il ouvrit le battant de l'armoire.

— Viens m'aider à faire le lit, décida-t-elle.

Il s'exécuta, affichant toujours le sourire d'autodérision derrière lequel il se cachait, elle le savait désormais.

— Merci. Maintenant, allons nous coucher.

Il fit mine de quitter la chambre.

— Ah ! non, tu restes ici avec moi.

Il secoua la tête.

— Tu ne me dois rien, Anneliese. Plus tard, peut-être, quand tu seras prête.

— Je voudrais juste dormir dans tes bras, pour faire connaissance.

— Tu n'as pas peur de moi ?

Elle secoua la tête en lui dédiant un sourire lumineux.

— Tu es l'unique personne au monde en qui j'aie confiance.

Anneliese garda sa chemise, Augustin ses sous-vêtements. Elle se lova contre lui en poussant un soupir exprimant une profonde satisfaction.

— Merci, Augustin. Sans toi, je ne sais pas ce que je serais devenue.

Il la prit dans ses bras, l'embrassa sur la joue et ils se sentirent bien.

— Tu veux m'épouser ? lança-t-il soudain. Je crois qu'on ferait un bon couple, tous les deux.

— Attends de me connaître mieux. Nous avons tout le temps.

— Je t'ai remarquée depuis longtemps, Anneliese. Depuis plus longtemps que tu ne peux l'imaginer. La jolie gamine potelée, blonde et rose, est devenue très belle. En réalité, je ne pensais pas qu'une fille d'ici accepterait un jour d'entrer dans ma maison. J'aimerais fonder avec toi la famille que je n'ai jamais eue.

Anneliese rougit dans l'obscurité.

— Tu sais pourquoi mes parents m'ont jetée dehors, murmura-t-elle.

— Et alors ? Les garçons ont le droit de s'amuser, pourquoi pas les filles ? Tu sais, si tu attends un petit, ce n'est pas grave. Je l'aimerai comme les nôtres. Aucun enfant ne mérite d'être malheureux.

— Il n'y aura pas de petit à la suite de cette histoire lamentable : je n'ai encore jamais…

Il resserra son étreinte et la mit en garde.

— En restant au village, tu dois savoir que plus personne ne t'adressera la parole. Il serait peut-être plus facile de partir. A Housseren, par exemple. J'ai une maison là-bas aussi.

— Je resterai avec toi ici. Ce que diront les autres sur mon compte m'est égal. Je n'ai plus ni famille ni amis.

— Ça veut dire que tu acceptes ?

— Oui, Augustin. Je crois que tu es le mari qui me convient. Je regrette de…

— Ne t'inquiète pas pour ça. Je ne te le reprocherai jamais. J'ai eu des histoires aussi, tu sais. Et maintenant, dors.

Anneliese hocha la tête. Comme un enfant épuisé par une journée trop fertile en émotions, elle ferma les yeux et s'endormit aussitôt.

10

Contrairement à ce qu'elle affirmait à ses parents, Blanche Mosmann n'avait pas la vie facile dans les bureaux. On pouvait même dire qu'elle endurait un calvaire quotidien.

Fräulein Ilse, ravie qu'on ait engagé quelqu'un exprès pour elle, l'avait aussitôt adoptée, mais en tant que souffre-douleur. Courageusement, Blanche se disait chaque matin que cette fois la journée serait meilleure que celle de la veille, et en rentrant à Wittelsheim le soir, elle tentait de laisser derrière elle les vexations, les brimades, les humiliations, les sarcasmes de ces demoiselles les secrétaires.

Elle rangeait, classait, courait d'un endroit à l'autre, et effectuait des tâches urgentes le plus souvent inutiles puisque, à peine achevées, il lui fallait tout recommencer.

« Ce n'est pas du tout ce que je t'ai demandé. Tu ne comprends donc pas l'allemand ? »

Blanche se gardait bien de protester, sachant qu'il valait mieux ne pas tenir tête à Fräulein Ilse.

Au fil des semaines et des mois, Blanche avait adopté une attitude souriante, faisant preuve d'une bonne volonté inébranlable, se disant que toute expérience était bonne à prendre. En revanche, elle avait renoncé à l'espoir d'amadouer sa redoutable tortionnaire.

L'un des amusements favoris de Fräulein Ilse consistait à retenir Blanche au-delà de ses horaires de travail normaux. Restée seule dans les bureaux, il lui était venu l'idée d'en profiter.

La jeune fille s'installait devant une machine à écrire. Là, avec la complicité du gardien de nuit, qui l'avait prise en amitié, elle s'exerçait à taper des lettres recopiées sur le courrier en attente de signature.

Il venait se pencher par-dessus son épaule pour l'encourager.

« Bravo, petite ! Bientôt tu pourras prendre la place de cette horrible mégère. »

Il ne se hasardait à proférer des paroles aussi compromettantes qu'après s'être assuré qu'aucune oreille indiscrète ne pouvait l'entendre.

« Ça ne risque pas d'arriver ! protestait Blanche en riant. Je devrais la remercier, finalement. Grâce à elle, j'ai pu apprendre des choses qui me seront très utiles un jour.

— Si elle le savait, elle en crèverait de rage », ajoutait le gardien de nuit.

Blanche s'était aussi liée d'amitié avec l'un des garçons de bureau, Ernest Schaeffer, qui avait l'insigne honneur de venir en deuxième position en tant que souffre-douleur de la secrétaire en chef, donc de l'ensemble de ces demoiselles. Lorsque l'un en prenait pour son grade, l'autre le réconfortait d'un regard. Une complicité inestimable qui leur mettait du baume au cœur et leur permettait de supporter bien des moments pénibles.

En cette soirée d'été, Blanche était pressée. Toute la famille Mosmann se promettait de fêter dignement l'anniversaire de la petite Camille.

— Blanche ! cria Fräulein Ilse juste avant la fermeture des bureaux. Viens ranger ces archives !

La jeune fille s'approcha docilement, tendit les mains pour saisir la boîte, mais Fräulein Ilse la lâcha un instant trop tôt. La boîte tomba par terre, répandant son contenu sur le sol.

— Espèce de petite idiote ! Tu ne peux pas faire attention ? Il ne te reste plus qu'à réparer ta maladresse. Applique-toi : demain matin, je vérifierai ton travail.

Ernest lança à Blanche une grimace désolée.

— Je peux le faire à ta place, si tu veux, proposa-t-il une fois que l'odieuse Fräulein Ilse eut quitté la pièce, un sourire ravi aux lèvres, suivie des autres secrétaires. Personne ne m'attend. Ma grand-mère a déjà pris son café et sa tartine de cinq heures. Elle ne prépare rien de particulier pour mon dîner.

Elle secoua la tête.

— Ce n'est pas possible, malheureusement. Le classement est assez compliqué.

— Et l'anniversaire de ta petite sœur ?

— Ernest, tu veux bien me rendre un service ?

— Bien sûr, Blanche, je ferais n'importe quoi pour toi. Tu es la seule à ne pas te moquer de mon grand nez et de mes oreilles décollées.

Elle lui tapota la main.

— Préviens mes parents que je serai en retard. Qu'ils commencent sans moi ; j'en ai bien pour une heure. Tu sais où j'habite ?

— Oui.

— Attention, ne me trahis pas. Personne ne doit

savoir ce qui se passe ici. J'ai un travail important à terminer, un point c'est tout. D'accord ?

— C'est promis, tu peux avoir confiance en moi.

Il lui fallut en réalité plus d'une heure pour venir à bout de sa tâche. L'amertume s'était dissipée. Fräulein Ilse lui avait permis, sans le vouloir, d'accéder à des documents confidentiels qu'en temps ordinaire elle n'aurait jamais dû avoir entre les mains, et ce n'était pas la première fois.

— Elle doit penser que je ne sais pas lire, marmonna-t-elle en secouant la tête. Ou que cette idiote d'Alsacienne est trop bête pour comprendre.

Puis, alors qu'elle classait un dernier document, un nom lui sauta aux yeux : Amélie Zurcher. C'était la dame qui lui avait permis d'être embauchée. Elle s'assit sur le siège de Fräulein Ilse, crime de lèse-majesté qu'elle évitait d'habitude, et se plongea dans la lecture de la dizaine de feuillets, dont le contenu la laissa pantoise.

Brusquement, elle sauta sur ses pieds, réalisant où elle se trouvait. Vite, il lui fallait regagner le domicile familial.

Dans le couloir, habituellement désert à cette heure-ci, elle perçut des voix. Dont celle de Fräulein Ilse ! Elle alternait avec celle d'un homme, qu'elle avait déjà entendue bien qu'elle ne se rappelât pas en quelles circonstances. Alors que Blanche se faufilait vers la sortie aussi silencieusement qu'une petite souris, une porte s'ouvrit et les voix se firent très présentes.

— Vous êtes seul, Kurt, pourquoi ne pas vous accorder un peu de compagnie ? susurra Fräulein Ilse, charmeuse.

— Plus pour longtemps, Fräulein Ilse, ma famille arrive la semaine prochaine.

— Alors il est grand temps d'en profiter ! Si nous allions prendre un verre ensemble ?

— Croyez bien que j'apprécie votre proposition à sa juste valeur…

— Mais c'est non ? continua Fräulein Ilse d'une voix pincée. Je ne vous plais pas ?

Le cœur battant, Blanche se demanda où se dissimuler. La tortionnaire avait dû oublier la présence de son souffre-douleur. Si elle la surprenait… mieux valait ne pas imaginer les effroyables conséquences de cette indiscrétion involontaire.

— Vous êtes une femme très séduisante, Fräulein Ilse. Mais il se trouve que je suis un mari fidèle.

— Personne ne le saura, Kurt.

Blanche n'en crut pas ses oreilles. Entendre la fière secrétaire en chef s'offrir à un homme avec une telle impudeur !

— Vous ne le regretterez pas, insista Fräulein Ilse. Juste une fois… juste cette nuit…

Ils apparurent au détour du couloir, Fräulein Ilse très élégante dans sa longue jupe noire et son corsage orné de dentelles, le chef du fond marchant à ses côtés. Elle le regardait, si suppliante et tentatrice avec son sourire enjôleur qu'elle ne vit pas Blanche se jeter derrière une porte. L'homme, en revanche, avait eu le temps de l'apercevoir.

Avec un désespoir grandissant, Blanche se demanda comment échapper à cette catastrophe. Le chef du fond entrerait dans la pièce, lui demanderait ce qu'elle faisait là, à cette heure tardive, et elle serait renvoyée – Fräulein Ilse ne lui pardonnerait jamais de l'avoir surprise dans une situation aussi humiliante pour elle.

— Chère Fräulein Ilse, fit le chef du fond, ne me tentez pas. Je ne suis qu'un homme, après tout.

Son intonation disait, au contraire, que cet homme-là ne se laisserait pas tenter.

— Restons bons amis, ajouta-t-il, conciliant. Cette petite conversation ne sortira pas d'ici. Soyez certaine que je suis très flatté d'avoir été remarqué par une femme aussi séduisante que vous.

Le cœur de Blanche battait si fort qu'il allait signaler sa présence. Le parfum capiteux dont Fräulein Ilse s'était inondée pour l'occasion agressait ses narines. Les deux personnes s'étaient arrêtées juste devant sa cachette. La jeune fille adressa au ciel une ardente prière. Cet homme si bienveillant ne pouvait pas la trahir. Pas lui !

— Venez, très chère Fräulein Ilse. Il se fait tard. Nous allons nous retrouver enfermés.

Fräulein Ilse ne put que le suivre, elle qui avait manœuvré pour se retrouver enfermée avec celui qui depuis des semaines faisait mine de ne pas comprendre ses manœuvres de séduction de plus en plus hardies. Elle n'avait pas l'habitude qu'on lui résiste et aurait donné n'importe quoi pour qu'il la prenne ici, sur son lieu de travail.

Les pas s'éloignèrent, les voix aussi. Blanche ne comprit pas ce que Fräulein Ilse dit au moment de franchir le seuil du bâtiment, mais son intonation à l'amabilité forcée révélait sa blessure d'amour-propre et sa haine.

Fräulein Ilse arrangea l'histoire à sa manière, à en juger d'après les gloussements parmi les secrétaires. Alors que le chef du fond venait très rarement au secrétariat, il y fit plusieurs apparitions successives, que ces demoiselles saluaient de clins d'œil complices et de chuchotements dès qu'il avait quitté la pièce.

Plus d'une fois, Blanche redouta qu'il ne lui réclame des explications. Mais jamais il ne lui adressa le moindre regard, à croire qu'il ne l'avait pas reconnue, qu'il ne l'avait pas aperçue dans le couloir. Pour lui, elle était transparente, sans doute trop insignifiante pour qu'il puisse s'intéresser à sa misérable existence.

Quelques jours plus tard, il assista par hasard à l'amusement favori de Fräulein Ilse, qui ne l'avait pas entendu entrer. Il patienta sans un mot.

— Oh ! monsieur Friedrich ! s'exclama-t-elle en fardant son visage d'un sourire contraint. Que puis-je pour vous être agréable ?

Il y eut des sourires entendus parmi ces demoiselles, qui évoquaient mentalement de folles galipettes.

— Mon rapport est-il parvenu à son destinataire ? s'enquit-il.

— Le nécessaire a été fait, monsieur Friedrich.

— Je m'étonne de constater que les suites tardent.

Ils s'affrontèrent du regard. Celui de Fräulein Ilse lançait des éclairs. Le chef du fond accusait et exigeait, mais Blanche savait qu'il n'aurait pas le dessus. Il capitula.

— Voici un nouveau rapport. C'est très urgent. Il doit parvenir à son destinataire avant ce soir. C'est une question de sécurité de la plus haute importance.

Fräulein Ilse tendit la main pour s'emparer des feuillets.

— Ce sera fait, monsieur Friedrich.

Hésitant, il s'attarda un moment, puis quitta la pièce. Dès que la porte se fut refermée, Fräulein Ilse jeta les feuillets sur son bureau.

— Urgent, conclut-elle dédaigneusement. Ses rapports le sont tous. Toujours pressé, ce Kurt Friedrich, ajouta-t-elle, l'air de faire allusion à d'autres circonstances, intimes celles-là.

Un éclat de rire général salua ces insinuations. Blanche ne leva pas les yeux de sa tâche ingrate, tailler une montagne de crayons.

Les feuillets urgents apportés par le chef du fond restèrent sur le bureau. Personne ne songea à les taper. Blanche se souvenait avoir vu plusieurs rapports en souffrance. Depuis qu'il avait rejeté la secrétaire en chef, jamais le moindre courrier commandé par le chef du fond n'était sorti du secrétariat.

Comme chaque soir, Fräulein Ilse inventa de quoi mettre Blanche en retard. Une fois seule, la jeune fille s'interrogeait toujours sur la conduite à adopter. Le problème l'avait torturée toute la journée. Aller dans le bureau du chef du fond pour lui avouer la vérité ? Son père travaillait dans les galeries d'exploitation, avec des dizaines d'autres hommes. Ne pas intervenir pour un problème de sécurité serait criminel de sa part.

Lorsqu'elle vit arriver Kurt Friedrich, elle poussa un soupir de soulagement.

— Mon rapport est-il parti ? s'enquit-il.

Elle secoua la tête et repêcha les feuillets tout au fond de la corbeille des affaires en attente, enterrés sous une impressionnante pile de documents.

— Et les autres ?

— Non plus, fit-elle en allemand, qu'elle maîtrisait parfaitement à présent.

— Vous êtes sûre ?

— Certaine. Je suis chargée du classement des affaires traitées. Dans le courrier non urgent, en revanche…

Il ne lui fallut pas longtemps pour retrouver les documents successifs, barrés de la mention « Urgent » en gros caractères d'imprimerie rouges. Chacun était revêtu du coup de tampon réglementaire, indiquant la date à laquelle il avait été réceptionné par le secrétariat, habitude de la stricte bureaucratie germanique.

— Je peux vous taper le rapport, si vous le souhaitez, proposa-t-elle.

— Vous savez taper à la machine ? s'étonna-t-il.

— J'ai appris toute seule. Vous savez, je reste souvent le soir.

Kurt s'en voulut d'avoir abandonné la petite Blanche aux griffes de Fräulein Ilse.

— Vous n'êtes pas trop pressée ?

Elle eut un geste évasif de la main.

— Je suis déjà en retard, alors un peu plus, un peu moins…

Sans attendre de réponse, elle s'installa devant la machine à écrire qu'elle utilisait habituellement, prépara une feuille vierge, un carbone et un papier pelure destiné aux archives, introduisit le tout dans la machine et se mit à taper, assez lentement mais avec une belle régularité.

Le chef du fond suivit chacun de ses gestes. Amélie Zurcher avait eu raison. Cette petite savait se débrouiller et se rendre utile.

Longtemps ne résonna que le cliquetis de la machine à écrire, qu'il se garda bien de troubler. Lorsqu'elle eut terminé, Blanche réunit la liasse et la tendit à Kurt Friedrich, qui la relut attentivement. Pas la moindre faute de frappe. Tout y était, même les formules de politesse adéquates sur la lettre d'accompagnement.

— Merci, Blanche.

— C'est normal, monsieur Friedrich. Je vous dois d'avoir été engagée.

— Dites-moi, qu'avez-vous entendu, l'autre soir ?

Elle esquissa une grimace, puis répondit :

— Suffisamment pour comprendre que je n'aurais pas dû me trouver là. Mais ce n'est pas ma faute si…

Il calma l'inquiétude de la jeune fille.

— Vous n'y êtes pour rien. Je ne mets pas votre discrétion en doute.

— Je n'en ai pas parlé, affirma-t-elle encore avec véhémence.

Après un moment d'hésitation, elle ajouta, regardant la pointe de ses chaussures :

— Elle vous en veut à mort.

Il hocha la tête.

— Et puis… hésita-t-elle.

— Oui ?

— Elle a laissé entendre… des choses. En inversant les rôles.

— Je m'en doutais.

Il réfléchit un moment, puis prit une brusque résolution.

— Donnez-moi tous les rapports en souffrance.

Elle constitua une liasse, classée dans l'ordre chronologique, ajouta sur le dessus ce qu'elle venait de taper, et glissa le tout dans une enveloppe qu'elle tendit au chef du fond.

— Merci, Blanche. Je suis désolé de vous avoir mise en retard. Cela n'arrivera plus.

Une angoisse étreignit la jeune fille.

— Je vous en prie, monsieur Friedrich, ne dites rien. Cela se retournerait contre moi.

Il eut un sourire rassurant.

— Ne vous inquiétez pas. Madame Zurcher vous a confiée à moi, n'est-ce pas ?

A ce propos, Blanche se souvint de ce qu'elle avait appris, mais elle n'osa pas aborder ce sujet, qui ne la regardait pas.

— Dépêchez-vous de rentrer chez vos parents, Blanche. A demain matin.

Elle se mit en route, redoutant déjà les possibles conséquences. Cette fois, ses jours à la mine étaient comptés. Lorsqu'il s'agissait de nuire, l'imagination de Fräulein Ilse ne connaissait pas de limites.

Blanche n'était pas fière en retournant à son travail le lendemain matin. Ernest l'accueillit avec un sourire jusqu'aux oreilles, qui rendait son visage ingrat presque beau.

— Merci, Blanche. J'ai passé dans ta famille la meilleure soirée de toute ma vie !

Lydia Mosmann l'avait invité à partager leur dîner la veille. Le pauvre Ernest n'avait jamais connu pareille fête. Sa grand-mère maternelle, qui l'avait élevé, ne prenait pas la peine de lui préparer des quenelles de foie. Ernest en avait encore l'eau à la bouche. Le mélange de foie de porc haché, d'oignons frits avec du persil, de mie de pain trempée dans du lait, d'œufs battus en omelette, poché par cuillerées dans de l'eau bouillante salée, constituait un mets délicieux, accompagné d'une salade.

La vieille femme lui faisait encore moins de vrais gâteaux d'anniversaire, elle avait trop de mal à joindre les deux bouts en lavant le linge qu'on voulait bien lui confier. Sa mère avait disparu dans la nature. Il se chuchotait des choses scandaleuses probablement vraies. D'après la rumeur publique, elle vendrait ses charmes à Mulhouse. Des charmes sans doute bien peu attrayants, car son fils, enfant du péché, lui ressemblait.

— Ernest, qu'as-tu donc raconté à mes parents ? lui reprocha-t-elle.

— Tu ne voulais pas qu'on sache la vérité, alors j'ai brodé un peu.

Elle secoua la tête, ne se sentant pas le courage d'accabler de reproches son unique ami. Mais lorsqu'on l'aurait renvoyée, ses parents tomberaient des nues. Il aurait mieux valu qu'ils ne se fassent pas trop d'illusions sur la carrière prometteuse de leur fille.

La journée commença, avec son lot de vexations. Tout à coup, Kurt Friedrich fut dans le bureau sans que Blanche l'ait vu entrer. Il se tenait devant elle, le visage sévère.

— Mademoiselle Mosmann, dans mon bureau ! ordonna-t-il d'une voix tonnante.

Un moment interloquée, Fräulein Ilse eut un sourire narquois.

— Tu n'as pas entendu monsieur Friedrich, Blanche ? Fais ce qu'on te dit.

La jeune fille échangea avec Ernest un regard lourd d'inquiétude et suivit le chef du fond. Il marchait à grandes enjambées, sans se soucier de la malheureuse Blanche qui courait derrière lui pour ne pas se laisser distancer. Quand ils empruntèrent un couloir inhabituel, elle ne put s'empêcher de le lui faire remarquer.

— Mais votre bureau…

Il se retourna à moitié pour l'interrompre.

— Mon bureau était ailleurs, je ne l'ignore pas. Mais j'ai déménagé.

Le chef du fond s'arrêta brusquement, si bien qu'elle faillit heurter son large dos. D'un geste théâtral, il lui désigna deux pièces vides en enfilade.

— Mon bureau est au fond. Celui-ci est le vôtre. Enfin, celui de ma secrétaire particulière. Dorénavant, vous seule vous occuperez de mon courrier. Vous prendrez mes appels téléphoniques et me ferez un rapport chaque soir. Sauf imprévu, vous rentrerez chez vous à l'heure. Toutes les personnes désirant me rencontrer passeront par vous. A vous de gérer mon carnet de rendez-vous. Je me fie à votre jugement pour décider des priorités.

A ce moment-là, on vint apporter du mobilier de bureau.

— Demandez à mademoiselle Mosmann comment arranger ces pièces. J'ai à faire. Je viendrai juger du résultat plus tard.

Blanche remarqua alors qu'il l'appelait « mademoiselle », à la française. Elle n'aurait pas aimé qu'on la désigne sous le terme de « Fräulein », qu'elle détestait à présent.

Elle le rattrapa dans le couloir.

— A quelle heure, les rendez-vous urgents ?

Il pivota vers elle, ravi de lui avoir réservé une bonne surprise.

— Vous trouverez mon agenda dans mon futur bureau, par terre, en attendant les meubles. Ne vous inquiétez pas, Blanche. Tout ira bien.

— Encore une chose, monsieur Friedrich.

— Laquelle, mademoiselle Mosmann ?

Deux secrétaires firent exprès de les croiser afin d'entendre de quoi il retournait. Elles en furent pour leurs frais : la conversation ne reprit que lorsqu'elles se furent éloignées.

— Nous aurions besoin d'un garçon de bureau de confiance. Je ne peux pas courir à droite et à gauche.

— Très juste, mademoiselle Mosmann. Vous avez sans doute quelqu'un à me recommander.

— Ernest Schaeffer, il vous sera tout dévoué.

— C'est entendu. Je m'en occupe.

— Merci, monsieur.

Il baissa la voix pour lui confier :

— J'ai l'impression que vous allez beaucoup me simplifier la vie. Alors c'est moi qui vous remercie.

Elle lui dédia un sourire reconnaissant.

— Une dernière chose, monsieur Friedrich. Lorsque les mineurs ou d'autres ouvriers souhaiteront vous transmettre un message, une requête…

— Vous servirez d'intermédiaire. Vous êtes bien placée, non ?

Sur ce, il disparut, la laissant flotter sur un petit nuage. Elle appréciait tout particulièrement cette dernière attribution. Les hommes seraient heureux d'être entendus par l'une des leurs et non par une quelconque étrangère indifférente à leur sort. Elle était une Alsacienne qui parlait leur langue, une fille de mineur, qui saurait comprendre leur problème et plaider leur cause s'il le fallait.

Blanche eut fort à faire pour donner ses instructions en vue d'organiser les deux bureaux de la manière la plus rationnelle possible. Ernest vint la rejoindre, les yeux pétillants de curiosité.

— Que se passe-t-il, Blanche ? On m'a dit de venir ici sans m'expliquer pourquoi.

Elle lui exposa la tournure que prenaient les événements. Il enchaîna en se tapant le front de la paume :

— Tout à l'heure, on a appelé Fräulein Ilse pour qu'elle se rende sur-le-champ à la direction du personnel. Si tu peux te passer de mes services encore quelques minutes, je vais voir ce qui se passe.

Il fila avant d'avoir reçu son approbation et ne tarda pas à revenir, radieux, muni d'une excellente nouvelle.

— Fräulein Ilse a été renvoyée pour faute grave. Nous n'avons plus rien à redouter de sa part : elle a déjà quitté le carreau de la mine. Elle doit être en train de boucler ses bagages pour traverser le Rhin aussi vite que possible. Les rapports étaient vraiment importants.

Blanche hocha la tête, elle était déjà au courant.

— Comment est-il, notre nouveau patron ? s'inquiéta encore Ernest.

— Très bien, tu verras. Mais c'est moi qui te donnerai les instructions. Je suis la nouvelle secrétaire particulière du chef du fond.

Il en resta tout déconfit, Ernest, mesurant la distance qui s'instaurait entre eux. Puis sa bonne nature reprit le dessus.

— Tu vois, j'avais raison de parler à tes parents comme je l'ai fait hier. Ils ne seront guère étonnés de ta promotion.

11

Dans la soirée, Kurt Friedrich trouva Blanche occupée à trier les dossiers, qu'elle parcourait rapidement avant de les classer, secondée par Ernest. Avec sa longue natte ballottant dans son dos, puisque c'était ainsi qu'elle se coiffait depuis son entrée dans la vie professionnelle à la mine, elle ressemblait à une écolière, et le garçon de bureau aux grandes oreilles en chou-fleur ne valait guère mieux, un galopin. Le chef du fond fut saisi d'une soudaine inquiétude. Pour le seconder, il avait pris deux enfants. N'aurait-il pas commis une regrettable erreur ?

— Oh ! monsieur Friedrich ! s'exclama la jeune fille avec un sourire lumineux. Nous n'avons pas encore terminé le secrétariat. Votre bureau, en revanche, me semble à peu près installé. N'hésitez pas à me faire part de vos remarques.

Il jetait un regard circulaire, perplexe, lorsque la sonnerie du téléphone retentit. Blanche décrocha.

— Secrétariat de monsieur Friedrich, annonça-t-elle d'une voix assurée.

Il s'attendait à ce qu'elle lui passe la communication dans la pièce voisine, ou qu'elle le consulte discrètement, mais elle répondit sans l'ombre d'une hésitation.

— Vous pourrez passer au secrétariat demain matin. C'est entendu. Je m'occuperai de cette affaire. Bonsoir, monsieur. On nous réclame un document, expliqua-t-elle après avoir raccroché. Je l'ai aperçu tout à l'heure. Rien d'important.

Puis elle pivota vers Ernest, et la natte dorée fit un bond dans son dos.

— Tu peux continuer à ranger ces classeurs dans le meuble, là-bas. Par ordre alphabétique, s'il te plaît.

Puis, s'adressant au chef du fond, elle s'enquit :

— Me permettrez-vous de consulter vos notices techniques à mes moments perdus ? Et de vous demander des éclaircissements à l'occasion ?

Son allemand était parfait à présent, sans la moindre pointe d'accent dialectal. On eût pu la prendre pour l'une des jeunes personnes du secrétariat, du moins en ce qui concernait la manière de s'exprimer. Kurt fut satisfait de constater qu'elle se montrait conforme à son attente et balaya le doute qui un instant l'avait effleuré.

— Faites-moi visiter mon bureau, Blanche. Je vous appellerai ainsi lorsque nous serons entre nous. Mais en public, vous serez « mademoiselle Mosmann ». Pour vous aussi, Ernest. N'oubliez pas que ma secrétaire particulière devra se faire respecter dans l'entreprise – mais je ne m'inquiète pas à ce sujet.

Laissant Ernest à ses rangements, ils rejoignirent la pièce du fond. Kurt ferma la porte de communication et s'assit derrière son bureau avec une visible satisfaction.

— Le rapport, Blanche ?

Elle resta debout à ses côtés et lui montra le courrier – celui de la journée et ce qui était resté en souffrance depuis quelque temps –, résuma d'une phrase claire et précise l'objet de chaque missive, nota la suite à donner, émit quelques suggestions qu'il approuva. Puis elle lui glissa un feuillet.

— Une réunion importante demain matin à la direction, lut Kurt surpris. Sont convoqués également le chef du jour et les différents chefs de service. Avez-vous une idée de ce dont il pourrait s'agir ?

— Oui, monsieur. Enfin, il me semble.

A ce moment-là, Ernest frappa à la porte et glissa sa tête ahurie dans l'entrebâillement.

— Pardon de vous déranger. J'ai fini, Blanche. Que veux-tu que je fasse maintenant ?

Se souvenant des consignes, il se troubla et bafouilla.

— Excuse-moi, excusez-moi… Que voulez-vous…

Elle sourit.

— En présence de tiers, nous nous vouvoierons. Mais quand nous serons entre nous, il n'y aura rien de changé. Si monsieur Friedrich n'y voit pas d'inconvénient, je pense que tu peux rentrer chez toi. Nous terminerons demain.

Ernest aurait préféré quitter le carreau de la mine en même temps que Blanche, parcourir avec elle les trois kilomètres et demi à pied les ramenant au village, et discuter des récents changements – ils n'en avaient guère eu le loisir au long de cette journée si fertile en événements. Son ancienne camarade de misère l'avait fait travailler sans relâche.

Kurt acquiesça, attendit qu'Ernest ait quitté la pièce et désigna à la jeune fille le fauteuil situé en face de lui.

— Et maintenant, Blanche, dites-moi ce qui vous semble assez important pour justifier une réunion directoriale à l'improviste.

Blanche raconta en quelles circonstances elle avait eu entre les mains les documents où figurait le nom d'Amélie Zurcher, comme pour se justifier à l'avance. Il la rassura.

— Ne soyez pas sans arrêt sur la défensive. Je ne m'appelle pas Fräulein Ilse.

Elle éclata de rire.

— J'ai confiance en vous, poursuivit-il gravement. Il me semble que je vous l'ai prouvé. Vous devez aussi avoir confiance en moi. Quelque chose vous inquiète ?

— J'ai un peu peur de ne pas me montrer à la hauteur de la tâche que vous m'avez confiée, avoua-t-elle.

— Tant mieux. Un mineur qui n'a peur de rien commet des imprudences et des erreurs. Il faut avoir conscience du danger. N'oubliez pas que ces demoiselles les secrétaires vous jalouseront, elles ne vous feront pas de cadeau. Elles vous en voudront de connaître leurs travers, et même d'avoir subi leurs brimades. Je vous ai mise en garde le premier jour, et vous avez pu constater que j'avais raison. Je renouvelle cet avertissement aujourd'hui.

— J'en tiendrai compte, promit-elle avec gravité. Nous n'avons pas vraiment eu le temps de discuter aujourd'hui. Mais vous pouvez être certain que je vous aurais de toute manière parlé de ce que j'ai lu. D'après ce rapport, les associés de la Gewerkschaft Amélie, madame Zurcher, monsieur Vogt et les autres, cèdent leurs *Kuxen*. J'ai cru comprendre qu'il s'agissait de leurs parts minières.

Il acquiesça : elle avait tiré les bonnes conclusions, dans la mesure où l'on pouvait se fier à cette information.

— Vous êtes sûre, Blanche ?

Elle résuma dans les grandes lignes le contenu du rapport, en suivant l'ordre du document. Les mots restaient gravés dans sa mémoire comme s'ils y avaient été imprimés au fer rouge.

— C'est un fait incontestable, conclut-elle. De plus, il est question que monsieur Vogt et d'autres personnes fondent une nouvelle société d'exploitation minière, avec des capitaux alsaciens et français. Cette dernière information, en revanche, figurait au conditionnel. Je précise que madame Zurcher n'y participera pas. J'ai cherché son nom en vain.

Kurt passa la main sur son menton râpeux en un geste qui lui était familier lorsqu'il se trouvait confronté à un problème demandant réflexion. La jeune fille respecta son silence, puis se permit de poser les questions qui la taraudaient.

— Qu'allons-nous devenir ? Et pourquoi se retirer au moment où l'exploitation démarre enfin ?

Le regard lointain du chef de fond se fixa à nouveau sur sa collaboratrice.

— Je vais commencer par la deuxième question. La Gewerkschaft Amélie a coûté à ses associés des sommes colossales depuis des années. Madame Zurcher s'est endettée, toute sa famille en a fait autant. Les autres associés, même pourvus d'une fortune personnelle, ne sont pas en mesure de continuer à assumer les dépenses. J'imagine que les banques allemandes, trouvant que l'argent tarde à rentrer, se retirent. Je sais ce que vous allez me dire, Blanche. Mais il se passera encore des mois, peut-être des années avant que l'exploitation soit rentable. Et il faudra quand même continuer à injecter des capitaux, mécaniser l'exploitation au fond, étudier de nouveaux procédés pour le traitement du minerai, construire, foncer d'autres puits, les équiper de machines d'extraction modernes et fiables au coût vertigineux, sans parler des salaires. C'est une fuite en avant qui n'a pas de fin.

Il passa de nouveau la main sur son menton, hésita un instant puis ajouta, estimant qu'elle était capable de comprendre :

— Il y a autre chose. Pour vendre, nous devons obtenir le feu vert du Kalisyndikat, le tout-puissant consortium qui détient dans le Reich le monopole de la vente de la potasse. Ici, nous sommes un nouveau venu sur le marché, un concurrent. Le prix de vente, fixé par le Kalisyndikat, sera le même pour tous, mais il peut très bien nous obliger à limiter notre production. Je précise que pour l'instant nous n'en faisons pas partie, donc nous ne pouvons pas encore commercialiser.

Il réfléchissait à haute voix.

— Vous savez, ou vous ne savez peut-être pas, que concrètement, dans la réalité de tous les jours, l'Alsace occupe une place à part dans le Reich, ajouta-t-il. Vous êtes trop jeune pour vous souvenir qu'un jour elle a été française. Moi aussi. En tout cas, la France n'accepte pas le fait d'avoir perdu l'Alsace et la Lorraine. Les militaires, de part et d'autre, se préparent depuis des années à un éventuel conflit. J'imagine que ces faits ont leur importance dans le cas présent.

Blanche digéra ces informations. Elle avait entendu parler du « bon vieux temps » désignant avec nostalgie l'époque révolue. Elle-même, ne l'ayant pas connue, ne pouvait pas la regretter, sauf lorsque les Allemands, occupant tous les postes importants, se montraient trop arrogants. Des gens d'un certain âge, comme madame Zurcher et ses associés, ou qui étaient au fait d'événements politiques qui la dépassaient, voyaient-ils à nouveau l'avenir sous les couleurs françaises ?

— A votre avis, pourquoi madame Zurcher se retire-t-elle ? s'enquit-elle.

Il secoua la tête.

— Je l'ignore, Blanche. Peut-être ne se sent-elle pas la force de tout recommencer à zéro. D'autant qu'elle n'a pas d'enfants à qui transmettre ce qu'elle aura construit.

A ce propos, un détail revint à la mémoire de la jeune fille.

— Il paraît que monsieur Joseph Vogt confierait la direction de la nouvelle société minière à son fils, Fernand Vogt.

Kurt venait de comprendre la raison du pèlerinage accompli par Amélie Zurcher, un soir de janvier. Il en fut attristé pour elle. Mais que pouvait un chef du fond dans ces circonstances ?

— Je n'ai pas encore répondu à votre première question, Blanche. Les parts minières seront rachetées par de nouveaux investisseurs, du moins il faut l'espérer. Dans ce cas, nous continuerons. Je ne peux pas vous renseigner davantage. Et maintenant, j'aimerais en savoir un peu plus en ce qui vous concerne.

Elle parla de sa famille, de Roger que son père voulait placer comme apprenti chez un artisan, un menuisier de préférence, en vain. D'Albert et de Camille qui allaient encore à l'école. De la maison qu'ils louaient à Wittelsheim mais que la propriétaire voulait leur reprendre, soi-disant pour loger l'un de ses enfants. En réalité, elle n'aimait pas l'idée que Lucien Mosmann avait fait faillite ; dans son esprit, il était aussi malhonnête que l'associé qui l'avait ruiné. De plus, elle ne voulait pas de mineur chez elle.

— Pensez-vous que nous pourrions obtenir une maison de la mine, monsieur Friedrich ?

— Dans un avenir proche, cela me semble difficile. On logera en priorité le personnel d'encadrement venu de l'autre côté du Rhin. Et puis, afin d'attirer de la main-d'œuvre venue de loin, on construira des foyers pour les célibataires et des maisons destinées aux familles. Mais rien n'empêche de déposer une demande dès maintenant, pour prendre date. Le moment venu, l'ancienneté de la demande aura sans doute son importance. De plus, votre requête me semble légitime. Après tout, vous êtes deux à travailler pour la mine.

— Peut-être trois, si Roger ne trouve pas de patron ailleurs.

— Il pourrait devenir apprenti boiseur. Je le mettrais avec un ouvrier de confiance. Evidemment, je comprends la réticence de votre père. Personne ne peut nier le risque encouru chaque fois qu'on descend. Et maintenant, fit-il en changeant de ton, rentrez chez vous. Je vous ai encore mise en retard, malgré ma promesse.

— Ne vous inquiétez pas pour cela, monsieur Friedrich. Je resterai chaque fois qu'il le faudra. Cela fait partie de mes nouvelles responsabilités.

Il lui sourit, conquis par son sérieux. Elle se dirigea vers la porte, pivota vivement vers lui, faisant sauter la natte dans son dos, et dit encore :

— Madame Zurcher doit être très triste. Elle est votre amie. Vous devriez lui téléphoner.

Il secoua la tête, aussi amusé qu'incrédule.

— Voyez-vous ça, à peine arrivée, ma secrétaire me donne déjà des ordres ! Vous avez raison, Blanche, je vais l'appeler.

Elle laissa la porte de communication ouverte. Pendant qu'elle enfilait sa veste, elle entendit :

— Bonsoir, madame Zurcher. Kurt Friedrich, chef du fond à la mine Amélie. Je ne vous dérange pas ?

Non ? Tant mieux. Je tiens à vous annoncer que j'ai suivi votre conseil. Ce matin, j'ai choisi comme secrétaire particulière la jeune personne que vous m'avez recommandée. Vous vous souvenez, Blanche Mosmann ?

Le ton était joyeux, amical. Rassurée, Blanche quitta son bureau, refermant la porte assez fort pour que son patron sache qu'elle était partie.

Dehors l'accueillit un ciel noir où hésitait un orage d'été. Elle s'en moquait. Son destin venait de basculer et rien, pas même la perspective de rentrer trempée jusqu'aux os, ne pouvait entamer sa félicité.

La conversation téléphonique se prolongea un bon moment. Kurt évoqua la prochaine arrivée de sa famille.

— J'avoue qu'il était temps, je me sentais un peu seul. J'aimerais beaucoup vous présenter ma femme Thekla et mes enfants. Pourrai-je vous inviter à nous rendre visite une fois que nous serons installés ?

Amélie marqua un temps d'arrêt.

— J'avoue que je suis très touchée. D'autant que…

Pour lui éviter d'aller au bout d'un aveu qui lui coûtait sans doute, il l'interrompit.

— Je sais. Rien n'est officiel encore, mais Blanche m'a mis au courant.

— Très précieuse, cette petite Blanche ! Je vous l'avais dit.

— En effet. Je ne vous cacherai pas qu'elle m'a soufflé l'idée de vous appeler.

— Intelligente et…

Il continua la phrase à sa place.

— Et reconnaissante.

— J'accepte votre invitation avec plaisir, conclut

Amélie, plus émue qu'elle ne voulait l'admettre. Faites-moi signe.

— C'est entendu. Si vous voulez me joindre, n'hésitez pas à appeler Blanche. Elle me transmettra le message. Et elle sera très heureuse de parler avec vous.

Sans en avoir l'air, il venait de lui renvoyer la balle. Elle lui avait recommandé la petite Blanche, et il la garderait sous son aile. Mais un jour, qui sait…

Personnellement, Kurt Friedrich estimait que l'Alsace, historiquement et culturellement, appartenait à l'aire germanique, dont elle n'avait jamais cessé de parler la langue. Bien entendu, il n'ignorait pas que d'une certaine manière elle restait fidèle à la France. Si on ne lui faisait pas confiance, c'était bien pour cette raison. Il voyait l'avenir dans une meilleure intégration au Reich.

Cela ne l'empêchait pas d'envisager une improbable hypothèse. Si un conflit éclatait entre la France et l'Allemagne, si l'Alsace quittait le Reich pour retourner dans le giron de son ancienne patrie, Blanche, avec son allemand irréprochable et ses habitudes de travail germaniques, aurait bien besoin d'un appui. Les enfants issus de la bourgeoisie parlaient le français à la maison et même l'étudiaient au lycée, au Gymnasium, en tant que langue étrangère. Ce n'était pas le cas de Blanche, fille d'ouvrier. Peut-être même ne parlait-elle pas un traître mot de français.

Devant son téléphone, qu'elle venait de raccrocher, Amélie Zurcher n'était pas loin de partager son avis. Sauf en ce qui concernait la couleur du drapeau qui serait arboré à l'issue d'un possible conflit.

12

Il y avait plusieurs mois à présent qu'Anneliese Rennwald habitait chez Augustin Laugel, sans jamais sortir de chez elle. Au village couraient les bruits les plus divers. Elle serait morte, assassinée au coin d'un bois. Un autre assurait l'avoir aperçue à Colmar, non loin du quartier fréquenté par les filles légères. Les parents, interrogés, persistaient dans leur rejet : ils n'avaient plus de fille.

L'opinion publique, partagée et vacillante au moment des faits, penchait de plus en plus vers la condamnation des parents. Quoi que fassent ceux que l'on a mis au monde, on continue à porter la responsabilité de leurs actes. A l'occasion, une bonne raclée méritée fait partie de l'éducation. De plus, face aux coups durs, une famille doit rester solidaire.

Anneliese avait eu fort à faire pour transformer la maison d'Augustin, habitée auparavant par un couple âgé et négligent, en foyer agréable à vivre. Ils formaient à présent une sorte de couple, partageant tout, jusqu'au lit. Sauf qu'ils restaient chastes. Un peu interloquée au début, Anneliese s'était mise à apprécier cet état d'amie et de compagne digne de respect, qui lui rendait l'estime d'elle-même. Augustin ne réclamait rien. Chaque soir, ils se réchauffaient l'un à l'autre entre les draps et s'embrassaient sur la joue avant de s'endormir. Au matin, il la tenait souvent par la taille, ou elle avait jeté une jambe par-dessus celles d'Augustin.

N'étant pas innocente, Anneliese savait ce qu'il en coûtait à un homme dans la force de l'âge. Dès le premier jour, elle avait fait la différence entre lui et cet égoïste de Louis Neumann. A la reconnaissance envers Augustin s'était ajoutée l'estime. Puis un sentiment plus tendre, de l'affection, qui suffisait à son bonheur.

Jusqu'au jour où ce que leur relation présentait d'anormal lui sauta aux yeux.

Ce matin d'été, elle se réveilla la première et se lova contre lui pour savourer sa présence. Au bien-être habituel se mêlait autre chose, une frustration, un manque, un besoin… Elle se rejeta en arrière, comme si le corps d'Augustin était devenu brûlant. Couchée sur le dos, les yeux ouverts sur le point du jour qui s'infiltrait par la fente des volets, Anneliese comprit qu'elle ne pouvait pas continuer ainsi.

— As-tu quelque chose à me dire ? murmura Augustin à ses côtés.

Elle explosa.

— Oui ! Ça ne va pas. Si la situation actuelle te convient, ce n'est pas mon cas.

Sans se tourner vers lui, elle sut qu'un sourire étirait les lèvres d'Augustin, ce qui eut pour effet de la déchaîner encore davantage.

— Tu peux rire, moi, ça ne m'amuse pas du tout.

— Qu'est-ce qui ne va pas entre nous ? interrogea-t-il.

— Nous vivons ensemble comme un couple, sans être un couple. Voilà ce qui ne va pas.

— Que faut-il pour faire un couple, à ton avis ? demanda-t-il très doucement.

Il le savait fort bien ! Soudain Anneliese réalisa qu'il attendait depuis des semaines, des mois qu'elle ait un véritable élan vers lui.

Elle nicha la tête dans le creux de son épaule, respira l'odeur de sa peau, posa les lèvres dans son cou, puis s'approcha encore davantage. Il l'entoura de ses bras et la serra contre lui. Leurs jambes se mêlèrent. Pour la première fois, elle put constater la force du désir qu'elle lui inspirait.

— Fais de moi ta femme, Augustin, implora-t-elle.

Elle voulait lui appartenir, là, tout de suite ; elle ne se sentait pas capable d'attendre une journée de plus.

— Veux-tu m'épouser ? s'enquit-il gravement.

— Oui, je le veux.

— Devant le pasteur ?

Sidérée, Anneliese le dévisagea dans la lueur grandissante de l'aube rose, se demandant s'il n'était pas en train de se moquer d'elle.

— Je ne comprends pas. Tu es catholique, non ?

— Je suis devenu luthérien à Soultzeren. Alors réponds-moi, Anneliese. Veux-tu que nous formions un vrai couple ?

— Oui, Augustin. A présent, je le désire vraiment. Parce que…

— Parce que ? insista-t-il.

Et tout s'illumina dans l'esprit d'Anneliese.

— Parce que je t'aime, Augustin.

— Enfin ! soupira-t-il. Il t'en a fallu du temps.

Le dimanche suivant, ils se levèrent en même temps que le jour. Augustin voulait emmener Anneliese à Soultzeren, chez celui qui seize ans plus tôt l'avait trouvé, recueilli, soigné et aimé comme un fils. Pour la première fois, la jeune femme allait quitter le cocon rassurant de son nouveau foyer pour affronter le monde extérieur. Elle en conçut une inquiétude plus grande qu'elle ne l'imaginait. Il eut beau promettre de faire un grand détour pour éviter le centre de Voegtlinshoffen et assurer que de toute manière, à cette heure matinale, personne ne serait levé, le traumatisme, oublié peu à peu, refit surface.

— Je ne leur pardonnerai jamais ce qu'ils m'ont fait.

Augustin, en menant sa carriole à travers les carrés de vigne où le raisin se gorgeait de soleil estival, la laissait exprimer son ressentiment. Finalement, surprise de son silence, elle quémanda son approbation. Un long moment, le silence fut rythmé par les pas sonores du cheval.

— Ma mère m'a abandonné, rappela Augustin. Si j'avais la chance de la retrouver, je lui ouvrirais les bras.

Anneliese, elle, se sentait incapable d'une telle générosité.

La carriole poursuivit sa route dans le vignoble, traversa Wettolsheim, puis s'engagea sur la route menant vers Munster. A sa gauche, Anneliese reconnut la tour du Pflixbourg qui montait la garde sur sa hauteur conique. Elle y avait fait une excursion, longtemps auparavant, dans une autre vie, lui semblait-il. Sur sa droite, nichés bien haut, elle identifia les Trois-Epis. Il avait été question d'y monter en tramway électrique, mais ce projet ne s'était pas réalisé. A présent, elle n'en voulait plus. Elle rejetait tout ce qui évoquait le passé.

Regardant droit devant elle, elle s'attacha aux montagnes escarpées qui fermaient l'horizon.

— C'est là que nous allons ? s'enquit-elle.

Augustin lui expliqua que Soultzeren était le dernier village avant le col de la Schlucht. Le poste frontière se situait là-haut. La route n'avait été ouverte qu'en 1860, au terme de deux décennies de travaux difficiles, permettant le passage vers la France de l'Intérieur. Auparavant, les falaises empêchaient toute véritable circulation. Depuis des siècles, les gens du pays, des contrebandiers entre autres, empruntaient des sentiers, par endroits périlleux. Les marcaires, quant à eux, qui comme Martin Bresch menaient leurs troupeaux de vaches sur les hautes chaumes chaque été, avaient de tout temps entretenu de bonnes relations avec leurs collègues au-delà des crêtes, au point de ramener parfois une épouse qui ne parlait pas leur langue.

Depuis 1907, un tramway électrique facilitait la montée vers la Schlucht du côté alsacien, jusqu'à proximité du poste frontière. Du côté français existait un prolongement de la voie ferrée de Gérardmer vers le massif du Hohneck, mais bien entendu, ces équipements, désormais situés à l'étranger, ne pouvaient plus les concerner.

Anneliese se fit expliquer la composition de la famille Bresch, deux fils et leur famille, qui étaient restés à Soultzeren. Les hommes étaient marcaires. Ils élevaient des bovins et fabriquaient le célèbre fromage de Munster.

Dès la Saint-Urbain, c'est-à-dire le 25 mai, début de l'été dans le calendrier traditionnel, ils montaient dans leur marcairie de montagne avec leurs troupeaux, auxquels s'ajoutaient des vaches louées par d'autres paysans. Ils ne redescendaient qu'au 29 septembre, la Saint-Michel marquant le début de l'automne. Il n'était pas rare que la neige fît déjà son apparition à ce moment-là.

C'était là-haut, sur les hautes chaumes, que Martin Bresch avait découvert et recueilli Augustin. Anneliese évoqua en silence cet épisode douloureux de la vie de son compagnon. Il était bon que tous deux reviennent en pensée, le même jour, sur leur point de rupture avec la structure villageoise. Désormais, ils affronteraient l'avenir ensemble. Cette certitude donnait à Anneliese le courage d'affronter une ultime épreuve.

— Que dirons-nous aux Bresch ?

Augustin comprit à demi-mot.

— La vérité. Tes parents t'ont jetée dehors parce que tu fréquentais un garçon, qui en a profité pour t'abandonner.

— C'est tout ?

— Evidemment. Que veux-tu dire d'autre ? Crois-moi, ce sont tes parents qu'ils blâmeront, pas toi.

La voyant dubitative, Augustin lui raconta une ancienne coutume de la vallée. Autrefois, lorsqu'un garçon voulait courtiser une fille, il venait lui rendre visite à sa fenêtre, en dressant une échelle contre le mur de la maison familiale. Une fenêtre bien petite, pour que le galant ne puisse pas entrer. Il y arrivait quand même, un peu trop souvent au gré du pasteur, puisque quasiment toute la vallée était passée au protestantisme. Ces visites nocturnes débouchaient parfois sur un mariage précipité, mais elles permettaient surtout aux jeunes de faire connaissance en vivant un début d'intimité. Les parents le savaient fort bien, puisqu'ils avaient vécu les mêmes émois.

— Et personne dans le village ne trouvait à y redire ? s'étonna Anneliese.

— Officiellement, le garçon était censé rester à l'extérieur. Il cassait le carreau de la fenêtre afin de faire plus aisément la conversation à sa belle. C'était un motif de fierté pour les filles.

Anneliese resta pensive un moment.

— Et celles qui n'avaient pas d'amoureux ?

Augustin éclata d'un rire sonore avant d'expliquer :

— Elles cassaient leur carreau elles-mêmes, pour faire croire à l'existence d'un soupirant.

Rassurée par ces mœurs, elle qui redoutait la rigueur luthérienne, Anneliese se détendit pour observer le paysage. A la sortie de l'agréable ville de Munster, ils s'engagèrent dans la Petite Vallée, sur une route bordée de vergers, de prés et de champs. Des forêts sombres couronnaient les hauteurs.

Là aussi, les filatures et les usines de tissage fournissaient du travail aux populations locales. D'après Augustin, grâce à ces industries, les départs pour l'Amérique étaient moins nombreux que dans d'autres contrées d'Alsace.

Vers Soultzeren s'ouvrait un autre paysage, plus accidenté, fermé par un cirque de falaises abruptes. A main droite grimpaient les alpages. Ils touchaient au but de leur équipée.

— Mais c'est Augustin ! s'exclamait-on un peu partout dans le village.

— Il y a longtemps qu'on ne t'avait vu, Augustin.

Tout le monde dévisageait Anneliese avec une curiosité pleine de sympathie.

— Ma fiancée, expliquait-il inlassablement.

Comme prévu, ils ne trouvèrent au logis que la vieille Barbara, l'une de ses brus et quelques enfants. La vieille femme, dont le visage plissé de rides respirait la bonté, portait encore le costume typique de la Petite Vallée, en particulier la coiffe de velours noir, une sorte de bonnet à fond plat sur l'arrière, emboîtant bien la tête et noué sous le menton.

Augustin se plia en deux pour que Barbara puisse le

serrer contre son cœur. De toute évidence, elle l'aimait autant que ses propres enfants.

— Je vous présente Anneliese, ma future épouse.

La vieille femme embrassa la nouvelle venue.

— Bienvenue chez nous, Anneliese. Quelle jolie femme tu as trouvée, mon garçon ! Vous nous ferez de beaux enfants. Vous venez nous inviter au mariage ?

— Vous en serez certainement ! Mais nous ne savons pas encore comment l'organiser, étant donné qu'Anneliese n'a plus de parents. Ils l'ont mise à la porte parce qu'elle fréquentait un garçon. Je précise que c'était avant de me connaître, sinon jamais elle n'aurait posé son regard sur un autre que moi.

Voilà, c'était dit. Choquée, Barbara secoua la tête d'un air incrédule, puis elle gratifia Anneliese d'une nouvelle embrassade, encore plus affectueuse.

— Dans quel genre de village vivez-vous donc ? marmonna-t-elle.

Cette question n'appelait pas de réponse. Anneliese était adoptée pour de bon. Elle se sentit bien, au milieu de ces gens qui ne la jugeaient pas. La belle-fille se hâta de préparer du café et de servir des parts de kougelhopf du dimanche. La vieille Barbara les incita à se restaurer.

— Ton père est là-haut, Augustin. Il faudra que tu montes lui rendre visite. Tu montes aussi, ma fille ?

Anneliese en eut les larmes aux yeux. C'était bien à elle que s'adressait la vieille femme. Incapable de parler, elle se contenta de hocher la tête. Un peu plus tard, une fois qu'ils eurent distribué les cadeaux apportés, les fiancés se mirent en route, laissant Barbara à ses plans de mariage. Augustin s'arrêta devant la maison du maire, qui sortit en l'apercevant. Le jeune homme annonça qu'il pensait se marier au village, puisqu'ils n'avaient pas de parents, ni l'un ni l'autre. Un peu plus loin, ils croisèrent le pasteur, auquel il tint un discours semblable. En l'espace d'une demi-heure, l'affaire était en bonne voie.

Après l'effort de la montée à pied, par des sentiers pierreux, Anneliese fut éblouie par l'immensité du paysage qui s'offrait au regard. La luxuriance des verts, tendre des feuillus, plus soutenu dans les prés, jusqu'aux pointes sombres des conifères, éclatait dans un soleil radieux, à peine voilé, dans le lointain, par une légère brume bleutée. Lui entourant les épaules de son bras, Augustin nomma chaque village, en contrebas, chaque combe, chaque sommet. Si près du ciel profond, dominant les tracas et la mesquinerie humaine, l'air chaud, doux, parfumé leur parut aussi savoureux qu'une gorgée de miel.

Le concert des clarines, un peu plus haut, les invitait à grimper encore. Le chien signala leur approche. Un gamin, le bouvier, courut vers la marcairie pour prévenir Martin Bresch. Celui-ci émergea de la bâtisse en pierre, en veste de coutil gris à manches courtes, portée sur une chemise dont il avait retroussé les manches, signe qu'il travaillait à la fabrication du fromage, comme chaque matin. Une calotte de cuir destinée à protéger le crâne des chocs, le plafond des étables étant fort bas, couronnait ses cheveux blancs. Sur les côtés du couvre-chef pendaient deux minuscules instruments représentant sa fonction. Un balai, cet accessoire servant à nettoyer l'étable, et une écumoire, celle-ci étant utilisée au moment de la fabrication du fromage. Pieds nus dans ses sabots, le vieil homme se hâta vers Augustin, rayonnant de joie, les bras grands ouverts.

— Mon garçon, comme je suis content de te voir !

Dois-je comprendre que tu nous amènes ta fiancée ? Enfin !

Augustin réitéra ses explications. Martin, les sourcils froncés, fut un peu plus curieux que sa femme. Il demanda quand Anneliese avait été renvoyée par ses parents. Augustin répondit franchement et termina par ces mots :

— Il a fallu tout ce temps-là à Anneliese pour tomber amoureuse de moi. Maintenant, nous sommes bons à marier. Pour la vie.

Le vieil homme hocha la tête avec satisfaction, affirmant qu'ils allaient tous s'en occuper.

13

Bien qu'elle habitât une ferme, Amélie n'était pas une fermière. A ses yeux, une exploitation agricole et les vastes terres qu'elle possédait se géraient comme une entreprise. Elle avait grandi dans un milieu familial voué à l'industrie. Les Zurcher, fondateurs des premières entreprises textiles d'Alsace, avaient foi dans le progrès. Eux aussi avaient risqué des paris audacieux. Sans doute Amélie avait-elle hérité de leur esprit aventureux, doublé d'un solide sens des réalités.

Dans les salons où se rencontraient les notables, souvent industriels, on n'était pas tourné vers le passé. On regardait vers l'avenir avec la ferme intention d'y jouer son rôle. Et finalement, Amélie Zurcher représentait bien son milieu social, la bourgeoisie alsacienne qui ne craignait pas de se retrousser les manches. Qu'elle soit une femme n'avait en rien entravé ses ambitions.

Ce soir, elle attendait un invité. Joseph Vogt, son associé dans l'aventure des mines de potasse, avait annoncé sa visite. Sans doute voulait-il lui parler de Kali Sainte-Thérèse, la nouvelle société minière fondée avec des capitaux alsaciens et français. Par pure courtoisie : Amélie n'était plus concernée. Les actionnaires de la Gewerkschaft Amélie avaient dû vendre tous leurs

Kuxen, leurs parts minières. Depuis le début, les décisions importantes avaient été prises à Berlin. A présent, les mines de potasse qu'ils avaient créées appartenaient aux Allemands.

Contrariée par la mainmise des Deutsche Kaliwerke sur l'entreprise qu'ils avaient fondée, elle-même, Joseph et quelques autres, elle n'avait pas réinvesti dans la nouvelle société Kali Sainte-Thérèse. Déception ? Fatigue ? Amélie ne voulait plus se torturer avec les arguments qui l'avaient amenée à se retirer tout à fait. Les capitaux qu'elle avait récupérés lors de la vente lui avaient d'abord permis de rembourser ses emprunts, la Gewerkschaft Amélie l'ayant amenée beaucoup plus loin qu'elle ne l'aurait voulu. Le reste – la cession d'une entreprise aussi importante lui avait quand même rapporté des sommes considérables –, elle l'avait investi dans l'achat de terrains. Quoi qu'il arrive, la terre conserve sa valeur.

Rosa, la servante d'Amélie, vint inspecter la table mise avec élégance. Nappe damassée provenant d'une entreprise familiale, porcelaine fine et verres de cristal de Saint-Louis, ancienne verrerie royale sous Louis XV.

— Ça vous convient, Madame ?

— C'est parfait, Rosa. Monsieur Vogt ne devrait plus tarder. Tout est prêt en cuisine ?

Au moment où la servante, qui pour l'occasion avait revêtu une robe noire et un petit tablier blanc, acquiesçait, un véhicule à moteur annonça l'arrivée de l'invité. Amélie alla à sa rencontre.

Elle revit avec satisfaction l'homme aux cheveux et à la moustache de neige. Sa silhouette enrobée, qui pouvait le faire passer pour un placide bon vivant, dissimulait une vive intelligence et un esprit d'entreprise redoutable.

— Merci de m'accueillir avec autant de chaleur.

— Merci de continuer à fréquenter cette maison, malgré ma défection.

Ils se retrouvèrent avec plaisir, en anciens partenaires qui avaient partagé une aventure unique. La conversation débuta devant le foie gras, provenant des oies de la ferme.

— C'est ainsi que je le préfère, annonça la maîtresse de maison. Dans une terrine, aromatisé selon la recette de Rosa.

D'après Amélie, l'histoire du foie gras remontait à l'Egypte ancienne. Les Egyptiens auraient constaté le penchant naturel des oies à se gaver à l'approche des migrations pour constituer les réserves nécessaires à leur voyage. Leur foie, qui grossissait à cette occasion, était apprécié à sa juste valeur, un mets délicieux. C'est ainsi que l'on aurait commencé à engraisser les oies intentionnellement, voire brutalement. Cet engraissage aurait plu aux Phéniciens et aux Romains, notamment à Néron, qui faisait gaver ses oies de figues et tremper les foies frais dans du lait.

L'élevage des oies avait sans doute été introduit en Alsace par les Juifs d'Europe de l'Est, pour lesquels le rôti d'oie constituait une alternative à la viande de porc.

A Colmar, le millefeuille de foie gras associait en couches oie et canard, ce qui donnait un goût puissant. Toutefois, la recette traditionnelle, en Alsace, consistait à tapisser la terrine d'une couche de farce, porc maigre et lard de poitrine, avant d'y déposer le foie, qu'on avait au préalable mis à mariner selon une recette que chaque maîtresse de maison conservait jalousement. Eventuellement, on truffait le foie, avant de le recouvrir d'une couche de porc haché fin. La terrine munie de son couvercle passait à four moyen pendant une heure et demie, au bain-marie.

— Mais je préfère de loin la recette de Rosa, d'une apparente simplicité, conclut Amélie.

— Quelle merveille ! s'extasia Joseph. Pensez-vous qu'elle accepterait de me confier son secret ?

— Rosa vous aime bien, confia Amélie en se penchant vers lui. Vous appréciez sa cuisine. Mais venez plutôt déguster le foie gras chez moi, cela me vaudra le plaisir de votre compagnie.

Tous deux savaient qu'ils allaient bientôt en venir aux choses sérieuses. Joseph Vogt repoussa l'échéance d'un instant encore.

— Et ce tokay, pour l'accompagner… une réussite, vraiment. D'où le tenez-vous ?

L'étiquette figurant sur la bouteille verte à long col, qui tendait à se généraliser, lui était inconnue. Amélie eut un petit rire prometteur.

— Je vous réserve une surprise pour le dessert. Nous aurons l'occasion d'en parler.

Puis Amélie laissa le silence s'installer, tandis que sur leur palais le bouquet du tokay exaltait la dernière bouchée de foie d'oie. Joseph poussa un soupir tout en suivant du doigt, sur la nappe damassée, une volute du tissage. Puis il releva la tête et regarda son hôtesse droit dans les yeux.

— J'ai pensé que vous aimeriez être tenue au courant.

— En effet. J'apprécie que vous soyez venu m'en parler.

Il passa sous silence la fondation à Mulhouse, le 6 juin 1910, avec des associés alsaciens et français, des Mines de Kali Sainte-Thérèse, dont il avait confié la direction à son fils Fernand Vogt, âgé de trente-trois ans. Celui-ci avait participé aux débuts de la Gewerkschaft Amélie, fort d'une expérience sur le terrain aux Etats-Unis.

Il alla droit aux nouvelles récentes. Par une convention signée le 20 septembre à Stuttgart, la Gewerkschaft Amélie cédait à Kali Sainte-Thérèse les actions de trois de ses quatorze *Gewerkschaften* : Alex, Rodolphe et Battenheim. Le conseil de surveillance de Kali Sainte-Thérèse avait décidé de foncer les puits Alex et Rodolphe. De plus, Kali Sainte-Thérèse envisageait l'acquisition de concessions situées sur le ban de plusieurs communes avoisinantes, plus au nord – pas forcément les plus faciles à exploiter, les couches de potasse étant plus profondes. D'autres concessions minières seraient cédées à des sociétés allemandes.

— Vous serez les seuls Français, murmura Amélie d'une voix rêveuse. J'imagine que vous avez tout envisagé.

— Evidemment, acquiesça Joseph. Si la situation actuelle perdure, on nous laissera travailler. Et si elle change, nous serons les grands gagnants.

Ils avaient en tête, l'un et l'autre, l'éventuel retour à l'ancienne nationalité.

— Le changement passe par un conflit, souligna Amélie. Et dans ce cas, c'est l'inconnu.

— En effet, approuva Joseph.

Ils ne voulurent pas s'attarder sur cette perspective sombre : tous deux avaient connu le conflit de 1870 et le bouleversement qu'il avait provoqué.

— Pensez-vous possible que nous restions allemands ? interrogea Amélie.

Il poussa un profond soupir.

— J'ai misé sur un retour à la France, que nous souhaitons tous, j'imagine.

— Nous, oui. La bourgeoisie qui voyage, qui a

conservé des liens par-delà la frontière, qui accède à une certaine culture et pratique la langue. Croyez-vous vraiment que nos mineurs pensent comme nous ? Une génération de plus et ils se sentiront tout à fait allemands. Quand ceux qui ont vécu le changement de nationalité ne seront plus, le Reich deviendra la patrie incontestée, surtout s'il cède sur un certain nombre de points.

— Vous fréquentez les mineurs ? s'amusa Joseph.

— Exactement. Je connais fort bien le chef du fond au puits Amélie, un Allemand remarquable. S'ils étaient tous comme lui ! Je connais aussi une jeune fille étonnante, fille de mineur…

Il l'interrompit.

— Je sens que vous avez une requête à me soumettre.

— C'est vrai. Cette fille de Wittelsheim, Blanche Mosmann, a réussi en quelques mois à se rendre indispensable, alors qu'elle a tout juste seize ans. On jurerait qu'elle est passée par l'école de la mine en Saxe.

Joseph hocha la tête.

— Je vois où vous voulez en venir. Si le vent tourne, les *Gewerkschaften* allemandes ne travailleront plus. Si elle est aussi remarquable que vous le dites, elle pourra rejoindre Kali Sainte-Thérèse. Mais il faudra qu'elle apprenne le français.

— Elle apprendra aussi vite qu'elle s'est mise aux habitudes de travail allemandes. Qui n'ont pas que des inconvénients, vous en conviendrez certainement. N'oubliez pas son nom.

— Blanche Mosmann. Je m'en souviendrai. Je ne peux pas vous refuser un petit service.

Entre-temps, le repas était parvenu à son terme. C'est alors que Rosa arriva avec deux bouteilles semblables. L'une d'elles affichait son origine champenoise. L'autre portait le même nom que le tokay.

— Ah ! fit Joseph amusé. Vous voulez me faire goûter un mousseux. Encore l'un de vos protégés ?

— Je ne protège que les gens qui le méritent. J'ai reçu quelques bouteilles que je n'avais pas commandées. La démarche m'a semblé intéressante. Vous avez goûté le tokay. Le reste était à l'avenant. Le producteur ne fabrique pas un vulgaire mousseux. Il a travaillé en Champagne plus de dix ans et c'est la méthode apprise là-bas qu'il applique au vin de ses vignes. J'ai eu la curiosité de me rendre à Voegtlinshoffen pour faire sa connaissance. Si vous n'aimez pas, une bouteille venant de Champagne attend d'être débouchée, pour fêter l'avenir prometteur de Kali Sainte-Thérèse.

Avec une certaine réticence, Joseph Vogt observa la coupe de cristal taillé où pétillait le vin « méthode champenoise » élaboré par Augustin Laugel. Puis il y trempa les lèvres.

— J'ai déjà eu l'occasion de goûter des vins pétillants faits chez nous, ici ou là. Aucun ne vaut celui-ci, avoua-t-il, agréablement surpris.

— Puis-je vous offrir quelques bouteilles ?

Joseph éclata de rire.

— Je vous reconnais bien là, Amélie. Quand vous avez une idée en tête…

— L'histoire de ce jeune homme est tout à fait étonnante. Imaginez un orphelin, maltraité par son patron. Non, je ne veux pas faire pleurer dans les chaumières. Je tiens juste à vous faire remarquer que, en dépit de circonstances défavorables, les gens doués parviennent toujours à exprimer leur talent. Sa jeune femme et lui n'ont trouvé que des obstacles sur leur route. Ecoutez plutôt.

14

Le rapport du soir était devenu, pour Kurt Friedrich, le meilleur moment de la journée. Il se laissait tomber dans son fauteuil, abandonnant une bonne partie de ses soucis, heureux de cette pause amicale avant de rentrer chez lui. Sa secrétaire venait le rejoindre, rayonnante de jeunesse et de vivacité.

Dans son allure comme dans son comportement, Blanche avait beaucoup changé. Dès le lendemain de sa promotion, elle avait abandonné sa coiffure de petite fille. Sa natte était relevée et maintenue à l'aide d'épingles. Au fil des jours, cette tentative maladroite s'était améliorée jusqu'à devenir un chignon très seyant, qui affinait encore son visage de chat et mettait en valeur ses yeux.

Jamais elle ne portait deux jours de suite la même tenue. Visiblement, elle avait commencé avec la robe réservée aux grandes occasions, ce qui lui avait valu les sarcasmes de ces demoiselles les secrétaires qui la traitaient de « paysanne endimanchée ». Le jour suivant, elle portait une jupe et un corsage sans doute ajustés sur elle à partir de vêtements appartenant à sa mère. Puis sa garde-robe s'était enrichie au fil des semaines, fraîche, plaisante, quelques jupes et des corsages, éléments de base qu'elle mariait différemment, donnant ainsi l'impression d'une variété plus importante qu'elle ne l'était en réalité. Pour parcourir son long trajet à pied, elle portait toujours ses grosses bottines confortables, mais à peine arrivée, elle les troquait contre des chaussures de ville qui restaient sur place, dans son bureau.

Kurt appréciait ces efforts vestimentaires, non pour lui-même, bien qu'il la trouvât très agréable à regarder, mais pour l'image qu'elle offrait aux autres employés. Le monde est ainsi fait, « l'habit fait le moine ». Vêtue en coquette demoiselle de bureau, on la prenait davantage au sérieux.

Conscient qu'elle avait engagé des frais qui devaient peser lourd sur le budget familial, avant même d'avoir touché son premier vrai salaire, il lui avait proposé de demander pour elle une avance au service du personnel. Elle avait refusé fièrement, sous prétexte que l'affaire ferait le tour de l'entreprise. D'ailleurs, sa mère savait coudre. Il avait hoché la tête, il valait mieux, sans doute. Cela éviterait aux mauvaises langues de la traiter de miséreuse, et aussi de mal interpréter sa propre démarche.

Ce soir de novembre, Blanche inaugurait un nouveau chemisier à fond blanc, parsemé de pois assortis à sa jupe bleu marine. Il parcourut d'un regard appréciateur sa longue silhouette et s'arrêta un instant sur sa poitrine ronde. Relevant les yeux, il remarqua la rougeur qui colorait le teint de sa secrétaire, habituellement si pâle qu'il justifiait son prénom. Il s'en voulut aussitôt. C'était juste un regard d'homme, sans arrière-pensée. Presque un regard de père, perplexe de constater la féminité naissante de sa fille mais fier qu'elle soit aussi belle. La réaction de Blanche prouvait qu'elle s'était méprise.

Pour dissiper le malaise, il lança du ton habituel :

— Il y a du nouveau, Blanche.

Elle resta debout, derrière le fauteuil du visiteur sur lequel la secrétaire prenait place en fin de journée. Cette fois, elle restait cramponnée au dossier qui lui servait de rempart, comme s'il lui fallait se défendre contre des attaques indésirables avant de prendre la fuite.

Consterné, Kurt nota l'attitude défensive de la petite Blanche et se demanda en quoi il avait pu faire naître cette situation ambiguë. Sa conscience ne lui reprochait rien. Jamais, avant ce soir… Les yeux affolés, qui se dérobaient, lui firent mal. Il leva une main apaisante, geste qui eut pour unique effet de provoquer un brusque recul de la jeune fille, alors qu'ils étaient séparés par la largeur du bureau et du siège.

— Voyons, Blanche, tenta-t-il.

Elle porta la main à son cœur, comme si ce simple geste avait le pouvoir d'en contenir les battements désordonnés, et lui lança un regard suppliant. Elle avait peur de lui. Elle le croyait capable d'exigences révoltantes. Oh ! c'était monnaie courante. Mais pas lui, pas avec elle ! Blessé et furieux, Kurt se leva d'un bond et quitta le bureau à grandes enjambées en claquant la porte.

— Quelle mouche l'a piqué ? s'enquit Ernest. C'est la première fois que je le vois de mauvaise humeur.

Blanche haussa les épaules, faisant celle qui n'en savait rien. En réalité, elle avait compris. Elle venait juste de comprendre. Insensiblement, elle s'était attachée à lui davantage qu'elle ne l'aurait voulu, ou différemment. Aucun garçon n'avait fait battre son cœur jusque-là, et elle était tombée amoureuse de son patron, d'un homme marié qu'elle respectait et dont elle était heureuse d'avoir gagné l'estime. Tout s'écroulait d'un coup.

— Laisse tomber, Ernest. Demain, ça ira mieux. Tu peux rentrer chez toi. Tiens, je t'accompagne. Ce sera l'une des dernières fois. Je vais bientôt acheter une bicyclette.

Sur le chemin du retour, Blanche resta silencieuse, perdue dans des rêves qui lui faisaient monter le rouge aux joues. C'est à peine si elle entendit Ernest raconter que sa grand-mère venait de trouver une locataire, dont le loyer serait le bienvenu.

— Tu l'as certainement remarquée.

— Qui donc ?

— Pauline Ehrhart, la klaubeuse qui habite chez nous. Elle ne passe pas inaperçue.

Cette précision remit les choses en place. En principe, Blanche n'avait aucune raison de s'intéresser à une ouvrière « du jour », qui en compagnie d'autres femmes triait les blocs de sel pour en éliminer les impuretés et les corps étrangers avant le concassage dans les moulins. Elle avait toutefois aperçu une belle fille qui attirait les regards.

— Rousse, n'est-ce pas ?

Ernest hocha la tête, ravi que l'obscurité de ce soir d'automne dissimulât son émotion. Il rougit davantage encore quand Blanche demanda comment cette fille était arrivée chez eux. Elle était recommandée par la personne la moins à même d'émettre un avis concernant la moralité d'une jeune femme : la propre mère d'Ernest. D'une voix qu'il s'efforçait de rendre naturelle, il raconta que Pauline avait travaillé dans le textile. Là, elle avait refusé les avances du contremaître, si bien qu'elle s'était retrouvée à la rue.

Ce détail ramena Blanche à ses préoccupations. Ernest cessa bientôt son récit, si bien que le trajet du retour s'effectua dans un silence habité d'images affolantes, de part et d'autre.

Lucien s'était habitué à sa tâche harassante, enfermé dans l'enfer de la mine. Comme les autres, il perdait plusieurs kilos en six heures de travail et les avait repris en revenant le lendemain matin. La soif, la fatigue, la brûlure du sel, il les subissait comme un mal nécessaire. Rien ne saurait décrire le bonheur sans cesse renouvelé de remonter au jour, une fois sa tâche quotidienne achevée. Quel que soit le temps qui l'attendait à l'air libre, il le trouvait toujours merveilleux et l'accueillait comme un cadeau précieux.

L'amitié et la solidarité de ses collègues l'avaient beaucoup aidé à accepter sa condition. Lui-même s'efforçait de transmettre à son tour le soutien qu'il avait reçu. Il avait pris sous son aile un jeune venu du vignoble. Un garçon châtain clair, solide, bien bâti, avec un regard noisette trop sérieux pour son âge.

Antoine Friess ne desserrait pas les dents. Tout juste si on connaissait le nom de son village, Voegtlinshoffen. Il lui avait fallu des semaines pour avouer, au cours de la pause où chacun avalait le casse-croûte apporté dans sa musette, que pour commencer au fond de la mine à six heures du matin il devait se lever au milieu de la nuit et marcher jusqu'à la gare de Herrlisheim, et après sa journée de travail effectuer le même trajet pour rentrer, soit au total neuf kilomètres par jour. Rentré chez lui vers 16 h 30, il trouvait la maison pleine de monde et de bruit. Il n'arrivait pas à se reposer correctement. L'époque des vendanges avait été dure. Personne n'aurait compris qu'il aille se coucher alors que les autres s'échinaient dans les vignes.

A partir de ce jour-là, Lucien l'avait pris en amitié. Ce qui l'avait amené à la mine, qu'Antoine détestait autant que lui-même à ses débuts, n'avait qu'un lien partiel avec la situation économique de ses parents. Il y avait autre chose, qui ne regardait personne. Une blessure profonde, comme celle que Lucien portait toujours au fond de lui.

Ce soir-là, Lucien attendait sa fille avec impatience. Un moment, il avait pensé la rejoindre au bureau. Finalement, il avait renoncé. On l'aurait vu, ça se serait su, et sa démarche se serait retournée contre elle, contre lui, ou peut-être les deux.

— Papa ? s'étonna Blanche en le trouvant dans la rue, faisant les cent pas, alors que le jour s'était enfui depuis longtemps.

— Bonsoir, monsieur Mosmann, le salua Ernest. Bon, je vous laisse.

Lucien retint Blanche par le bras au moment où elle allait pousser le portillon menant à leur cour.

— Il faut que je te parle, Blanche. C'est très grave.

Ils s'éloignèrent en silence, suivis par le regard inquiet de Lydia, qui, derrière le rideau, les regarda s'évanouir dans l'obscurité.

Une fois que la maison eut disparu de leur champ de vision, Lucien dit ce qu'il avait sur le cœur. Ils travaillaient dans une portion de galerie dangereuse. Lucien en avait la conviction. Il n'aurait su expliquer pourquoi mais il le sentait jusque dans la moelle de ses os. Il l'avait signalé au porion, mais celui-ci, un Allemand qui avait passé vingt ans dans les mines de Saxe, l'avait traité de tire-au-flanc sans vouloir tenir compte de ses avertissements. Après un vague coup d'œil, il avait décrété que tout allait bien en se moquant de lui.

Aucun des camarades n'avait ri. Ils avaient trop

conscience du danger. Personne ne se moquait lorsque l'un ou l'autre faisait un signe de croix en filant vers le ventre de la terre. A défaut de pressentir une éventuelle catastrophe, qu'aucun signe précurseur ne laissait deviner, ils estimaient qu'on aurait au moins pu étayer. Lucien s'en voulait d'éveiller l'inquiétude générale ; constater à quel point on faisait peu de cas de leur vie provoquait sa colère, mais il ne pouvait faire autrement.

— Préviens le chef du fond, Blanche. J'ai confiance en lui. Il saura prendre la meilleure décision pour nous tous.

Alarmée, Blanche promit de partir en même temps que son père le lendemain matin, afin d'avoir une chance de parler à Kurt Friedrich avant que l'équipe de six heures ne descende au fond. Puis elle se souvint du malaise qui était né entre elle et son patron. Pourvu qu'il ne l'évite pas ! Pourvu qu'elle parvienne à le joindre tant qu'il serait encore temps ! C'était la première fois que Lucien parlait de son travail avec elle. Il n'était pas homme à s'alarmer sans raison. Et s'il fallait étayer pour rien, des vies humaines étaient en jeu. Dont celle de son père.

Ni l'un ni l'autre ne dormit de la nuit. L'obscurité froide les avala dès cinq heures du matin. Blanche grimpa sur le porte-bagages, s'efforçant de ne pas penser qu'il pourrait s'agir de la dernière fois.

Le carreau de la mine offrait son apparence habituelle. Dans la lumière des lampes, les hommes arrivaient de toutes parts et se dirigeaient vers le vestiaire, la salle des pendus. Lucien suivit le mouvement. Blanche, que tous connaissaient, demandait si on avait déjà vu le chef du fond. A chaque réponse négative, elle précisait qu'elle devait lui parler de toute urgence. C'était important.

A mesure que passaient les minutes, puis les heures, son inquiétude se mua en panique. Seul Kurt Friedrich pourrait intervenir ; sans lui, les hommes étaient perdus. Le pressentiment de Lucien avait grandi en elle. Si seulement elle ne s'était pas conduite d'une manière aussi stupide, la veille !

Kurt Friedrich arriva enfin. Toute la mine savait à présent que sa secrétaire le cherchait. Il haussa un sourcil lorsque la première personne rencontrée lui transmit le message. A la deuxième, il accéléra l'allure. A la troisième, il se mit à courir dans le couloir, certain que Blanche n'agirait pas ainsi sans une raison impérative, qui n'avait rien à voir avec l'incident de la veille, purement privé.

Dès qu'elle le vit, elle s'accrocha à ses épaules, paniquée, et lui raconta tout.

— Le porion ne veut rien entendre. Il faut intervenir, Kurt. Même si mon père s'est alarmé pour rien.

Il hocha la tête. Lucien Mosmann s'était jusque-là fondu dans la masse des mineurs. Il n'irait pas faire l'important.

— J'y vais.

Elle le retint un instant.

— Kurt, faites attention à vous, implora-t-elle avec émotion.

La première fois, son prénom lui avait échappé. Mais cette fois, elle l'avait prononcé en connaissance de cause. Il comprit que le malaise était balayé et fut bouleversé qu'elle se préoccupe également de lui. Il venait juste de se séparer de Blanche lorsque la sirène retentit. L'horrible sirène annonciatrice d'accident, de mort. Il courut à toute allure, suivi de la jeune fille. Trop tard !

En bas, Lucien avait tenté une dernière fois de mettre le porion en garde. Celui-ci avait accepté de venir dans la galerie, qu'il examinait d'un air dédaigneux.

« Mettez-vous au travail. On ne vous paye pas à ne rien faire. »

Lorsque Moustache, le haveur, avait voulu s'attaquer à une nouvelle portion de mur, Lucien l'en avait empêché.

« Ça va s'écrouler. Je vais prévenir le chef du fond.

— Si tu fais ça, tu peux chercher un autre emploi, avait menacé le porion.

— Je préfère ça à un billet direct pour le cimetière. Eloignez-vous, les amis.

— C'est une rébellion ! Votre compte est bon ! avait crié le porion, qui restait campé sur ses jambes dans le fond de la galerie.

— En arrière, tous ! » avait rétorqué Lucien en percevant un infime craquement.

Tout le toit s'était écroulé d'un coup, dans un vacarme apocalyptique. Toussant et crachant, Lucien avait constaté qu'il était indemne. Par chance, il n'y avait pas eu de coup de grisou consécutif à l'effondrement, qui eût transformé en bombe l'ensemble de la galerie. Ce gaz insidieux, constitué principalement de méthane, restait emprisonné entre les couches de minerai. Libéré au cours de l'exploitation, et à plus forte raison quand un pan s'écroulait accidentellement, le grisou donnait avec l'air ambiant un mélange explosif.

« Antoine ? avait appelé Lucien.

— Je suis là, avait répondu le jeune homme entre deux quintes de toux.

— Va prévenir. Appelle tout le monde à la rescousse. Il nous faut de la lumière et des outils. »

Lucien tentait de se remémorer le théâtre des opérations juste avant l'accident.

« Y a-t-il des blessés ? »

Le porion, à coup sûr. Peut-être aussi... Un frisson d'horreur avait parcouru Lucien. Oui, il lui semblait bien que son ami Henri n'avait pas encore quitté le secteur dangereux. Ce fut lui qu'il discerna dans le nuage de poussière étouffant. Henri, la jambe droite prise sous une énorme plaque de sylvinite. Du porion, on ne voyait plus rien.

Lucien s'agenouilla auprès de son ami pour lui murmurer :

« On va te tirer de là, Henri. Je te le promets. »

Se redressant, il prit la direction des opérations.

« Nous allons soulever le bloc. Mais attention, pas n'importe comment. »

Tout le monde obéit à cette voix déterminée. Lucien était l'un des leurs, un compagnon et un ami. On pouvait se fier à lui.

Lorsque Kurt Friedrich arriva enfin, les hommes étaient en train de dégager le blessé, dont la jambe écrasée ne lui servirait plus jamais. Du côté droit, le pantalon ne contenait qu'une infâme bouillie sanglante de chair et d'os.

— Ça y est, Henri. On va pouvoir te sortir. Tu auras mal. Crie tant que tu veux.

Heureusement pour lui, il perdit connaissance lorsqu'on le tira pour le soustraire au terrible couvercle de potasse, à présent soutenu par des blocs de minerai qui avaient été glissés en dessous.

Apercevant le chef du fond, Lucien lui désigna l'endroit où gisait le porion, un peu plus loin. Celui-là, personne ne le regretterait. Les hommes auraient pu voir dans cette fin une justice immanente. Le porion avait bien mérité son sort. Mais ils ne pouvaient pas pousser ce raisonnement jusqu'au bout. Pour Henri, l'accident devenait une horrible injustice.

D'une voix forte, Lucien s'adressa aux mineurs, ceux qui faisaient partie de la même équipe et tous les autres, venus leur prêter main-forte.

— Merci, les amis. Merci pour Henri.

Se faisant le porte-parole de ses compagnons, Moustache, le haveur, déclara :

— Merci à toi, Lucien. Sans toi, nous y serions tous passés.

Le chef du fond annonça que la journée de travail était terminée pour l'équipe accidentée et demanda, parmi les autres mineurs, des volontaires pour dégager le corps du porion. Henri avait déjà été emporté sur une civière. L'ambulance attendait là-haut pour le conduire à l'hôpital de Mulhouse, où, selon toute vraisemblance, on l'amputerait d'une jambe.

Henri ne descendrait plus au fond. Il ne serait pas réduit à la misère pour autant. Depuis les années 1880, le Reich s'était doté de lois sociales incluant des caisses d'assurance-maladie, d'accident, de chômage et de vieillesse. Les travailleurs alsaciens en avaient bénéficié avec quelques années de retard.

Antoine grelottait en dépit de la chaleur. Le jeune homme, en état de choc, subissait le contrecoup de la catastrophe. Lucien le prit par les épaules.

— Remontons là-haut, mon garçon. Tu ne rentreras pas chez toi ce soir. Personne ne pourrait comprendre ce que tu as vécu. Je te garde chez moi. Viens, ma fille attend. Allons la rassurer. Tu trouveras bien quelqu'un pour prévenir tes parents.

Là-haut, les personnes alertées par la sirène ne cessaient d'affluer contre les grilles fermées. Curieux, mais surtout familles inquiètes pour l'un des leurs.

Blanche fit entrer l'épouse d'Henri Schmitter, qui étouffa un cri de ses deux mains. Le gardien referma aussitôt les grilles.

— On peut savoir qui est blessé ?

— Cette attente est insupportable. Qu'on nous dise au moins ce qui s'est passé.

— Et s'il y a des victimes.

Sans retirer le bras qui enserrait les épaules de madame Schmitter, Blanche s'adressa d'une voix forte aux gens massés à l'extérieur.

— Personne n'est remonté pour l'instant. Nous vous tiendrons au courant dès que possible, c'est promis.

— Et elle, pourquoi elle est entrée ? s'enquit une jeune femme angoissée.

— Tais-toi donc, lui intima une voisine. Crois-moi, il vaut mieux faire partie de ceux qui restent dehors.

Tout en guidant la femme d'Henri vers le puits d'extraction, Blanche expliqua :

— Il est blessé. Sérieusement. A la jambe. L'ambulance va l'emmener à Mulhouse. Bien entendu, vous pourrez l'accompagner. Venez. Je reste avec vous jusqu'au départ.

Lydia Mosmann, qui venait d'arriver, resta dehors comme les autres. Trop heureuse de ne pas être concernée.

Lorsque Lucien remonta avec Antoine, Henri avait déjà quitté le carreau de la mine, toujours inconscient. Les hommes sortirent l'un après l'autre, gris de poussière mais vivants.

Blanche, pleine de compassion, s'adressa aux rescapés.

— Allez vous changer, vos familles attendent derrière les grilles. Personne d'autre n'est blessé ?

— Non, fit le haveur. Grâce à ton père. Nous lui devons la vie.

En temps ordinaire, il l'aurait appelée « mademoiselle Mosmann ». Le tutoiement exceptionnel englobait la jeune fille dans la camaraderie des mineurs de fond.

15

Antoine Friess s'était longtemps reproché sa déchéance. Le mépris qu'il portait à sa propre personne l'avait enfermé dans un silence obstiné, sous lequel bouillonnait en permanence une violente colère.

Il n'en voulait pas au phylloxéra ou aux champignons qui avaient ruiné le vignoble, au ver qui dévorait les grappes, au ciel qui envoyait le gel trop tard ou les pluies au mauvais moment. Il n'en voulait même pas à Jeanne, qui l'avait trahi. Jeanne qui s'était vendue au gros Sibold, sans avoir eu le courage de lui annoncer sa décision en face.

Non, l'unique coupable, c'était lui, Antoine Friess, le pire crétin que la terre d'Alsace ait porté.

A trois reprises, il avait quitté la mine sur un coup de tête, pour y revenir la mort dans l'âme quelques jours plus tard : il ne trouvait pas d'autre solution pour participer aux charges familiales. On l'avait repris, heureusement ou malheureusement – son opinion changeait à ce propos au gré de ses humeurs. La dernière fois, on lui avait quand même précisé fermement, en le reprenant à contrecœur, qu'il n'y aurait pas d'arrangement possible s'il changeait encore d'avis. S'il partait une fois de plus, ce serait pour de bon.

Depuis le jour où Jeanne s'était mariée, ce prénom n'avait plus jamais franchi la barrière de ses lèvres. Au moment où les époux échangeaient leurs serments dans la chapelle des Trois-Epis, Antoine était déjà ivre mort à la Grappe d'Or de Voegtlinshoffen. S'il n'avait pas roulé sous la table, c'était un effet de la solidarité générale. Les hommes présents dans la salle enfumée l'avaient saisi par les bras et les jambes pour le porter dans un réduit mis à sa disposition par l'aubergiste, lui permettant ainsi de dessaouler tranquillement. Le patron voulait le garder à l'œil, afin qu'il ne commette pas une bêtise. Lorsque les hommes avaient proposé de se cotiser pour prendre en charge les consommations relatives à la cuite, le patron avait refusé.

« On ne fait pas payer à un désespéré la corde pour se pendre. Et à ses amis non plus. »

Antoine s'était rendu compte bien plus tard qu'il laissait une ardoise, mais il n'avait jamais eu le courage de franchir à nouveau le seuil de l'auberge, ne serait-ce que pour payer sa dette. La honte empourprait encore ses joues lorsqu'il y pensait.

Tout le monde évitait de faire allusion à Jeanne lorsqu'il se trouvait dans les parages. Il avait quand même surpris l'essentiel. Jeanne avait très vite donné naissance à un garçon, l'héritier. Trop vite. Même si Antoine se refusait à compter d'une manière précise les mois écoulés entre la date du mariage et cet « heureux événement », il ne pouvait s'empêcher de penser qu'il y était peut-être pour quelque chose.

Malgré lui, il se raccrochait à cette idée ; elle lui permettait d'espérer encore, en dépit de toute vraisemblance, que Jeanne n'avait appartenu qu'à lui. Après tout, le vieux ne pouvait peut-être plus. Et la perspective d'assurer la descendance de ce bourgeois aurait presque pu, à la limite, constituer une revanche, au goût bien amer. Mais deux autres enfants étaient nés depuis. Et là, il devait bien imaginer le gros Sibold, suant et ahanant lorsqu'il besognait sa précieuse Jeanne. Une image insupportable. A chaque fois qu'il avait abandonné la mine, c'est cette image écœurante qui l'avait décidé à y retourner. Au moins, à Wittelsheim, il ne risquait pas de la rencontrer, ce qui ne s'était jamais produit au village non plus.

Antoine avait grandi avec cet amour chevillé au corps. Ce sentiment absolu nichait dans la moindre cellule de son être, chaque goutte du sang pulsé par son cœur le nourrissait de plus belle, alors comment aurait-il pu se l'arracher de la peau ? Les années écoulées depuis qu'il avait perdu Jeanne n'avaient été qu'un long tunnel, aussi sombre qu'une galerie de mine. Et lorsqu'il s'acharnait de toute sa rage sur les blocs de potasse rouge, il avait parfois l'impression de combattre son destin. Une lutte perdue d'avance, puisqu'il fallait recommencer chaque matin.

Lors de son dernier retour à la mine, Antoine avait été affecté dans la même équipe que Lucien Mosmann. L'homme l'avait pris en amitié, unique lueur dans l'interminable cauchemar éveillé. Curieusement, l'accident, au lieu de l'enfoncer encore davantage dans le désespoir, avait amorcé un mouvement ascendant. Antoine s'était senti utile.

Chez les Mosmann, le soir autour de la table, Lucien avait évoqué l'un de ses amis, marié à une femme originaire du vignoble. Celui-ci manquait de bras pour travailler sa terre et ne pouvait se permettre de payer un salaire, tout comme Antoine ne pouvait soustraire une partie de sa paye en logeant au village.

Lucien avait tout arrangé. Depuis, Antoine avait

trouvé le gîte et le couvert chez Paul Reinhart. En échange, le jeune homme travaillait pour lui l'après-midi. Au grand air. Dans les champs ou le jardin. De quoi éliminer par tous les temps, avec une bonne suée, le sel qui s'incrustait dans sa peau et lui irritait les yeux. Son existence lamentable avait commencé à ressembler de nouveau à une vraie vie. Les Reinhart l'aimaient bien. Leur fils était à l'armée, quelque part dans l'Est, vers la Pologne, et leurs deux filles n'habitaient plus Wittelsheim depuis leur mariage.

Blanche avait fait le reste. Jamais une femme ne l'avait regardé ainsi. Avec elle, il se sentait digne d'estime, unique, convoité. Par souci d'honnêteté, il lui avait très vite avoué que son cœur était pris ailleurs. Celle qu'il aimait, une amie d'enfance, lui en avait préféré un autre. Apprenant que cette femme était désormais mariée et mère de famille, Blanche avait poussé un soupir de soulagement. Il se ferait une raison, il oublierait. De fait, même s'il ne pourrait jamais cesser d'aimer Jeanne, il parvenait à trouver agréable la compagnie de cette très jeune fille.

Comme tout le monde à la mine, il connaissait son importance grandissante. Le chef du fond, qui ne semblait pas commode, avait en elle une confiance absolue. Les jaloux, ou plutôt les jalouses, avaient fait courir des bruits déplaisants concernant les éventuelles relations de la secrétaire avec son patron.

Blanche avait accueilli les questions d'Antoine avec un éclat de rire qui avait aussitôt dissipé les nuages. Puis elle avait précisé avec gravité :

« Tu m'as tout dit en ce qui te concerne. Je te dois la même sincérité. Un moment donné, j'ai cru être amoureuse de lui. Mais dès que je t'ai vu, j'ai compris tout ce qui séparait ce sentiment de l'amour véritable. »

C'était bel et bien une déclaration. Antoine avait quand même poussé un peu plus loin.

« Et lui ?

— Je ne suis que sa secrétaire. »

Cette petite entorse à la vérité avait taquiné quelque peu la conscience de la jeune fille. Pour Kurt Friedrich, elle était au moins une amie, et sans doute bien davantage. Depuis qu'elle aimait Antoine, Blanche avait ouvert les yeux. Il existait un sentiment partagé entre le chef du fond et elle, inavoué, chaste, précieux. Ils le savaient tous les deux, bien qu'évitant d'y faire allusion. Blanche n'avait plus peur de l'admettre. Elle ne craignait pas non plus de se retrouver seule avec lui ; il ne risquerait jamais le moindre geste dépassant le cadre de leurs relations professionnelles.

Blanche se demandait souvent comment on pouvait aimer deux hommes à la fois. Antoine était l'homme avec lequel elle souhaitait construire sa vie, Kurt celui qu'elle n'aurait jamais.

Antoine se montrait très respectueux envers sa petite amie. S'il devait se passer quelque chose de sérieux dans l'avenir, il fallait le mériter. Blanche était si jeune encore lorsqu'ils s'étaient rencontrés ! En ce printemps 1914, elle allait à peine sur ses vingt ans, lui, sur ses vingt-sept. Une bonne différence d'âge. Il était temps d'envisager un engagement.

Lucien, qui avait été promu porion après l'accident, habitait désormais avec sa famille une maison dans la cité minière construite à l'intention du personnel, qu'on appelait aussi colonie. L'habitation de leurs rêves était devenue réalité dans la cité Amélie, moderne, confortable, entourée d'un jardin de huit ares où Lucien bichonnait un potager.

Les maisons de mineurs, habitat gratuit, se présentaient souvent accolées par deux, avec électricité, eau courante et tout-à-l'égout. Un confort inouï pour les Mosmann, qui appréciaient leur chance. Au rez-de-chaussée, salle de séjour, cuisine et W-C avec chasse d'eau ; trois chambres à l'étage, une pour les filles, l'autre pour les garçons, la dernière réservée aux parents ; au sous-sol, cave et buanderie.

Comme tous les habitants de la cité, les Mosmann élevaient à présent des poules et des lapins. Certains mineurs avaient même une chèvre ou un cochon, tout était prévu dans les installations annexes au fond de chaque jardin.

Lucien n'utilisait même plus sa bicyclette pour aller travailler. Le trajet jusqu'au carreau de la mine lui prenait à peine dix minutes à pied. Antoine lui empruntait son vélo le dimanche pour se rendre chez ses parents à Voegtlinshoffen.

Là-bas, le jeune homme se sentait de plus en plus étranger. A cause de sa profession, méprisée par ceux qui cultivaient toujours la vigne, certains le regardaient de travers. Cela lui était égal. Il avait conscience d'accomplir son devoir. Grâce au soutien financier d'Antoine, ses parents parvenaient à payer les frais d'exploitation. Les autres vignerons s'enfonçaient de plus en plus dans les dettes ; ils devaient acheter à crédit de quoi lutter contre les maladies de la vigne.

Les salaires étaient bons à la mine, et surtout réguliers. Il n'était pas rare qu'un mineur achète une parcelle mise en vente par un viticulteur aux abois. La mort dans l'âme, l'ancien propriétaire espérait pouvoir récupérer sa vigne plus tard, une fois que les années de crise seraient surmontées.

Depuis novembre 1911, le Syndicat viticole d'Eguisheim venait en aide aux vignerons, que ce soit pour le travail des vignes, la vinification ou la commercialisation des vins. L'entraide avait été rendue nécessaire par l'ampleur et la persistance des problèmes rencontrés : mauvais rendements, maladies, mévente.

Antoine approuvait la création du Syndicat viticole. Il ne pouvait savoir que Jeanne en était l'instigatrice. Elle avait persuadé son mari qu'ils avaient tout à y gagner. Désormais, le Syndicat achetait en gros le sulfate de cuivre et le soufre indispensables aux traitements. Chacun pouvait acquérir ces produits à moindre coût. Evidemment, Georges Sibold, en tant que membre fondateur, occupait une place importante au comité.

Dès 1911, le Syndicat viticole avait organisé une dégustation dans le but de comparer et d'améliorer les vins. Encore une bonne idée de Jeanne. Non seulement ceux qui avaient été primés en tiraient une profonde satisfaction, mais ils vendaient à meilleur prix. Depuis, chacun tâchait d'améliorer la qualité de sa production, avec l'espoir d'être distingué la prochaine fois.

L'année précédente, en 1913, le Syndicat viticole avait organisé des cours de greffage. Des discussions acharnées s'étaient engagées. Fallait-il développer les hybrides, seuls capables de résister aux maladies, produisant une récolte abondante mais un vin de qualité médiocre ? Ou, au contraire, les abandonner au profit des cépages nobles ? Le débat était loin d'être clos.

Attendant la sortie de Blanche sur le carreau de la mine, Antoine réfléchissait à son avenir. Dès que ses jeunes frères et sœurs seraient tous capables de gagner leur vie, il pourrait consacrer une partie de son salaire à l'achat d'une pièce de vigne. Comment ces projets parviendraient à s'ajuster avec son futur mariage, il l'ignorait encore. Antoine était bien décidé. Ce soir, il ferait sa demande. Blanche était la seule qu'il pourrait épouser. Elle attendait sa décision depuis longtemps, et Lucien de même.

Celui-ci envisageait pour son futur gendre une carrière à la mine. Il lui avait confié un travail de purgeur. Antoine était chargé d'enlever à la barre à mine les blocs de minerai présentant des dangers de chute. C'était moins dur physiquement.

Dans l'esprit de Lucien, cette fonction devait également apprendre au jeune homme à mieux « sentir » la mine. Pour l'instant, le garçon n'était pas assez stable pour prétendre à une promotion. Il devrait aussi émerger de ses problèmes afin de pouvoir s'intéresser davantage aux autres. Les capacités étaient là, ne demandant qu'à être exploitées. Dans quelque temps, sans doute…

L'apparition de Blanche fut un rayon de soleil. Elle parvenait à rendre élégante sa stricte tenue de travail, jupe grise égayée d'un chemisier blanc. La taille toujours aussi mince mais la poitrine plus généreuse, la gamine avait évolué vers la femme sans qu'il le perçoive clairement. Le regard brillant d'Antoine lui amena le rose aux joues.

— Tu es merveilleuse, ma Blanche ! lança-t-il dès qu'elle fut à portée de voix.

Elle n'osa pas se pendre à son cou ; tous les connaissaient et leur jetaient des clins d'œil aussi curieux que complices.

A la fenêtre de son bureau, Kurt Friedrich, qui comme chaque soir regardait la petite Blanche s'éloigner, sentit une main de glace lui tordre le cœur. Voilà, l'instant qu'il redoutait tant était arrivé. Ce mineur allait la lui prendre. Jusqu'à présent, il ne s'était rien passé encore, rien de sérieux, il l'aurait senti.

Antoine prit Blanche par les épaules, la maintenant à distance.

— Veux-tu m'épouser ?

Avec une intense émotion, elle hocha la tête, incapable de prononcer la moindre parole.

Là-haut, Kurt se rejeta en arrière, ne se sentant pas la force d'assister à la suite de la scène. Il n'avait pas eu besoin d'entendre les paroles prononcées par le mineur pour connaître la nature de sa demande. Blanche avait accepté. Un sanglot se noua dans la gorge du chef du fond. Il aurait donné n'importe quoi, vingt ans de sa vie s'il l'avait fallu, pour avoir le droit de la prendre dans ses bras et de lui poser la même question.

Aveugle à tout ce qui n'était pas son désespoir, il renversa une pile de dossiers, s'assit à son bureau. Cinq minutes plus tôt il pouvait encore se bercer d'illusions, imaginer qu'elle l'aimait un peu, elle aussi. Croire à l'impossible miracle qui lui permettrait de l'enlacer, de la serrer contre lui, de l'embrasser passionnément, éperdument…

La voix d'Ernest retentit.

— Je peux partir, monsieur Friedrich ? Oh ! je vais ramasser…

Le chef du fond se ressaisit rapidement.

— Non, laissez, Ernest. Vous le ferez demain matin. Rentrez chez vous.

— Comme vous voulez, monsieur Friedrich. Bonne soirée.

« Bonne soirée », alors qu'il se trouvait en enfer.

Sa femme Thekla méritait mieux qu'un mari

amoureux d'une autre. Pour lui, elle était restée seule en Saxe avec leurs trois plus jeunes enfants. Puis elle avait quitté ses parents et sa région natale pour une province où elle ne serait jamais acceptée. Elle lui avait donné un quatrième enfant ici, à Wittelsheim, et le cinquième allait naître bientôt.

Sa propre souffrance était injuste, même envers Blanche, qui elle aussi avait droit à une vie de couple. Et il se mit à espérer, déjà, que le premier regard échangé dès qu'ils se retrouveraient au bureau le lundi matin lui prouverait que rien n'avait changé entre eux. Que rien ne changerait jamais.

Dès six heures, en ce dimanche matin, Antoine vint chercher Blanche chez ses parents. Après avoir fêté l'heureuse nouvelle la veille au soir avec les Mosmann, les fiancés avaient résolu de se rendre ensemble à Voegtlinshoffen à vélo, afin de présenter aux parents Friess leur future belle-fille. Ils tomberaient des nues ; jamais Antoine n'avait fait allusion à une quelconque relation sentimentale dans la plaine. Il finit par l'avouer alors qu'ils pédalaient de concert sur la route déserte, à cette heure matinale.

— Ils savaient, pour l'autre femme ? interrogea Blanche.

— Tout le monde savait, marmonna Antoine à regret. Déjà à l'école… Je suis désolé, Blanche. Il y aura peut-être des allusions.

Elle préférait être au courant, afin d'avoir le temps de s'y préparer. A quel point il avait été épris de cette Jeanne – elle avait tenu à connaître son prénom –, elle ne pouvait que s'en douter. Une chose était sûre, la prochaine bénéficiaire de cette constance et de cette fidélité, ce serait elle, la femme qu'il avait choisie.

A vingt ans, Blanche ne pouvait s'attrister davantage. Une merveilleuse journée commençait à peine, riche en rencontres et en découvertes. Dès qu'ils abordèrent le vignoble, elle eut la révélation d'un Antoine inattendu, vif, joyeux, intarissable dès qu'il s'agissait d'expliquer le travail de la vigne. Il lui vint bien à l'esprit que ce garçon ne pourrait jamais être heureux à la mine, mais elle se hâta de chasser ce soupçon pour l'écouter d'une oreille attentive.

La taille de la vigne était quasiment terminée.

— Il faut que les retardataires se dépêchent ! C'est un travail d'hiver qui commence dès la fin des vendanges, quand les feuilles sont tombées et que la sève est redescendue dans la racine.

La vigne nécessitait des supports pour se développer, des piquets et des fils de fer tendus. Le type de taille déterminait la quantité de grappes que porterait le cep. L'opération revenait à diminuer le nombre des rameaux de manière à fortifier ceux qu'on laisserait en place, futurs porteurs des grappes les plus généreuses. Tout l'art de la taille résidait dans le choix le plus judicieux des rameaux à conserver ou au contraire à supprimer. Généralement, on laissait subsister deux sarments fructifères, que l'on taillait de six à dix yeux, puis on les courbait pour les fixer au fil de fer inférieur. Ce type de taille était presque devenu la règle générale.

— On ne ramasse pas les sarments ? s'étonna Blanche.

— Si, une fois qu'on a le temps de s'en occuper. Le bois mort, lié en fagots, sera brûlé dans le poêle en faïence.

— N'est-il pas nuisible de le laisser sur place ? Il risque d'entretenir les maladies et les parasites. Non ?

Antoine se dit qu'elle ferait une bonne épouse de vigneron, bien qu'elle ne fût pas née dans ce milieu. Les inlassables questions de sa fiancée, toutes judicieuses, le confortèrent dans cette opinion.

La fin du trajet s'effectua à pied, les mollets de Blanche, qui n'étaient pas habitués à gravir à bicyclette des routes aussi pentues, refusant de fournir le moindre effort supplémentaire. Il fut satisfait de constater qu'elle ne pouvait pas venir à bout de toutes les tâches.

— Moi aussi, au début j'ai eu du mal, reconnut-il. J'ai poussé le vélo de ton père un bon bout de chemin. Maintenant, je suis habitué.

Il se fit un grand silence chez les Friess lorsque Antoine arriva à l'heure habituelle, mais accompagné.

— Je vous présente Blanche Mosmann. Nous avons décidé de nous marier.

Catherine, l'aînée des filles, se hâta de mettre fin au mutisme sidéré qui devenait gênant.

— Bienvenue chez nous, Blanche ! fit-elle en embrassant la nouvelle venue. Tu travailles aussi à la mine ?

Cette activité professionnelle ne souleva pas l'enthousiasme général. Mais Catherine étant par nécessité devenue ouvrière dans une filature, à deux heures à pied du village, on ne pouvait pas se montrer trop exigeant avec une branche rapportée.

Antoine se hâta d'expliquer que sa fiancée occupait un poste important et que son père était porion, autrement dit contremaître. Ces détails accrurent encore le malaise. On savait comment se comportaient ces gens-là avec les ouvrières. Antoine mit les choses au point d'une voix forte.

— Lucien Mosmann m'a beaucoup aidé lorsque je suis arrivé à la mine. Il m'a d'ailleurs sauvé la vie, quand a eu lieu cet accident dont je n'ai jamais voulu vous parler dans le détail. Toute la famille m'a accueilli comme si j'étais l'un des leurs.

Les parents eurent un sursaut de bon sens. Leur fils, qu'ils croyaient inconsolable à jamais, leur amenait une jeune fille charmante. Ils la recevaient bien mal.

— Antoine est un fieffé cachottier, expliqua Catherine. Il n'a jamais parlé de toi.

— Je sais, admit Blanche avec une petite grimace irrésistible. Il me l'a dit tout à l'heure, sur la route. Il était trop tard pour que je fasse demi-tour.

Les rires éclatèrent. La glace était rompue. Deux bols apparurent sur la table, qu'on remplit de café au lait. On se serra sur le banc pour faire de la place aux nouveaux arrivants. Cuisse contre cuisse, les fiancés savourèrent une intimité nouvelle qui emplit Blanche de confusion. Ils n'osaient bouger, craignant de rompre la magie du désir qu'ils laissaient croître entre eux. Puis Antoine lui entoura les épaules de son bras. La jeune fille se laissa aller contre lui, posant sa tête dans le creux de son cou, si accueillant. Il l'embrassa sur la joue.

Bouche bée, les Friess ne perdaient pas une miette du spectacle. On n'était pas bavard dans la famille, mais les regards que Blanche rencontra valaient tous les discours du monde.

— On voit qu'il est heureux avec toi, résuma Catherine avec une satisfaction émue.

Il fut décidé qu'après la messe, où la présence de

Blanche fit sensation, les fiancés se rendraient à l'auberge pour mettre au point le repas des fiançailles, qui réunirait les deux familles.

— Je préfère que ça se passe ici, avait affirmé Blanche. Ce sera tellement plus agréable à Voegtlinshoffen.

Tendrement enlacés, les promis prirent le chemin de la Grappe d'Or, où une véritable ovation les accueillit. Miraculeusement, tous étaient déjà au courant. Antoine dut présenter sa fiancée, recevoir les félicitations des uns et des autres. Blanche fut assaillie de compliments qui la touchèrent : ils partaient du cœur. Antoine l'entraîna vers le fond de la salle où ils trouvèrent le carrier installé à sa place habituelle.

— Je te présente Théo, un vieil ami.

Chacun songeait à la dernière venue d'Antoine à l'auberge. Si bien que celui-ci, pour dissiper le souvenir déjà ancien, lança la phrase habituelle en ce lieu :

— Quoi de neuf, dans le journal ?

— L'incident de Saverne fait encore beaucoup de bruit.

Blanche leva vers son fiancé un regard trahissant son incompréhension et finit par s'enquérir :

— Que s'est-il passé à Saverne ?

— Explique, Théo. Je dois parler à l'aubergiste un instant.

De quoi, Théo le comprit aisément. Pour laisser à son ami le loisir de régler ce détail en toute discrétion, le carrier entreprit de relater l'affaire à cette charmante jeune fille qui, du moins l'espérait-il, parviendrait à supplanter Jeanne.

— Tout a commencé par un court article paru le 6 novembre 1913 dans l'*Elsässer*, le journal du Centre alsacien-lorrain.

Un jeune sous-lieutenant, von Forstner, avait injurié des recrues alsaciennes en les traitant de *Wackes*, autrement dit de voyous, promettant dix marks de récompense à celui qui abattrait d'un coup de fusil ou de baïonnette un de ces sales *Wackes*. De plus, il avait insulté le drapeau français et la Légion étrangère. L'information avait soulevé l'indignation dans l'ensemble de la presse alsacienne. En l'absence de réaction officielle, l'*Elsässer* était revenu à la charge, interpellant le gouvernement alsacien-lorrain qui devait remettre les militaires à leur place. A Saverne, des rassemblements hostiles au sous-lieutenant s'étaient formés, si bien que le colonel du régiment, von Reuter, avait menacé de proclamer l'état de siège.

L'affaire avait pris une dimension internationale lorsque la presse française l'avait relatée, déclarant que le sous-lieutenant von Forstner avait offensé la France. Le 28 novembre 1913, le colonel von Reuter avait fait charger la foule pacifique et jeter en prison une trentaine de civils, dont plusieurs magistrats. Scandalisé, le conseil municipal de Saverne avait envoyé un télégramme de protestation au Kaiser.

— Devine comment l'affaire s'est terminée, fit Théo en se penchant vers Blanche.

— Dis-le-moi, quémanda Blanche, captivée par le récit d'événements qu'elle ne soupçonnait pas.

— Le Kronprinz a adressé un télégramme de félicitations au colonel von Reuter. Voilà l'affaire de Saverne, qui contribue à accroître la tension franco-allemande. Elle montre aussi l'influence croissante des militaires.

Une grimace lui tint lieu de conclusion. Effrayée, Blanche n'osa pas aller plus loin.

— Tu résumes très bien les choses. Tu es journaliste ?

Voyant qu'il secouait la tête, elle hasarda :

— Alors, instituteur ?

— J'aurais bien voulu le devenir, soupira-t-il. Et me voilà carrier.

— Il n'est pas trop tard, affirma Blanche. Promets-moi d'y penser dès que tu en auras la possibilité. Je suis sûre que tu y arriveras.

Antoine mit fin à cette conversation. Ils devaient choisir le menu et retenir une date pour les fiançailles.

En milieu d'après-midi, Blanche et Antoine prirent congé pour s'engager sur le chemin du retour. En définitive, tout s'était déroulé à merveille, en dépit de leurs craintes respectives.

Et puis, alors qu'ils allaient quitter Voegtlinshoffen, leurs vélos encore à la main, eut lieu l'événement qu'Antoine redoutait le plus au monde. Un attelage s'arrêta devant la maison des Ott, mené par une jeune femme brune aux allures de princesse, que plus personne n'oserait traiter de bohémienne. Elle était accompagnée d'un petit garçon presque aussi brun qu'elle. A part sa couleur de cheveux, on aurait pu le prendre pour un enfant Friess. La ressemblance, criante, sautait aux yeux.

Antoine hésita à passer son chemin, mais à cause de l'enfant, son enfant, il ne le pouvait pas.

— Bonjour, Jeanne. Tu vas rendre visite à tes parents ?

C'était l'évidence.

— En effet. Tu vas bien ?

Le regard de Jeanne s'attarda sur Blanche, qui pâlit. Elle ne s'attendait pas à rencontrer sa rivale.

— Ma fiancée, présenta Antoine.

Jeanne émit quelques mots de félicitations. La porte

de la maison Ott s'ouvrit brutalement. Suzanne parut sur le seuil, contrariée. Antoine regarda le garçon sauter à terre, octroyer un baiser distrait à Suzanne et se précipiter dans les bras de son grand-père. Ils rayonnaient de bonheur.

— Tu as un beau garçon, conclut Antoine lorsque le petit bonhomme eut disparu dans la maison.

Jeanne se raidit.

— Oui, un beau garçon. Je dois te laisser, Antoine. Encore tous mes vœux de bonheur.

— Comment s'appelle-t-il ? Je veux dire : quel est le prénom de ton fils ?

Jeanne hésita un instant de trop.

— Il s'appelle Pierre. Comme le père de mon mari.

Antoine hocha la tête et s'éloigna, le cœur ravagé.

16

Blanche et Antoine s'éloignèrent en silence, dévalèrent le coteau en direction de la plaine, dépassèrent les dernières rangées de vigne. Des nuages jouaient avec des bouts d'azur. Les bosquets luisaient de la dernière ondée printanière, qui s'était abattue à l'improviste dans l'après-midi. Ça sentait bon la campagne.

Puis le ciel s'obscurcit à nouveau et les gouttes se remirent à tomber. Antoine chercha des yeux un endroit où ils pourraient se réfugier en attendant de reprendre le chemin du retour. Un abri de guingois tout proche, bricolé par un jardinier du dimanche, ferait l'affaire. Par bonheur, la porte, qui faillit lui rester dans les mains, n'offrit guère de résistance. Une chaîne munie d'un cadenas n'aurait servi à rien, puisque la cabane rudimentaire ne contenait aucun outil.

Les vêtements collés sur le dos, les deux cyclistes, poussant leur monture, se pressèrent dans l'étroit réduit. L'averse tambourina sur le toit de tôle, meublant leur mutisme de son vacarme. Antoine tira sur le battant. La pénombre les prit dans sa toile.

— Antoine, nous devons parler, gémit Blanche qui, attentive au souffle précipité de son compagnon, ne voulait surtout pas se lancer dans de grandes discussions.

— Tu as raison, ma Blanche. Nous devons parler.

Il l'enlaça, chercha sa bouche et la serra contre lui. Jamais ils n'avaient connu une telle intimité, un tel empressement métissé d'abandon, celui qui quémande en silence et cueille l'assentiment avec ivresse. En temps ordinaire, il ne se serait pas permis une telle hardiesse. Mais voilà, ce n'était pas un jour ordinaire. Il était trop bouleversé pour garder le contrôle de ses désirs et de ses actes. Et puis, la jeune fille répondait à ses caresses avec un tel élan qu'il se sentait encouragé à s'aventurer plus loin.

L'époque du mariage avait été choisie. Après les vendanges, pour arranger les Friess. Ce délai permettrait à Blanche de demander et, elle voulait l'espérer, d'obtenir l'attribution d'une maison dans la cité Amélie. De toute manière, le fils Reinhart rentrerait de l'armée du Reich à l'automne, et Antoine n'occupait sa chambre que provisoirement. Il se dit encore qu'il devait tout avouer à Blanche, pour Pierre. Plus tard, pas maintenant.

Elle, qui l'avait vu si perturbé par sa rencontre avec Jeanne, voulait lui faire oublier le passé, lui rappeler qu'elle était son avenir, que leur futur se construirait à deux. Entre eux, il n'y avait pas de place pour Jeanne, vague fantôme évanescent que la réalité concrète de leur amour devait dissiper pour de bon. Tout cela, elle y avait réfléchi depuis qu'ils avaient quitté Voegtlinshoffen. Elle était même résolue à jouer de ses armes, celles qui retiendraient Antoine entre ses bras. Après tout, ils étaient fiancés à présent.

Avant de franchir l'ultime étape, il résolut de se retirer à temps, pour ne pas générer un nouveau drame éventuel.

Les fiancés, qui arrivèrent fort tard, trouvèrent la maison Mosmann en ébullition. Lucien et Roger, l'aîné des garçons, se disputaient dans la salle de séjour. En dépit de la porte fermée, on percevait chacune de leurs paroles. Lucien traitait son fils de dépravé, celui-ci en retour lui reprochait son esprit obtus. Lydia, allant de l'un à l'autre, tentait de calmer les esprits.

— Que se passe-t-il ici ? s'enquit Blanche.

A cet instant fusa le terme de « putain », suivi d'autres insultes du même acabit. Camille s'empressa de renseigner les nouveaux arrivants.

— Roger a fait des bêtises, et papa ne veut pas qu'il répare. Il prétend que la fille est une moins que rien.

— De qui s'agit-il ?

— Tu dois la connaître, puisqu'elle travaille à la mine. C'est une klau… une klaubeuse, je crois. Pauline Ehrhart.

Aussitôt ce nom ramena à la mémoire de Blanche l'image d'une superbe rousse, âgée d'au moins vingt-cinq ou vingt-sept ans, alors que Roger, qui travaillait à présent comme mineur d'about à l'entretien du puits, en avait presque dix-huit.

— Jamais cette traînée n'entrera chez moi ! hurla Lucien.

— Cite-moi un seul mineur qui se vante d'avoir couché avec elle ! rétorqua Roger sur le même ton.

— Je peux t'en citer des centaines !

— Je ne te demande pas de débiter des racontars ! Cite-moi un nom, un seul !

— Toi, espèce de couillon. Un garçon de bonne famille sans défense. Amuse-toi avec elle tant que tu veux. Tu n'es pas obligé de l'épouser pour autant.

— Si : l'enfant est de moi. Avant, elle n'a eu personne.

L'éclat de rire sonore de Lucien aurait presque pu ébranler les vitres.

— Bravo, elle est maligne ! ironisa-t-il. Elle peut te faire gober n'importe quoi. Mais je ne marche pas, moi. Conseille à ta salope de se trouver un autre pigeon. Quant à ton projet de mariage, il n'en est pas question.

— Je l'épouserai quand même !

— Pas sans mon autorisation !

Les deux hommes, aussi remontés l'un que l'autre et aussi têtus, chacun étant persuadé de son bon droit, se renvoyaient violemment la balle.

— Puisque c'est comme ça, conclut Roger, je quitte la maison.

— C'est ça ! lança Lucien excédé. Et que je ne te revoie plus tant que tu n'auras pas retrouvé tes esprits.

— Non ! protesta Lydia. Tu restes ici.

Roger se radoucit à l'intention de sa mère.

— Je ne peux pas, maman. Je dois rejoindre Pauline. C'est une honnête fille. Comme elle est attirante, tous la convoitent, mais aucun ne l'a eue. Ceux qu'elle a rejetés se vengent en inventant des choses qui n'existent pas. Ils se vantent, c'est tout.

Consternée, Blanche interrogea Antoine du regard. Il devait avoir son opinion sur la question. Celui-ci haussa les épaules. Des histoires concernant cette fille, il en connaissait à la pelle. Chacun voulait l'avoir culbutée. Mais en réalité, rien ne permettait d'accréditer ces affirmations.

— Il n'y a pas de fumée sans feu ! lança encore Lucien dans la pièce toujours fermée. Puisque tu n'es pas raisonnable, je dois l'être à ta place.

— Tu la connais, cette… quoi donc, déjà ? chuchota Camille à sa grande sœur, les yeux brillants d'excitation.

Un instant, Blanche crut que Camille cherchait à

comprendre l'insulte dont Lucien avait gratifié cette fille, mais, à l'âge de quatorze ans, elle savait forcément. Elle comprit que la question concernait sa profession. Antoine répondit à sa place.

— La klaubeuse est une ouvrière « du jour ». Une fois que le minerai est ramené à la surface, les klaubeurs retirent, à la main, les « stériles », tels que les schistes, le sel gemme, ainsi que les morceaux de bois qui proviennent de l'étayage et d'autres corps étrangers, bref, tout ce qui n'est pas la potasse. Ensuite, on peut passer le minerai au moulin pour le broyage.

Blanche se souvint du jour où Ernest, rougissant jusqu'aux oreilles, lui avait relaté l'arrivée de Pauline Ehrhart chez sa grand-mère, en avouant qui l'avait recommandée. Il n'y avait plus jamais fait allusion depuis. Ce mutisme éloquent prouvait qu'il était tombé sous le charme de leur locataire. Comme tous les autres hommes. Elle les attirait comme des mouches, avec ses boucles rousses et sa tournure affriolante. Ce qui ne prouvait rien.

Blanche se promit d'interroger Ernest dès le lendemain matin. Si cette Pauline avait des histoires avec les hommes, il le savait.

La porte de la salle de séjour s'ouvrit à la volée.

— Je m'en vais, annonça Roger avec détermination.

— Où vas-tu ? interrogea Blanche, soucieuse.

— Chez Pauline.

— Chez la grand-mère d'Ernest ? s'enquit Blanche dans un murmure à peine audible.

Roger hocha la tête.

— Promets de me donner des nouvelles. Les choses s'arrangeront. Papa finira par changer d'avis.

Lucien surgit à cet instant précis et perçut ses dernières paroles.

— Non, je ne changerai pas d'avis ! aboya-t-il.

Puis il s'engagea dans l'escalier d'un pas lourd.

— Je vais me coucher, annonça-t-il. Cette histoire m'a coupé l'appétit.

La porte claqua là-haut. Puis Roger monta à son tour. Perplexes, les autres membres de la famille, Lydia, Camille, Albert et le jeune couple, restèrent dans l'entrée, indécis sur la conduite à adopter.

Roger ne fut pas long à boucler son sac. Lorsqu'il redescendit, Lydia tenta en vain de le retenir.

— Je ne peux pas abandonner Pauline, maman. Je suis responsable de son état. Nous attendrons que je sois en âge de me marier sans autorisation paternelle.

Antoine, en tant que futur beau-frère, s'en mêla.

— A mon avis, il vaut mieux que tu partes, effectivement. Mais n'oublie pas que tu peux faire appel à nous. Tu sais où nous trouver. Je vais t'emmener là-bas avec le vélo de ton père. Tu me présenteras Pauline.

— Merci, Antoine. C'est bon de savoir que vous ne me rejetez pas, les uns et les autres.

Le lundi matin, Kurt Friedrich comprit au premier regard que Blanche était devenue femme. Mais il sentit également, intactes, la confiance et l'affection qui tissaient leur précieuse relation. Elle comprit qu'il savait.

— A quand le mariage ?

— Nous avons choisi l'automne. J'espère que nous aurons une maison.

Il hocha la tête avec un petit sourire complice.

— Nous verrons ce que nous pourrons faire.

Elle fut heureuse qu'il lui conserve son amitié même si elle l'avait… trahi. Il ne lui vint pas d'autre terme à l'esprit. Mais il la trahissait aussi, puisqu'il avait fait à sa femme un enfant de plus. Sans doute devina-t-il ses pensées, car il évoqua l'imminence de l'accouchement.

Troublée de constater une fois de plus à quel point ils étaient proches, Blanche relata le drame qui avait secoué la famille Mosmann la veille au soir.

— Que pensez-vous de Pauline Ehrhart, monsieur Friedrich ?

— C'est une fille qu'on remarque, effectivement. Je ne sais rien de plus. Du moins pour le moment.

A l'instant où il allait quitter le bureau, elle se souvint d'un problème dont elle s'était promis de parler avec lui. Mais en raison de la fin de dimanche agitée, elle avait failli l'oublier.

— Monsieur Friedrich ?

Il se retourna et leurs yeux se prirent, si bien qu'elle s'en voulut de l'avoir interpellé.

— Notre amitié ne cause de tort à personne, Blanche. Vous portez de l'affection à chacun de vos proches. Il y a de la place pour une personne de plus. Vous ne croyez pas ?

Il avait raison et elle en fut rassurée.

— Avez-vous entendu parler de l'incident de Saverne, monsieur Friedrich ?

Il fit la grimace.

— Nous en discuterons ce soir.

Ernest, interrogé au sujet de Pauline, ne voulut rien dire, sinon que sa réputation scandaleuse était une honte. On ne devrait pas avoir le droit de médire ainsi de son prochain. Blanche comprit qu'il était toujours amoureux, bien que Roger Mosmann habitât à présent avec elle.

— Ernest, tu veux bien, à l'occasion, me transmettre

les messages de mon frère ? Et surtout me prévenir si quelque chose ne va pas. Il y a eu une scène terrible, hier soir, à la maison.

Ernest réfléchit puis hocha la tête, à regret. Pour lui qui n'avait que sa grand-mère, les Mosmann représentaient une sorte de famille modèle, aussi enviée que révérée. L'intrusion de Roger dans l'existence de Pauline, la femme qui l'avait ébloui, gâchait tout.

Sans prononcer la moindre parole supplémentaire, il retourna à son travail. Blanche comprit qu'elle avait perdu un ami.

Sa journée de travail achevée, Ernest ne resta pas une minute de plus. Kurt Friedrich, lui, tardait à remonter. Blanche résolut d'attendre encore un moment. Cette histoire de Saverne la tracassait de plus en plus. Puis elle entendit la porte s'ouvrir sans qu'on ait frappé. C'était lui. Il avait l'air fatigué et elle allait proposer de remettre leur conversation à un autre jour, dans la mesure où il n'avait pas oublié sa promesse. Mais il n'oubliait jamais rien.

— Venez vous installer dans mon bureau, Blanche, l'invita-t-il. Je connais des sujets de conversation plus agréables, mais il vaut mieux en parler, en effet.

Ami, professeur, guide, protecteur, le chef du fond était tout cela, et bien davantage encore. Pas une seule fois depuis qu'elle le connaissait Blanche ne l'avait perçu comme un étranger, un oppresseur. Et pourtant, ce problème de nationalité prenait une importance grandissante. Elle patienta.

Comme d'habitude lorsqu'il s'apprêtait à discuter avec elle de sujets importants, il frottait son menton, râpeux en fin de journée. Puis il suspendit son geste et se lança.

— Nous entrons dans une période difficile. Je crois que vous l'avez compris. Les soldats en général et les jeunes recrues en particulier doivent avaler quantité de couleuvres. Mais cette histoire va au-delà d'une insulte, d'une brimade ou de la bêtise d'un jeune gradé. Suite à cette affaire, von Forstner a reçu une escorte de quatre hommes pour se promener en ville, en attendant que les esprits se calment. Que désirez-vous savoir de plus, Blanche ?

— Je ne comprends pas. Pourquoi les autorités n'ont-elles pas blâmé le sous-lieutenant ? Les choses seraient vite rentrées dans l'ordre.

— Je pense comme vous, mais jamais l'armée ne désavouera l'un des siens, un fils de la noblesse, qui a eu le simple tort de se montrer un peu hautain, comme tous ceux de sa caste. Un comportement habituel, finalement. Je n'aime ni les nobles ni les militaires, si imbus de leur rang. Je suis un mineur, comme votre père et les gens d'ici.

— Ça va plus loin que l'esprit de caste, fit remarquer Blanche. Il fallait une réponse politique.

— Il y a eu des suites politiques. Au Reichstag, un député alsacien a interpellé le chancelier Bethmann-Hollweg. C'était un blâme adressé au gouvernement impérial, qui a réagi en obtenant que von Forstner soit traduit devant un conseil de guerre. Celui-ci a prononcé l'acquittement quelques jours plus tard.

— Ce sont les militaires qui décident ? s'enquit Blanche, interloquée.

Kurt Friedrich hocha la tête.

— Tout particulièrement dans le Reich, mais en France aussi, par les temps qui courent. Or, le métier des militaires est de faire la guerre. C'est là qu'ils gagnent du prestige et de l'avancement. Je parais sans doute cynique ou désabusé, mais je suis surtout inquiet. J'ai peur que l'avenir nous réserve des jours sombres. Les esprits sont si échauffés qu'il peut se produire n'importe quoi. Comme dans votre famille, hier soir.

— Nous autres, les Alsaciens, nous sommes entre les deux camps, réfléchit Blanche.

— Je ne veux pas vous effrayer, Blanche, mais l'Alsace sera effectivement un enjeu, ou un prétexte.

Un long silence s'installa, chacun imaginant les conséquences d'un possible conflit dans leurs existences.

— Blanche, vous devez apprendre le français.

— Vous croyez que la France l'emporterait ?

— Je n'en sais rien. Il faut se préparer à toute éventualité. Tant que l'Alsace restera allemande, l'exploitation de la potasse sera peut-être poursuivie. Dans ce cas, je suppose que vous pourrez continuer à travailler ici, avec ou sans moi.

Elle reçut un coup au cœur. L'idée d'être séparée de lui était intolérable. Il ressentait le même déchirement.

— Je serai mobilisé, expliqua-t-il. A moins que mon travail soit jugé indispensable. De toute manière, en cas de victoire de la France, on me renverra dans le Reich.

Ce qu'il adviendrait de lui dans ce cas-là serait sans doute bien plus redoutable, mais il ne voulait pas s'appesantir sur cette éventualité. Il préféra aller au bout de ce qu'il avait à lui dire.

— Plus tard, on vous reprochera peut-être d'avoir pactisé avec l'ennemi. Apprenez le français, Blanche. Cela peut toujours servir. Je suis content que cette conversation me donne l'occasion d'en parler. Il vaut mieux envisager les problèmes avant qu'ils ne se posent.

Un jour, je vous dirai peut-être de partir d'ici. D'aller travailler ailleurs. Promettez-moi de suivre mon conseil à ce moment-là sans chercher à discuter.

— Mais où irais-je ? s'étonna-t-elle.

— A Kali Sainte-Thérèse, par exemple. Amélie Zurcher a parlé de vous à Joseph Vogt. Vous pouvez même aller le trouver directement. Il connaît votre nom. Demandez un rendez-vous, il vous recevra.

Cette conversation allait beaucoup plus loin qu'elle ne l'avait imaginé. Il insista, penché vers elle par-dessus le bureau :

— Promettez, Blanche, de partir d'ici quand je vous le dirai.

— Mais je ne veux pas vous quitter ! gémit-elle.

— Moi non plus, vous le savez bien. Mais promettez quand même.

Elle voulait dire non, mais devant l'intensité de son regard, elle capitula.

— Je vous le promets, Kurt.

17

Depuis des semaines, l'inquiétude grandissante d'Augustin Laugel perturbait son sommeil. Lorsqu'il se réveillait en sursaut, retrouvant intactes ses préoccupations, il serrait plus étroitement dans ses bras Anneliese, lovée contre lui.

Invariablement, sa main glissait vers le doux renflement qu'arborait le ventre de son épouse. Sa paume attentive guettait le léger mouvement de leur enfant, qui réagissait à sa manière. Un enfant ardemment désiré : Anneliese en avait déjà perdu deux, chaque fois en début de grossesse. Cette fois, ils avaient mis toutes les chances de leur côté. La jeune femme n'avait presque pas quitté son lit.

Un coup de pied dans le ventre maternel semblait rassurer le père. « Tu vois, je suis bien là. Ne te tracasse pas pour moi. » Et pourtant, cette future naissance, toute proche à présent, qui aurait dû porter leur bonheur à son comble, posait un problème insurmontable.

— Si tu me disais enfin ce qui ne va pas ? murmura Anneliese dans le noir.

Augustin soupira profondément. Ils avaient tout partagé jusqu'à présent. La large paume accentua sa pression et le bébé effectua une culbute qui aurait dû arracher à son géniteur un grand rire de bonheur. Mais ce temps-là était révolu. S'il devait ne jamais connaître le petit acrobate... Non, il ne parvenait pas à l'envisager.

— C'est l'assassinat de l'archiduc héritier d'Autriche-Hongrie qui te cause des soucis ? insista Anneliese. J'ai bien remarqué que tu n'es plus le même depuis que cette nouvelle s'est répandue. Tu es encore plus sombre qu'auparavant.

Il hésita un moment avant d'exprimer le fond de sa pensée. Un moment de sursis. Après, c'en serait fait de leur sérénité.

— J'ai bien peur que l'assassinat de Sarajevo n'ait enclenché un mécanisme que personne ne pourra arrêter.

— Tout le monde parle de paix, protesta Anneliese.

Elle avait raison. Les Alsaciens étaient pacifistes et refusaient l'usage de la force pour obtenir la « désannexion » de leur région. En raison des tensions grandissantes, des manifestations contre la guerre avaient eu lieu au printemps dans plusieurs villes d'Alsace. En mai, des parlementaires français et allemands s'étaient réunis à Berne afin de mettre sur pied une Conférence de la Paix.

— On en parle trop. Pour masquer ce qui se prépare.

— Alors tenons-nous prêts, déclara-t-elle fermement.

Augustin fut soulagé de pouvoir enfin s'exprimer librement.

— Ici, nous allons murer les galeries contenant notre trésor, toutes les bouteilles de notre vin « méthode champenoise ». Personne n'est au courant. Si la guerre éclate, elles dormiront bien à l'abri, même si notre maison est réquisitionnée. Comme tu ne pouvais pas quitter la chambre, j'avoue que j'ai déjà commencé.

— Tu aurais dû m'en parler plus tôt, le gronda-t-elle.

Mais nous devrions être à l'abri ici, même en cas de guerre.

Augustin le pensait, lui aussi, mais on n'était jamais assez prévoyant.

— L'invasion se fera par la plaine, comme d'habitude. Du côté de Mulhouse, ou vers Strasbourg. Il vaudrait mieux cependant que tu ailles t'installer à Soultzeren. Là-haut, dans la montagne, tu ne risqueras rien.

Anneliese sursauta soudain, s'apercevant qu'il ne parlait que d'elle.

— Et toi, que deviendras-tu ?

Il hésita à peine.

— Tu sais bien que les hommes font la guerre.

Elle s'en voulut d'avoir aussi longtemps fermé les yeux.

— De quel côté ? réussit-elle à articuler d'une voix qu'elle espérait résolue.

— J'ai fait mon temps en France. Je ne peux pas et ne veux pas être mobilisé dans l'armée allemande.

Soudain alarmée, elle cria dans l'obscurité chaude de leur chambre :

— Tu dois partir, Augustin ! Le plus vite possible. En passant par Soultzeren. La frontière est toute proche. Tu connais le chemin par cœur.

— C'est la voix de la sagesse. Mais je t'aime trop, Anneliese. J'aurais tant voulu rester encore un peu avec toi et voir naître notre enfant !

— Et moi, je préfère te savoir en vie de l'autre côté de la frontière. Malheureusement, je ne peux pas t'accompagner. Je t'en supplie, pars tant que tu en as encore la possibilité.

Il capitula.

— Je partirai. Demain, je monterai à Soultzeren pour

demander si quelqu'un peut venir prendre soin de toi. A moins de recourir à ta famille.

Elle l'interrompit.

— Les Bresch sont mon unique famille.

— Dès que je serai rassuré sur ton sort, je m'en irai.

Le vieux Martin Bresch, qu'Augustin trouva en cette fin de juillet sur les hautes chaumes en compagnie des troupeaux, partageait l'inquiétude d'Anneliese.

— Pars aujourd'hui, mon garçon. Tu as bien ton livret militaire français sur toi ?

Augustin hésita un instant. Il tâta le livret, à l'abri d'une pochette de cuir qu'il portait à même la peau, sous sa chemise, retenue par un cordon passé autour du cou. Puis il secoua la tête. Il voulait revoir Anneliese une dernière fois.

— Non. J'ai encore des dispositions à prendre. Je reviendrai dimanche prochain au plus tard. Est-ce que je peux vous confier ma femme et notre enfant ?

— Bien entendu, mon garçon. Dès que tu seras parti, nous descendrons à Voegtlinshoffen, Barbara et moi. Et après la naissance, nous les ramènerons ici. Ils y seront en sécurité. Tu iras en Champagne, dans ton autre famille ?

Il acquiesça.

Tout était dit. Les deux hommes, assis côte à côte dans l'herbe drue, entourés de vaches paisibles qui agitaient leur cloche à chaque mouvement, laissaient leurs regards se perdre dans la contemplation des sommets hérissés de conifères, qui s'adoucissaient en direction de la plaine. Avec le sentiment de savourer un ultime sursis.

En ce dimanche de juillet 1914, Dieu seul savait ce que leur réservait l'avenir.

Le vendredi 31 juillet, un avis cloué en face du presbytère de Soultzeren annonça que l'état de guerre était proclamé dans le Reichsland Alsace-Lorraine et dans l'ensemble du Reich. Même les plus optimistes ne pouvaient plus fermer les yeux.

Les gamins coururent sur les hautes chaumes prévenir les hommes susceptibles d'être mobilisés d'un jour à l'autre. De dix-sept à quarante-cinq ans. Les deux fils de Martin Bresch devraient partir, ainsi que leurs aînés, trois en tout. Cinq hommes pour une seule famille. Et Augustin qui n'était toujours pas revenu ! Pourquoi tardait-il tant ? Bientôt, le passage de la frontière deviendrait impossible. Il avait dit dimanche. Compte tenu des circonstances, il aurait dû avancer son départ.

Le samedi 1er août, un nouvel avis fut affiché. Martin Bresch et les siens, le cœur rempli de crainte, allèrent aux nouvelles, comme l'ensemble de la population villageoise. La mobilisation générale était décrétée. Chacun devrait rejoindre son affectation prévue. Quelques jeunes, séduits par l'aventure patriotique qui allait les emmener au loin, laissèrent exploser leur enthousiasme. Ils furent ramenés chez eux par les oreilles. Une mère aux yeux rouges gifla son gamin presque imberbe, une dernière fois, avant qu'il ne lui échappe pour devenir soldat.

Le maire décida la fermeture des écoles. Dans chaque maison, les hommes préparèrent leur paquetage.

Le soir même, on vit passer une compagnie du 171e régiment d'infanterie stationné à Colmar, qui devait surveiller la frontière. Certains se sentirent rassurés. Leurs braves soldats allemands allaient les protéger des ennemis, ces Français qu'ils ne connaissaient pas.

Et Augustin qui n'était toujours pas là !

Le dimanche 2 août, le culte réunit les familles au temple, autour du jeune pasteur. Celui-ci venait de rentrer de Strasbourg, où sa femme attendait la naissance de leur enfant auprès de ses parents. Puis le départ des mobilisés s'effectua dans le calme et le silence. Les hommes quittèrent le village à pied, par la route qui descendait vers Munster.

Augustin s'était enfin décidé à partir après des adieux déchirants, comme s'il ne devait jamais revoir sa femme Anneliese, qui lui avait donné tant d'amour.

La première partie du voyage s'était déroulée sans encombre, par des chemins détournés. Il avait dépassé la ville de Munster, s'était engagé dans la Petite Vallée et montait en direction de Soultzeren.

Soudain, alors qu'il ne s'y attendait plus, se croyant déjà parvenu à bon port, il vit un fusil pointé sur sa poitrine.

— Où vas-tu ?

Il amorça un mouvement de recul, mais toute une patrouille allemande l'entourait. Augustin récita la fable qu'il avait mise au point. Il voulait prendre congé de sa famille avant de partir à l'armée. Au fond, il n'espérait pas être cru. Les hommes mobilisés allaient dans l'autre sens, ils descendaient vers la plaine.

Le chef de patrouille lui réclama son livret militaire, qu'il prétendit avoir oublié chez lui. On lui arracha sa chemise ; l'objet ne fut pas difficile à trouver.

— Un Français ! Un espion !

Les cicatrices qui labouraient son torse accréditèrent cette hypothèse. Un espion particulièrement dangereux, qui avait subi un entraînement intensif de manière à savoir garder le silence même s'il était soumis à un interrogatoire poussé.

Augustin tenta de raconter son histoire d'orphelin battu par son patron.

— Tu espères nous arracher des larmes avec tes contes à dormir debout ? Ça ne marche pas avec nous. Ton compte est bon.

Faisant face à son destin, Augustin pensa à Anneliese et au petit acrobate. Il regarda venir la mort. Elle jaillit de plusieurs canons à la fois.

Et puis plus rien.

Dans la soirée, le maire du village voisin se présenta chez les Bresch à Soultzeren, suivi d'une multitude de villageois. Son visage bouleversé – dans la vallée tous connaissaient Augustin et sa lamentable histoire – parlait pour lui.

— Il est tombé sur une patrouille, réussit-il à bredouiller.

Incapable d'en dire davantage, il secoua la tête, les larmes aux yeux. Augustin était leur premier mort. Abattu par ceux qui étaient censés les protéger.

Le lundi 3 août, l'Allemagne déclara la guerre à la France.

Quelques jours plus tard, les territoriaux de Soultzeren partirent à leur tour, les hommes plus âgés, des jeunes aussi, qui n'avaient pas effectué de service actif pour diverses raisons. Ils rejoignirent le Landsturm à Neuf-Brisach. Dans le reste du Reich, le Landsturm, la territoriale, fut mobilisé bien plus tard. En Alsace, on préférait garder à l'œil tous ces hommes qui n'étaient pas appelés à rejoindre les unités combattantes dans l'immédiat, en raison d'hypothétiques liens avec les Français et de la proximité de la frontière.

Martin et Barbara Bresch tinrent leur promesse, laissant leurs troupeaux à la charge des femmes et des enfants. Des voisins âgés avaient promis de donner un coup de main si nécessaire. Ils attelèrent une charrette et descendirent jusqu'à Voegtlinshoffen, avec l'intention de remonter avec Anneliese aussi vite que possible. Depuis qu'elle avait appris la nouvelle, celle-ci se laissait dépérir, recroquevillée au fond du lit où Augustin ne l'aimerait plus jamais. Barbara fut effrayée de la découvrir aussi mal, seule dans sa grande maison. Les valets étaient partis. Il n'y avait pas de servante. Impossible de transporter la jeune femme dans cet état.

Martin Bresch, si pacifique en temps ordinaire, entra dans une sainte colère, celle du prophète aux cheveux blancs qui rappelle l'enseignement de Dieu à ceux qui l'ont oublié et annonce le châtiment. Il marcha jusqu'à l'auberge dont il poussa la porte d'un grand coup. Il n'y avait pas grand monde dans la salle de la Grappe d'Or, juste les plus anciens, ceux que la mobilisation avait épargnés. Ebahis, ils contemplèrent ce vieux marcaire, allégorie de la vengeance divine.

— Lequel d'entre vous s'appelle Muller ? tonna-t-il.

Les regards convergèrent en direction d'un petit homme sec, qui se tassa sur sa chaise.

— Il y a longtemps que j'ai envie de te rencontrer, Muller. Toi qui tortures les orphelins qui te sont confiés.

Le maire protesta.

— Je ne vous permets pas… Nous le connaissons depuis toujours.

— Alors vous êtes tous complices ! accusa-t-il. Muller, ose nier que tu as renvoyé Augustin Laugel, à moitié mort, en inventant un prétexte pour t'en débarrasser. Ose nier que tu bats des enfants incapables de se défendre.

— Je ne bats personne, protesta Muller faiblement.

— Plus maintenant ; Augustin t'a interdit de le faire. Vous ne me croyez pas ? Allons leur poser la question, à ces pauvres enfants. Il suffit de regarder leurs corps couverts de cicatrices.

Il se fit un lourd silence. Mais Martin Bresch n'en avait pas fini.

— Quel genre de chrétiens êtes-vous donc, qui laissez une jeune veuve mourir de désespoir, seule dans sa maison ?

Muller ricana.

— Sa putain !

— Son épouse. C'est moi qui ai recueilli Augustin autrefois, le dos à vif, brûlant de fièvre. Toute la Petite Vallée connaît son histoire. Et c'est dans ma famille qu'il a épousé Anneliese.

Sidérés, les hommes écoutèrent le récit de cette noce extraordinaire, où tous ceux qui étaient venus en aide à Augustin avaient été conviés, chacun apportant une spécialité de sa région. On ne parlait pas la même langue, mais on se comprenait.

— Je ne veux pas savoir qui était le père d'Anneliese autrefois. C'est ma fille désormais. Et l'enfant qui naîtra dans quelques jours m'est aussi cher que mes autres petits-enfants, peut-être même davantage encore.

Le maire se secoua.

— Pour les orphelins…

— Allons-y, décida Martin Bresch. Allons-y tous.

C'est un étrange cortège qui traversa le village de Voegtlinshoffen, grossissant de minute en minute, mené par cet étrange bonhomme aux allures de justicier.

— Où sont les enfants ? interrogea le maire.

Muller ne put faire autrement que de désigner la cave où les deux enfants, âgés d'une dizaine d'années, étaient enfermés. Ils hésitèrent à sortir, redoutant les coups.

— Sortez, mes enfants, les encouragea Martin Bresch d'une voix douce. Vous connaissez Augustin Laugel, n'est-ce pas ?

Les garçons hochèrent la tête.

— Il a promis de vous protéger contre votre patron, n'est-ce pas ?

Le maire s'en mêla, voyant que les enfants avaient peur.

— Parlez sans crainte, il ne vous arrivera rien, promit-il.

Les gamins se consultèrent du regard et le moins peureux se risqua à prendre la parole.

— Il a dit qu'on doit aller chez lui, si le patron nous bat. Mais il est mort. Alors on n'a plus d'endroit où aller.

— Vous irez chez Anneliese Laugel. Et dès à présent. Vous ne resterez pas une minute de plus chez ce monstre. Je compte sur vous, le maire, pour régulariser leur situation. Mes garçons, je suis en quelque sorte votre grand-père. Et avant de partir, retirez donc votre chemise.

Les garçons déboutonnèrent leurs loques crasseuses et révélèrent un horrible spectacle de chairs boursouflées de cicatrices.

— Venez, mes enfants. Allons chez Anneliese.

Il se retourna sur le seuil et tonna, le doigt pointé en direction du tortionnaire :

— Toi, Muller, tu ne perds rien pour attendre. Dieu te punira.

Le lendemain, on le trouva pendu dans sa grange.

18

Quelques jours plus tard, Anneliese Laugel accoucha avant terme d'un petit garçon qui ressemblait davantage à un chaton écorché qu'à un bébé dodu. Aussitôt il devint pour elle Augustin, celui qui l'avait quittée et qui était revenu.

Les Bresch craignirent un moment pour sa santé mentale. La vieille Barbara eut fort à faire pour convaincre la jeune mère de déposer l'enfant dans son berceau, pourtant glissé tout contre le lit. Il avait fallu qu'elle agite l'épouvantail d'un accident toujours possible. Et si elle étouffait le nouveau-né dans son sommeil ? Effrayée à cette perspective, Anneliese avait peu à peu repris pied dans la réalité. La présence des deux orphelins, que d'une certaine manière son mari lui avait légués, fut un pas supplémentaire vers la guérison.

Elle reprit ses esprits le jour où elle apprit que le village de Soultzeren était occupé par les Français. Il était désormais impossible d'y retourner, et même d'obtenir des nouvelles. On savait juste que, contrairement à toutes les prévisions, le front se trouvait là-bas, sur les crêtes. D'ailleurs on entendait presque en permanence tonner le canon, tantôt un peu plus au nord, tantôt un peu plus au sud. En tout cas, Soultzeren se situait au centre des combats.

Anneliese réalisa à quel point les Bresch devaient être inquiets, non seulement pour leurs soldats mais aussi pour les femmes et les enfants restés là-haut, dans leur village qu'ils avaient cru à l'abri de toute tragédie.

Aussitôt, elle suggéra à ses parents d'adoption d'écrire aux hommes de la famille pour les informer de leur présence à Voegtlinshoffen. Puisque les permissionnaires ne pourraient plus rejoindre leur foyer – on finirait bien par leur accorder quelques jours de congé à un moment ou un autre –, les soldats seraient accueillis chez Augustin. Cette invitation valait pour tous ceux du fond de la Petite Vallée qui ne pourraient plus retourner chez eux.

Anneliese redevint la maîtresse de maison soucieuse de nourrir les siens. Elle constata qu'Augustin avait prévu d'importants stocks de lard, de sucre, de pommes de terre, de farine, de légumes secs. Avec les poules, le cochon et les deux vaches achetées aux Bresch quelques semaines plus tôt, ils pouvaient voir venir. Le verger ainsi que le potager, susceptible d'être agrandi, les fourniraient en produits frais.

Un dimanche après-midi, une inconnue d'une cinquantaine d'années, bien vêtue, se présenta dans la cour.

Elle s'adressa d'abord à Martin Bresch, qui avait pour consigne de refouler les curieux. La femme insista. Constatant que le vieux marcaire ne la laisserait pas entrer, elle finit par avouer le but de sa démarche. Elle savait peut-être quelque chose concernant Augustin Laugel. Quoi, elle ne le dirait qu'à son épouse.

Ils se défièrent un moment du regard, la visiteuse et le vieux bonhomme à cheveux blancs. Il capitula, lui demandant d'attendre dans la cour. Anneliese, qui venait d'allaiter son fils, le tendit à Barbara Bresch et rajusta son corsage en descendant. Une fois en face de la visiteuse, elle nota la gêne que traduisait l'attitude de la femme. D'emblée, elle saisit qu'il ne s'agissait pas d'une ennemie.

— Je suis Anneliese Laugel. Vous souhaitez me parler ? Venez, nous serons mieux à l'intérieur.

Martin Bresch enjoignit aux orphelins, Emile et Roland, de rejoindre Barbara et le bébé à l'étage, tandis que lui-même resterait sur le seuil de la maison, une fois le portail refermé, de manière à surveiller les parages et à laisser traîner une oreille, hélas un peu sourde, du côté de la pièce où se déroulerait l'entretien.

— Asseyez-vous, madame. Je vous écoute.

L'inconnue prit une grande inspiration avant de se lancer.

— Je m'appelle Adèle Peter. Je suis gouvernante chez les Sibold, à Eguisheim. J'ai cru comprendre que dans le temps vous étiez une amie de madame Jeanne. Mais elle ne sait rien de ma démarche.

Anneliese ne dissimula pas la déception occasionnée par cette entrée en matière.

— Je croyais que vous vouliez me parler de mon mari.

— J'y viens.

Adèle Peter était née dans une famille pauvre du Ried. Après la mort de la mère, le père avait placé tous ses enfants dans des fermes. Adèle avait atterri chez un paysan célibataire. Très vite, elle avait saisi ce qu'il avait en tête. Elle avait refusé aussi longtemps que possible. L'homme ne l'avait pas vraiment forcée, mais s'était arrangé pour qu'elle finît par se laisser faire. C'était ça ou la rue. Au début de 1877, elle n'avait pas pu se dissimuler plus longtemps son état.

Anneliese sursauta. 1877 !

Adèle avait accouché le 20 août dans la grange, avec l'aide d'une vieille servante. Son patron lui avait alors fait comprendre qu'elle devait partir avec son bâtard. Pour retourner chez son père, par exemple. Mais Adèle ne pouvait regagner le foyer familial. Elle était allée à Colmar, avec l'intention de déposer son enfant dans une église. Peut-être serait-il adopté. Elle-même n'avait rien à lui offrir.

— Quand j'ai entendu parler de votre mari, j'ai cru un moment qu'il s'agissait de mon fils, avoua Adèle. Mais quelque chose ne va pas.

— Quoi ? interrogea Anneliese, le regard aigu.

— On raconte qu'il a été trouvé sur le parvis de la cathédrale. Ce n'est pas là que j'ai laissé mon bébé.

— Où donc ?

— A l'intérieur de la cathédrale, devant un tableau représentant la Vierge Marie tenant l'Enfant Jésus dans ses bras. Ils étaient entourés de roses. Je l'ai confié à cette mère qui devait comprendre ma détresse. Je suis restée longtemps cachée derrière un pilier. Mon bébé pleurait, et moi aussi. Puis j'ai vu un prêtre âgé le ramasser. Il m'a semblé bon. Je me suis sauvée. C'était le 28 août 1877. Vous voyez bien que votre mari ne peut pas être mon fils.

— Si, il l'est. Personne, à part sa mère et moi, ne peut connaître l'endroit précis où il a été trouvé.

Adèle fondit en larmes.

— On raconte qu'il a connu une vie horrible. Comme il doit m'en vouloir, de là-haut ! Moi qui désirais tant lui donner une chance d'échapper à la misère.

Anneliese lui ouvrit les bras.

— Il m'a souvent dit que sa mère devait être une pauvre fille qui n'avait pas eu d'autre possibilité. Il n'est resté dans la région que dans l'espoir de vous retrouver un jour.

Des sanglots déchirants lui répondirent. Les deux femmes s'étreignirent, mêlant leurs larmes.

— Venez, Adèle. Votre petit-fils vous attend.

Le lendemain, une autre visiteuse se présenta, accompagnée d'un enfant.

— Dites que c'est Jeanne, annonça-t-elle à Martin Bresch.

Dans d'autres circonstances, Anneliese aurait peut-être demandé qu'elle soit refoulée. Mais pas après ce qui s'était passé avec Adèle.

Les deux amies s'examinèrent longuement, cherchant à se retrouver telles qu'elles étaient quelques années auparavant. Puis le regard d'Anneliese se posa sur le petit garçon que Jeanne tenait par la main. Ses yeux s'arrondirent de surprise : c'était le portrait d'Antoine Friess. Elle se reprit vivement. Il ne fallait pas que l'enfant soit alarmé par son attitude.

— Entre donc, Jeanne. Je crois que nous avons, toutes les deux, parcouru un chemin que rien ne laissait présager.

Jeanne portait une grande corbeille qu'elle tendit à Anneliese.

— Ce sont des affaires qui ont appartenu à mes enfants. Je n'en souhaite pas d'autre pour l'instant. Autant qu'elles te servent.

Anneliese aurait détesté la Jeanne vendue au gros

Sibold. Elle éprouvait de la compassion pour celle qui devait taire un ancien amour passionné.

— Antoine est au courant ? glissa-t-elle discrètement.

— Je l'ai rencontré il y a peu avec sa fiancée, une jeune fille qui travaille aux mines. Il a eu la même réaction que toi.

— Quelqu'un sait ?

— Personne, à part ma tante.

Puis elle continua à haute et intelligible voix :

— Adèle m'a tout raconté hier soir. Elle était bouleversée. N'hésite pas à faire appel à nous en cas de besoin. Je ne savais pas que tu étais restée au village, sinon je serais venue plus tôt.

Non, elle ne serait pas venue, mais Anneliese fit semblant d'y croire. Finalement, leur vieille amitié pourrait peut-être reprendre son cours à présent.

Les troupes françaises s'étaient avancées sur les hauts chaumes, un régiment d'infanterie de Gérardmer et des chasseurs alpins. Quelques Allemands avaient établi un poste dans une tranchée et surveillaient les mouvements ennemis.

Les foins étaient faits et l'on rentrait le fourrage lorsque, le 15 août, les Français étaient descendus en masse, pénétrant dans les granges isolées à la recherche de soldats allemands. Un Alsacien était parmi eux, rassurant les habitants. On ne leur voulait aucun mal. A la tombée de la nuit, le village de Soultzeren était massivement investi. Le cantonnement des troupes françaises se ferait sur place.

Le pasteur et la fille de l'instituteur avaient installé un poste de secours à l'école. Le premier blessé était un Allemand gravement atteint qu'il avait fallu évacuer vers Munster. Puis des Français étaient arrivés. La sage-femme pansait leurs blessures.

Il régnait une confusion certaine. Des coups de feu avaient été tirés. On se demandait par qui. Quelques personnes au village bredouillaient un peu de français. Elles assurèrent qu'il n'y avait pas d'Allemands sur place. Il valait mieux laisser les chasseurs alpins inspecter les maisons pour s'en assurer.

Au milieu de la nuit, un nouveau coup de feu avait retenti, tiré du clocher, soi-disant. Mais l'église était fermée à clé et personne au village n'aurait eu l'idée de s'en prendre aux Français. Le maire et le pasteur, malgré leurs dénégations, avaient été malmenés et enfermés dans une salle de classe.

Les Français progressèrent vers Colmar, pour refluer ensuite. Les combats meurtriers se succédèrent, s'éloignant de Soultzeren, s'en rapprochant à nouveau.

Le village, qui resta français, vit passer les troupes. Et les prisonniers, soldats allemands mais aussi civils alsaciens. Les forestiers étaient suspects, de même que les postiers, qu'on soupçonnait de transmettre des renseignements stratégiques. Les employés des gares étaient emmenés en otages. Beaucoup étaient connus des villageois. Mais que faire ?

A la fin du mois, soixante-dix vaches avaient déjà été réquisitionnées et abattues, contre un bon de l'intendance militaire. Un vrai crève-cœur pour les familles de marcaires, qui aimaient tant leur bétail. A présent, il fallait creuser des tranchées dans la montagne pour l'armée française, à l'aide de pics et de pioches, ramener les blessés, enterrer les morts, transporter les munitions, alors que la plupart des hommes valides étaient partis faire la guerre.

En pleine nuit, une patrouille arrêta un libéré du

Landsturm, la territoriale. Il n'avait pas le droit de venir jusqu'au village, mais sa famille lui manquait trop. Il fut envoyé à Gérardmer pour interrogatoire.

Il y avait des tombes dans la montagne, par-ci, par-là, portant l'inscription « Espion allemand ».

Les nouvelles circulaient difficilement. On ne savait pas trop ce qui se passait ailleurs, à quelques dizaines de kilomètres de là. On se rabattait sur les rumeurs, souvent très éloignées de la réalité. Une chose était sûre, la canonnade ne s'arrêtait jamais.

Le barrage qui séparait Soultzeren du reste de l'Alsace devint infranchissable. Le 9 septembre, on mit les horloges, celle de l'église en particulier, à l'heure française, en les retardant d'une heure. L'approvisionnement devenait difficile. On manquait de pommes de terre, qu'il était désormais interdit de ramasser. Tous les mouvements non commandés par l'armée étaient suspects. Un peu d'épicerie parvenait de l'autre côté des crêtes.

A la mi-septembre eut lieu un drame. Une patrouille se rua dans une maison proche de celle des Bresch, emmenant tous les habitants sous bonne garde, une femme et plusieurs enfants.

— Mais que s'est-il donc passé, Marguerite ? s'enquit le maire.

La pauvre femme, en larmes, n'y comprenait rien.

— J'ai juste secoué le drap par la fenêtre. Qu'ai-je donc fait de mal ?

Il fut interdit de communiquer avec elle. Le maire obtint qu'on laissât les enfants sur place, mais Marguerite fut emmenée pour interrogatoire à Gérardmer, elle qui ne comprenait pas un mot de français. Elle n'en revint pas.

19

Depuis quelques mois, Blanche vivait un tel bouleversement personnel que les événements annonciateurs du conflit étaient en quelque sorte passés au second plan.

Il y avait eu ses fiançailles avec Antoine, les contacts à établir avec la famille Friess, qui l'avait accueillie avec une stupeur lourde de signification, la rencontre avec une rivale beaucoup trop belle, les débuts des relations physiques avec son futur mari, le départ de son frère Roger et la naissance annoncée, la brouille avec son vieil ami Ernest, comme s'il la rendait responsable de ses déboires sentimentaux. C'était trop, en trop peu de temps.

Seul Kurt Friedrich n'avait pas changé, et elle se raccrochait à lui. A lui et à son propre travail à la mine. Au moins, c'était du concret. Il faudrait toujours sortir de la potasse du sous-sol. On en avait besoin, comme engrais pour l'agriculture, comme matière première pour diverses industries. Blanche Mosmann se sentait utile.

Aussi lui fallut-il accepter d'emblée la remise en cause de ses priorités. Dès le début de la guerre, le bassin potassique tout entier avait été placé sous l'autorité militaire allemande. Vers la mi-août, Fernand Vogt, directeur des mines de potasse alsaciennes, avait été assigné à résidence. Il était question de l'envoyer en Allemagne. L'ensemble des installations qu'il dirigeait était consigné. La nouvelle s'était répandue comme une traînée de poudre.

A Wittelsheim, l'extraction de la potasse continuait, puisqu'il s'agissait de mines allemandes. On envisageait cependant l'arrêt du récent puits de mine Amélie II, distinct du premier mais communiquant avec Amélie I par les galeries, au fond. Une sécurité de plus.

Kurt, indispensable au maintien de l'activité minière, qui, selon lui, serait peut-être réduite, n'avait pas été mobilisé. Toutefois, la proximité du front laissait planer un immense point d'interrogation. Il serait sans doute moins hasardeux de recourir à la potasse de Saxe.

Amélie Zurcher avait transformé sa maison du Lutzelhof, à Cernay, en hôpital pour y accueillir les soldats blessés, indistinctement français et allemands. La dernière fois qu'elle avait eu Blanche au téléphone, elle lui avait proposé de venir la rejoindre si les mines fermaient.

« Avez-vous appris le français, Blanche ? »

Il avait bien fallu avouer qu'elle n'avait guère l'occasion de pratiquer ses récentes connaissances.

« C'est très important pour vous, Blanche. Quand vous viendrez ici, je vous confierai surtout les blessés français. »

Blanche avait éludé. Elle savait résoudre des problèmes administratifs, pas soigner des malades. Et puis, elle ne voulait pas quitter son environnement familier. Se rendre à la mine, chaque jour à la même heure, lui donnait l'impression rassurante que rien n'avait changé. Même si les hommes n'étaient plus là.

Roger était parti pour la territoriale, armé d'une pelle. Il faisait des travaux de terrassement, Blanche ne savait où exactement. Elle avait promis à son frère de s'occuper de Pauline. La klaubeuse travaillait encore, avec son ventre rond. Les hommes manquaient désormais pour se moquer d'elle et les femmes avaient d'autres soucis en tête.

Lucien était parti également, à la territoriale lui aussi. A quelques semaines près, il passait au-dessus de la barre des quarante-cinq ans. Kurt avait promis de lui faire établir une attestation le déclarant indispensable à la mine. Il est vrai qu'il fallait encadrer les hommes, au fond, venus d'autres points du bassin potassique, des très jeunes et des très vieux. Toute une réorganisation à mettre sur pied.

Antoine, artilleur réserviste, avait été envoyé à l'est, sur le front russe. Tout était arrivé très vite, les amoureux avaient à peine eu le temps de se faire leurs adieux. Lorsque l'imminence de la guerre avait été proclamée, Antoine s'était rendu à Voegtlinshoffen, pour une fois sans Blanche. Et c'est de là qu'il était parti. De toutes ses forces, Blanche se raccrochait aux bribes de son univers, refusant d'envisager d'autres conséquences d'une guerre absurde que le grondement incessant, et tout proche, des canons.

La ville de Mulhouse avait été prise par les Français, donnant lieu à des scènes de liesse, du moins en privé, puis les Allemands avaient reconquis le territoire perdu, et l'on était revenu à la situation antérieure. A un détail près : la dictature militaire qui pesait sur l'Alsace, accompagnée de répressions et de mesures préventives, concrétisées par des arrestations de suspects francophiles.

Un matin d'octobre, Ernest fit irruption au bureau. Blanche lui sauta au cou. Enfin, quelqu'un était revenu ! Les autres reviendraient aussi et on n'en parlerait plus.

— Je me suis porté volontaire ! annonça-t-il fièrement.

Elle refusa de comprendre.

— Volontaire pour quoi faire ?

— J'aurai bientôt l'âge de partir à la guerre, alors autant y aller tout de suite. J'en ai assez de creuser des tranchées et de dérouler des barbelés à la territoriale. Je ne suis pas le seul à avoir pris cette décision. J'ai vu des trains entiers de volontaires prendre le départ, avec des jolies filles qui leur lançaient des bouquets.

— La guerre n'est pas une partie de plaisir, lui fit remarquer Blanche, consternée.

— Plus nous serons nombreux, plus vite ce sera terminé. Tu verras que cette histoire sera liquidée en quelques semaines. On va montrer à ces maudits Français de quoi nous sommes capables.

Il quêtait l'approbation de son amie des bons comme des mauvais jours. Elle ne se sentit pas le courage d'avouer ce qu'elle en pensait, à savoir qu'il avait commis une bêtise. Si la guerre s'achevait avant la fin de l'année, comme tous le pronostiquaient, Ernest aurait pu y échapper. Sans doute les avait-on convaincus, lui et les autres, à force de discours patriotiques. D'après Albert, le plus jeune frère de Blanche, les professeurs allemands ne se gênaient pas pour faire de la propagande à l'intention de leurs élèves. On lui avait cité l'exemple d'une classe du Gymnasium, le lycée, qui s'était engagée quasiment en bloc, poussée par un enseignant très persuasif.

— Bravo, réussit-elle à articuler laborieusement. Je suis fière de toi. Mais n'espère pas que je viendrai te lancer des fleurs sur le quai de la gare. Je peux difficilement m'absenter. A présent, je suis la seule de la famille à travailler.

Et les prix grimpaient en flèche. Ce que les mères de famille refusaient d'acheter un mois plus tôt, trouvant les exigences des commerçants exagérées, valait à présent beaucoup plus. Les marchés hebdomadaires avaient été supprimés : il n'y avait rien à y vendre. Dans les magasins, les rayons étaient vides.

— Blanche, insista Kurt après le départ d'Ernest, vous devriez aller aider madame Zurcher. Elle a besoin de volontaires.

Elle pâlit.

— Vous voulez que je quitte la mine ?

Il secoua la tête.

— Non, pas pour l'instant. Allez offrir votre aide le dimanche. Vous pouvez bien manquer la messe. Après tout, il vaut mieux se dévouer pour son prochain.

C'était la première fois qu'Amélie lui demandait quelque chose. Elle ne pouvait pas refuser.

Le dimanche suivant, aux aurores, Blanche partit à vélo. On l'attendait. Lina, l'infirmière en chef, la dirigea aussitôt vers une chambre où régnait un tumulte indescriptible de cris, de sanglots, de jurons.

— On m'a coupé la jambe ! hurlait un jeune soldat, guère plus âgé qu'Ernest, en arrachant le drap qui reposait sur un arceau pour éviter le frottement, mais surtout pour dissimuler la réalité. Les salauds ! Ils m'ont amputé ! Je préfère mourir. Je ne veux pas de cette vie-là !

Assaillie par la violence de cette souffrance et par l'odeur insupportable qui régnait dans la pièce – sang, pourriture, désinfectant –, Blanche eut un mouvement de recul. Lina la poussa dans le dos.

— Il n'y a que des blessés graves dans cette chambre, lui souffla-t-elle. Va leur parler. Reste avec eux.

— Je ne saurai pas…

— Si. Nous avons besoin de toi. Ta présence nous permettra de consacrer notre temps à ceux qui sont en attente de soins.

Une ambulance s'arrêta dans la cour, amenant un nouveau contingent de blessés.

Blanche s'avança vers l'amputé qui continuait à hurler, la prenant à témoin :

— Qui voudrait encore d'un infirme ?

Blanche remit l'arceau et le drap en place.

— Je travaille à la mine, annonça-t-elle. Ce genre d'accident arrive de temps en temps.

— Pas à vingt ans !

— Si, hélas. Vous savez, on fait de bonnes prothèses. Vous pourrez marcher presque comme avant.

Les cris cessèrent et Lina en profita pour s'éclipser.

— Vous voudriez d'un homme à la jambe de bois, vous ? entendit-elle encore.

— Mon fiancé est sur le front russe. S'il revenait avec une jambe en moins, je bénirais le ciel de le récupérer vivant. Vous avez une promise, au pays ? Je peux vous aider à lui écrire.

Un autre blessé réclama à boire.

— Ne lui donnez rien ! l'avertit son voisin. Il est blessé au ventre.

Blanche alla mouiller un linge dont elle se servit pour humecter les lèvres craquelées par la fièvre.

— Vous êtes une bonne fée, mademoiselle, murmura le blessé.

Elle éclata de rire, et quelques rires incertains se joignirent au sien.

— Comment est-elle ? demanda un blessé dont, à

part la bouche, quasiment tout le visage, y compris les yeux, était dissimulé sous d'épais bandages.

— Belle comme un ange !

— Je veux bien mourir en sa compagnie, gémit celui qui n'avait pas le droit de boire.

Elle mouilla à nouveau le linge. En humectant les lèvres du soldat, elle remarqua son teint plombé, ses ailes du nez pincées, ses mains livides, comme si le sang avait déjà renoncé à irriguer les extrémités.

— Ne dites pas de bêtises, gronda-t-elle gentiment. Ici, vous serez bien soigné.

A tour de rôle, tous réclamèrent son attention, tels de grands enfants. Un moment gênant se présenta, pour les hommes davantage que pour elle, lorsqu'il y eut des besoins naturels à satisfaire.

— Ne vous tracassez pas, j'ai des frères.

Il leur fallut bien en passer par là.

Vers la fin de la journée, Lina voulut faire évacuer le soldat qui commençait à râler. Tous savaient ce que cela voulait dire, y compris le principal intéressé. Il émergea pour protester avec l'énergie du désespoir.

— Non ! Laissez-moi ici. Avec Blanche.

Celle-ci acquiesça. Il se cramponna à la jeune fille. Les autres blessés ravalèrent leurs revendications, qui pouvaient attendre. L'un des leurs était prioritaire. Chacun se dit qu'il aimerait finir sa vie ainsi, en compagnie d'une jeune et jolie fille qui lui accorderait toute son attention et qui lui tiendrait la main au moment du grand passage.

Le soldat mourut en même temps que le jour.

— Elle ne reviendra pas, prophétisa Lina en regardant par la fenêtre Blanche enfourcher sa bicyclette.

— Elle reviendra, affirma Amélie Zurcher, qui se tenait à ses côtés.

Blanche resta très discrète sur ce qu'elle avait vécu à l'hôpital, mais tous purent constater qu'elle n'était plus la même. Dans la lettre qu'elle envoya à Antoine, elle confia qu'à présent elle pouvait comprendre ce qu'il vivait, là-bas, sur le front. Elle réalisa aussi ce qu'impliquait l'horrible besogne de l'artilleur : envoyer des obus qui infligeaient des blessures aussi atroces que celles dont souffraient « ses soldats ». Et en tant qu'artilleur, Antoine était, en retour, la cible privilégiée de l'artillerie russe.

Blanche retourna à l'hôpital, dimanche après dimanche, sachant qu'il lui faudrait chaque fois affronter de nouvelles horreurs, des douleurs encore plus insoutenables. Elle distribua sans compter ses sourires, son attention, comme si chaque soldat était son Antoine, en espérant qu'une jeune fille russe, là-bas, dans l'Est, lui rendrait le même service s'il devait être blessé. Dans ses lettres, son fiancé lui parlait surtout d'amour. Une seule fois, il avoua que le fait de pouvoir penser à sa « petite femme » lui permettait de tenir le coup. Il ne voulait rien dire de plus.

Dorénavant, elle s'intéressait aux nouvelles de la guerre, qui ne pouvait pas se terminer en quelques semaines, ni même en quelques mois, comme tous l'avaient cru.

Lucien Mosmann avait repris son poste de porion à la mine. Roger se battait à présent en France, on ne savait trop où. Blanche obtenait des nouvelles par Pauline, qui avait accouché d'un beau garçon. Son frère risquait sa vie chaque jour dans les tranchées et, à cause de l'entêtement paternel, il n'écrivait pas à sa famille. Quel effroyable gâchis ! En revanche, une correspondance régulière s'établit avec Ernest. Après deux mois de formation près de Graudenz, il avait été affecté sur un terrain d'aviation, dans la région de Vilnius.

L'observation aérienne jouait un rôle de premier plan. Chaque fois que le temps le permettait, les avions du Reich décollaient pour survoler les lignes ennemies et repérer l'emplacement des batteries d'artillerie. Les Russes faisaient de même. En toute innocence, Ernest fournit à Blanche les renseignements qu'Antoine refusait de lui communiquer. Avec un véritable enthousiasme, il décrivait les biplans Aviatik, magnifiques oiseaux blancs de bois et de toile, arborant la croix noire caractéristique qui rappelait la croix de fer, la décoration si prestigieuse.

Dans l'étroit fuselage prenait d'abord place le pilote, surnommé « Emil » dans l'armée impériale, généralement un sous-officier. Il jouait en quelque sorte le rôle de chauffeur. La tâche la plus valorisante revenait à l'observateur, appelé « Franz », un officier le plus souvent issu de la noblesse. Tous deux bouclaient leurs bretelles de sécurité, le pilote derrière l'observateur, puis grimpaient jusqu'à deux mille cinq cents mètres pour prendre des photos aériennes des positions russes, un casque de cuir noir à double bourrelet sur la tête, affrontant le froid très vif de l'altitude – la température pouvait descendre à moins huit degrés en plein été – et les tirs de l'artillerie ennemie.

Ernest, qui n'avait jamais vraiment connu l'amitié, à part celle de Blanche, s'épanouissait dans la camaraderie virile de la base aérienne. Elle lui en voulait de prendre plaisir à son service, d'être planqué à l'arrière du front, alors que d'autres, Antoine en l'occurrence, mais aussi les pauvres soldats qu'elle côtoyait le dimanche, assumaient tous les risques. Au bout de quelques mois, il affichait l'ambition ridicule de voler à son tour. Son amie haussa les épaules, excédée, en prenant connaissance de cette récente lubie. Elle ne comprit pas qu'il était poussé moins par le goût du risque que par envie de l'amitié à la vie à la mort qui unissait « Emil » à « Franz ». Elle n'alla même pas jusqu'au bout de la lettre, et resta longtemps sans répondre.

Le hasard voulut qu'Ernest fasse une rencontre inattendue dans le cadre de ses fonctions. Muni des dernières observations aériennes, il avait parcouru un long trajet, d'abord en automobile depuis le camp d'aviation jusqu'à la gare de la petite ville la plus proche où on l'avait déposé, puis en train, pour remettre les photos à l'état-major établi à Vilnius. Une fois sa mission accomplie, il s'était rendu au Foyer du soldat. Là, il avait eu la surprise de trouver Antoine qui, lui, s'apprêtait à aller chercher au même état-major des instructions pour disposer les batteries d'artillerie de son unité et régler les tirs en fonction des positions ennemies.

Les deux hommes étaient tombés dans les bras l'un de l'autre. Puis ils avaient arrosé leurs retrouvailles en parlant de la guerre, de soldat à soldat. Ils avaient longuement évoqué l'Alsace aussi, le mal du pays qui les tenaillait souvent, et Blanche.

Quelques jours plus tard, Antoine décrivit à sa fiancée le plaisir de rencontrer un gars du pays lorsqu'on se trouve aussi loin de chez soi. Lorsqu'elle eut cette lettre entre les mains, la nouvelle était déjà parvenue à Wittelsheim : Ernest était mort, victime d'un bombardement russe. Le pilote d'un avion russe survolant le camp d'aviation avait balancé par-dessus bord trois obus qu'il avait amenés dans le baquet, entre ses pieds, avant de s'éloigner en vitesse. Il voulait détruire les biplans du

Reich, dont les observations causaient trop d'ennuis à l'artillerie d'en face, mais le procédé manquait de précision, il avait raté ses cibles. L'un des obus était tombé sur le baraquement où Ernest se trouvait avec ses camarades.

Les mains de Blanche se mirent à trembler et les mots tracés par Antoine se brouillèrent devant ses yeux. Elle laissa son regard s'échapper par la fenêtre. Il s'arrima au chevalement de la mine, tout proche. Symbolisant une menace, quelques années plus tôt, la tour imposante faisait à présent figure de phare tutélaire. Si seulement tous ceux qui l'avaient quittée pouvaient y revenir ! Mais Ernest ne la verrait plus jamais.

Jusqu'à cet instant, la disparition de son ami lui avait semblé abstraite, presque inconcevable. Blanche ne pouvait nier la réalité plus longtemps. Le chagrin déferla avec la violence d'une crue soudaine. Le jeune homme, n'ayant pas connu de vraie famille, avait dû partir à la guerre pour trouver la camaraderie. Ne connaissant de l'amour que les brèves étreintes avec les « mamzelles » locales en échange d'un peu de ravitaillement – les soldats étaient bien nourris, contrairement aux civils –, Ernest n'avait réalisé aucun de ses rêves.

Blanche se baissa pour ramasser la lettre que ses doigts avaient laissé échapper. Elle lut laborieusement, à travers le brouillard de ses larmes, que d'après Antoine Ernest était devenu quelqu'un de bien. Quelqu'un qu'on pouvait avoir envie de fréquenter plus tard, quand la guerre serait finie. Eloge funèbre rendant hommage à un garçon qu'elle avait méconnu.

20

Le village de Soultzeren, lové au creux d'un repli montagneux juste sous le col de la Schlucht, resta français. Les habitants des hameaux appartenant à la commune mais dispersés sur les pentes furent évacués, vers l'un ou l'autre côté du front, selon les aléas des combats. Bien des familles se retrouvèrent coupées en deux, devenant françaises ou restant allemandes sans qu'on leur demandât leur avis.

La cohabitation avec l'armée française, les chasseurs alpins cantonnés chez l'habitant, avait mal commencé. Sans doute y avait-il eu déception chez les Français, venus « libérer l'Alsace ». Ils n'étaient pas accueillis en héros. Les relations restaient tendues. La barrière linguistique déclenchait bien des malentendus. Un mot pris pour un autre causait suspicion d'un côté, blessure d'amour-propre de l'autre. Or les villageois ne se comportaient pas d'une manière hostile.

Les deux belles-filles Bresch et leurs enfants étaient restés au village. De six heures du matin à dix-huit heures, interdiction d'aller aux champs. A partir de vingt heures, plus personne dans les rues. Extinction des lumières à vingt et une heures. Fenêtres fermées en permanence vers le sud et vers l'est, en direction des lignes allemandes. Autant dire que rien n'était possible. La moindre activité quotidienne posait un problème.

Avant la guerre, les belles-filles Bresch, Louise, l'épouse du fils aîné, et Irma, celle du second, s'entendaient plus ou moins bien. Il existait entre elles une rivalité sourde que la solidarité familiale ne leur permettait pas d'extérioriser. Une fois les hommes partis et les beaux-parents retenus chez Anneliese pour une période indéterminée, elles avaient décidé d'habiter ensemble avec leurs enfants.

« Compte tenu des circonstances, avait proposé Louise, il vaut mieux s'entraider. »

Irma avait quand même réfléchi avant d'approuver. C'est elle qui occupait la seconde place, et Louise ne manquait pas de le lui rappeler en toutes circonstances, même ce jour-là, en prenant l'initiative d'un rapprochement temporaire.

Constatant l'hésitation de sa belle-sœur, Louise avait franchi un pas supplémentaire.

« Ecoute, Irma, avait-elle fait d'un ton conciliant. Nous ne sommes pas les meilleures amies du monde mais nous appartenons à la même famille. Nous devons penser à nos enfants. A deux, nous parviendrons mieux à surmonter les difficultés. En temps de guerre, nous pouvons faire la paix. »

Irma avait souri en hochant la tête.

« Sans doute, mais j'ai peur qu'on se crêpe le chignon. Je n'ai pas très bon caractère, je te l'accorde, et toi… »

Louise l'avait interrompue.

« Et moi, je suis un peu autoritaire. A partir du moment où chacune d'entre nous reconnaît ses points faibles et s'engage à ménager la susceptibilité de l'autre, on peut tenter d'habiter ensemble.

— Si ça ne marche pas…
— On se sépare. »
Les enfants avaient appris la nouvelle avec enthousiasme. Il avait été décidé que la maison de Martin et Barbara Bresch, qu'habitait déjà Louise, se prêterait le mieux à une cohabitation. Dès les premiers jours de la guerre, elles avaient donc déménagé tout ce qui pouvait l'être, l'essentiel des biens appartenant à Irma et à son mari, vêtements, linge de maison, literie, objets de valeur, y compris les chaudrons à fromage en cuivre et les ustensiles indispensables à un marcaire dans l'exercice de sa profession. Sans oublier le bétail et le fourrage.

« Il vaut mieux ne rien laisser d'important, avait déclaré Louise. Qui sait, cette maison inoccupée risque d'être réquisitionnée. »

Elle le fut en effet, et Irma eut un pincement de regret. Si elle ne s'était pas laissé entraîner par sa belle-sœur, les chasseurs alpins se seraient peut-être installés ailleurs. Maintenant, pour la récupérer…

Un matin, la gendarmerie fit irruption chez les Bresch. On soupçonnait l'existence d'une ligne téléphonique au départ de l'école. Là-bas, un trou dans le mur de la cave, qu'on n'avait pas rebouché depuis l'installation de la conduite d'eau quelques années plus tôt, plaidait en faveur d'une ligne clandestine destinée au renseignement allemand. On creusa et on inspecta partout. Surtout chez les Bresch, dans la cave à fromages, où tout fut retourné et dévasté.

Les deux belles-filles, avec le pasteur en guise d'interprète, eurent beau protester de leur innocence. Comment deux femmes seules, chargées d'enfants, auraient-elles pu jouer les espions ? Finalement, toutes les charges à leur encontre furent abandonnées. Dans leur cave, il n'y avait rien, même plus de fromages. Les vaches, fierté des Bresch, avaient dû être abattues au profit de l'armée française, un vrai crève-cœur, mais les réquisitions de foin incessantes ne permettaient plus de les nourrir. On n'avait pas le droit d'aller récupérer les réserves engrangées dans la montagne.

Au fil des mois, la vie quotidienne devenait de plus en plus difficile. Les familles employées à l'usine textile, désormais fermée, se retrouvaient sans ressources. Comment se procurer les denrées de base ? L'argent français était rare. Or on ne pouvait acheter que de l'autre côté des crêtes. Heureusement, les Bresch possédaient une réserve d'eau-de-vie. Tant qu'il resterait quelques bouteilles, on pourrait pratiquer le troc. Mais lorsqu'il n'y aurait plus rien à échanger, comment Louise et Irma parviendraient-elles à nourrir leurs enfants ?

A l'usage, la cohabitation se révéla moins pénible que les deux femmes ne l'avaient craint. Louise était autoritaire, sans doute, mais elle savait prendre les décisions qui s'imposaient. Elle ne craignait pas de tenir tête aux militaires.

— Vous nous réclamez encore des moyens de transport ? explosa-t-elle lorsqu'une fois de plus ils voulurent se servir chez l'habitant. Rendez-nous d'abord les charrettes et les carrioles que vous nous avez déjà prises !

Le pasteur traduisit, en y mettant la diplomatie requise. Méfiante, se doutant que le message, tel que le pasteur l'avait transmis, perdait une bonne partie de son contenu, Louise ajouta en mauvais français :

— Nous, plus rien. Rien. Rien manger. Enfants, faim.

Comme, effectivement, le chasseur alpin était censé

rapporter également des provisions, Louise prit l'homme par la main et lui fit visiter la maison de la cave au grenier, ouvrant à son intention le moindre tiroir.

— Rien, plus rien, répétait-elle inlassablement.

Perplexe, le soldat interrogea le pasteur. Celui-ci confirma la situation dramatique des villageois. On ne trouvait plus le moindre morceau de pain au village depuis deux semaines. En fait, on manquait de tout. L'homme repartit bredouille. Sans doute dut-il faire un rapport exact de la situation : bientôt, il y eut des distributions de farine et de semoule. Les répartitions se tinrent à l'école, sous la houlette de l'instituteur et de sa fille. Puis on fit venir de l'épicerie de Gérardmer. Les denrées alimentaires étaient acheminées jusqu'au col de la Schlucht au moyen du tramway électrique. A partir de là, il fallait trouver des volontaires pour les rapporter jusqu'à Soultzeren. En dépit du long trajet à pied, aller puis retour, il s'en trouvait toujours.

On était moins enthousiaste pour aider les militaires. De temps en temps, à l'improviste, les hommes restés au village, les plus jeunes et ceux qui avaient dépassé l'âge d'être mobilisés, étaient emmenés on ne savait où, laissant leurs familles dans l'angoisse. Louise et Irma durent laisser partir les aînés des garçons qui leur restaient, tous deux âgés de quinze ans. Cette épreuve, davantage encore que la faim et les difficultés quotidiennes, souda les deux femmes. Incapables de vaquer aux tâches ménagères, elles restèrent à prier dans l'attente de leur retour, refusant d'imaginer qu'il pourrait leur arriver malheur. Elles sursautaient à chaque coup de canon, n'osant plus se regarder. Chaque minute durait une heure, chaque heure une éternité d'angoisse. Et l'obscurité finissait par s'insinuer dans la maison, une fois de plus, sans ramener leurs petits.

Tout au long de la nuit, où dans le froid de l'hiver le mitraillage incessant paraissait plus redoutable encore, elles restaient l'une près de l'autre, les yeux grands ouverts, guettant l'aube d'un nouveau jour glacial qui devait mettre fin à la peur qui leur dévorait les entrailles. Il le fallait. L'armée du Reich leur avait déjà pris cinq hommes, sans qu'elles puissent savoir où ils se trouvaient. Et voilà que les Français leur volaient deux enfants.

Plusieurs jours après leur départ, alors que les combats faisaient toujours rage dans la région, un tohu-bohu inhabituel agita soudain les rues. Un cri retentit.

— Ils arrivent !

Ils… De qui s'agissait-il ? Des soldats français ? De l'armée du Reich ? Louise et Irma qui, exténuées, n'avaient pu s'empêcher de somnoler un peu sautèrent sur leurs pieds, réveillées en un clin d'œil et plus angoissées que jamais. La porte claqua bruyamment.

— C'est nous ! s'exclamèrent les deux garçons en chœur.

Les femmes lissèrent leurs cheveux, fardèrent un sourire sur leurs visages épuisés.

— Vous étiez bien longs ! s'exclama Irma d'une voix dont elle tâchait de masquer le tremblement.

— C'était long pour nous aussi, protesta son fils.

— Ils nous ont fait creuser des tranchées, leur apprit celui de Louise.

Les deux mères, tout à la joie des retrouvailles, se hâtèrent d'oublier cette épreuve. Jusqu'à la fois suivante.

Les garçons en revinrent encore sains et saufs. Cette fois, ils avaient transporté des blessés jusqu'au col de la Schlucht. C'est tout ce que les deux femmes purent leur arracher. Elles n'insistèrent pas. Que des enfants soient obligés de regarder en face les conséquences de la guerre dans toute son horreur leur fut une croix de plus.

Où étaient leurs époux ? Et leurs fils aînés ? De fil en aiguille, elles évoquèrent leurs beaux-parents, retenus chez Anneliese. Celle-ci avait accouché depuis longtemps. Pourvu que tout aille bien à Voegtlinshoffen ! Peut-être que les villages du vignoble restaient préservés, puisque le front se situait dans la vallée et sur les crêtes, aux alentours de Soultzeren. Personne n'avait su le prévoir. Et personne ne savait ce qui se passait au juste, ni ici, ni plus loin.

Les nouvelles ne circulant plus avec le reste de l'Alsace, les rumeurs les plus folles prirent le relais.

Puis les premiers obus allemands tombèrent sur le village de Soultzeren, à la grande stupeur des habitants. Ils étaient allemands ! Allemands depuis plus de quarante ans !

— Comment peut-on sacrifier ainsi des compatriotes ? s'indigna Irma.

— C'est la guerre, rappela Louise, désabusée. Les Allemands veulent reprendre le village et repousser les Français vers l'autre versant des Vosges.

— A ton avis, ce n'est pas une erreur ?

Louise haussa les épaules.

— A la cave, vite !

Heureusement, tous les enfants étaient là. Ils se précipitèrent en direction de l'escalier. Ce n'était pas la première fois, mais jusqu'à présent les combats s'étaient situés un peu plus loin au nord ou au sud. Les caves servaient parfois de refuge, de cuisine, de chambre. Mais tout était prêt pour un séjour prolongé.

Un obus éclata, tout proche. Pas de doute. Le village

servait de cible. Serrés les uns contre les autres, se bouchant les oreilles, ils n'en percevaient pas moins le fracas à déchirer les tympans. Les toitures s'envolaient, les murs s'écroulaient, les gens hurlaient leur peur, l'incendie dévorait les ruines. C'était la fin du monde.

— On peut venir ? s'enquit une voix paniquée qu'ils eurent du mal à identifier.

Sans attendre une réponse, les voisins vinrent les rejoindre, couverts de cendre et de suie.

— Notre maison, chevrota la grand-mère en secouant la tête, les yeux embués par le spectacle de désolation qu'ils avaient contemplé là-haut.

— Venez vous asseoir près de nous, les invita Louise.

— On va mourir, maman ? s'enquit la plus jeune fille d'Irma.

Un nouvel obus, tombé un peu plus loin, la dispensa de répondre.

Le silence se fit un moment, miraculeux, irréel, et l'espoir fou germa l'espace d'un instant. Que les artilleurs allemands ajustent leurs tirs pour atteindre d'autres cibles, ailleurs, plus loin. Puis l'enfer se déchaîna de plus belle. Les mains se joignirent, les lèvres se mirent à réciter des prières silencieuses.

Tous évoquaient les personnes qui leur étaient chères. Les hommes partis au loin. Les soldats aussi, qui tombaient là-haut dans leurs tranchées éventrées, pris dans la tourmente de neige et de feu. Les pauvres chasseurs alpins et leurs officiers, qui ne leur étaient plus inconnus et qu'ils englobaient dans leurs prières.

Puis il y eut un tremblement de terre, si soudain que personne n'eut le temps de réaliser ; l'air devint irrespirable, une avalanche de gravats dégringola. La maison venait d'exploser au-dessus de leurs têtes.

21

Kurt Friedrich s'apprêtait à quitter le bureau de sa secrétaire lorsque retentit une série de petits coups timides frappés à la porte.

— Entrez, lança Blanche d'une voix avenante, devinant que la personne, dans le couloir, n'appartenait pas au personnel administratif.

En effet, un mineur d'une cinquantaine d'années, récemment embauché, se tenait sur le seuil, sa casquette dans une main et une lettre dans l'autre. Il lança au redoutable chef du fond un regard contrarié. Visiblement, il espérait trouver la jeune fille seule.

— Que puis-je pour vous ? l'encouragea Blanche.

Comme elle n'avait pas l'habitude de recevoir des visites privées à son bureau, Kurt resta dans la pièce. Il avait toutes les chances d'être concerné et se réjouit que la secrétaire ait si bien su jusque-là jouer son rôle d'intermédiaire. Le mineur n'osait plus bouger.

— Vous devez me remettre quelque chose ? hasarda la jeune fille.

Voyant que le patron ne bougeait pas, le mineur se résigna.

— Oui, j'habite Voegtlinshoffen. Catherine Friess m'a donné cette lettre pour vous.

Blanche devint d'une pâleur mortelle et se mit à trembler. On n'avait plus l'habitude des bonnes nouvelles et tout ce qui sortait de l'ordinaire ne pouvait que signifier… Elle vacilla et se retint de justesse à son bureau. Kurt Friedrich maîtrisa le mouvement instinctif qui le poussait vers la jeune fille afin de lui apporter son soutien. Comme elle, il envisagea le pire et ne put s'empêcher, l'espace d'un instant, d'éprouver un soulagement qu'il se reprocha aussitôt. Il n'avait rien à offrir à Blanche, et qu'Antoine soit vivant ou non n'y changerait rien.

Constatant les conséquences de sa maladresse, le mineur s'exclama, confus :

— Rassurez-vous, Antoine va bien. Enfin… les dernières nouvelles étaient bonnes. Mais il doit vous écrire plus souvent qu'à ses parents.

Effectivement, Blanche avait reçu une missive la veille par le courrier normal. Celles concernant les catastrophes parvenaient aux personnes concernées bien plus rapidement. Elle se laissa tomber sur son siège et reprit des couleurs.

— Catherine se marie samedi prochain, se dépêcha d'expliquer l'homme. Elle vous invite, si vous pouvez venir.

Kurt aurait pu s'en aller, puisqu'il ne s'agissait pas d'une question relative au travail, mais Blanche devait lui demander une journée de congé. Ne sachant pas si elle souhaitait se rendre à une fête organisée par une famille qui n'était pas encore la sienne, ou si elle préférait refuser en s'abritant derrière une excuse commode, il attendit qu'elle lui fasse comprendre la réponse souhaitée.

Blanche décacheta la lettre et s'absorba dans sa

jeune veuve, en cas de malheur. On allait donc fêter une autre noce, inattendue. Blanche ne ressentait aucune envie. Son tour viendrait aussi, si Antoine revenait du front sain et sauf.

Pour la première fois depuis bien longtemps, la jeune femme renoua avec des préoccupations sans doute futiles, mais si agréables. Quelle robe porter ? Valait-il mieux, pour effectuer le trajet, revêtir une tenue ne craignant pas une averse éventuelle ? La route menant à Voegtlinshoffen se révélait fort pentue, du moins pour les mollets d'une fille de la plaine. S'il fallait marcher en poussant la bicyclette dans la dernière partie du trajet, autant mettre une vieille robe et des chaussures confortables pour se changer là-bas, chez les futurs beaux-parents.

Lydia approuva la décision de sa fille.

— Tu as raison. Tu seras bien plus fraîche et pimpante au moment de la cérémonie. Que penses-tu offrir à la mariée ?

Cet aspect des choses avait échappé à la jeune fille.

— Tu aurais une idée, maman ?

Lydia avait réfléchi à la question.

— Comme on ne trouve rien à acheter, je suggère de prélever une nappe sur ton trousseau. J'y broderai les initiales de Catherine. Tu pourrais aussi apporter un peu de ravitaillement pour les parents. De la farine, des légumes secs. Ça fait toujours plaisir. Je me demande comment les Friess réussiront à organiser un repas de fête. Ils voudront faire honneur à leur gendre, même si ses parents ne sont pas là. Je comprends qu'ils restent à Heidelberg. Personne n'a envie de venir sur le front, même pour marier un fils.

Blanche lut sur le visage réprobateur de sa mère qu'elle-même n'aurait pas hésité à braver les bombes.

Mais, étant donné que Lydia ne parvenait pas à convaincre Lucien d'accepter Pauline et son enfant, elle ne pouvait émettre la moindre critique concernant autrui.

Comme souvent lorsqu'elles se retrouvaient seules, la mère et la fille évoquèrent le petit René.

— Heureusement que la grand-mère d'Ernest peut le garder pendant que Pauline travaille.

— Grâce à toi, maman. C'est toi qui lui donnes de quoi la payer. Si papa le savait, fit Blanche en pouffant.

— J'aimerais tant le voir plus souvent, déplora Lydia avec un réel chagrin. Je voudrais l'accueillir ici, le voir faire la sieste dans le jardin, ne plus me cacher pour lui tricoter des vêtements. Je ne comprends pas ton père. Il s'agit de notre petit-fils, qu'il le veuille ou non. Il suffit de regarder le petit bonhomme pour s'en convaincre.

— Mon neveu me manque, soupira Blanche. Je n'ai plus le temps d'aller jouer avec lui. Il ne me reconnaîtra pas. Peut-être même qu'il se mettra à pleurer en me voyant.

— Penses-tu ! la rassura Lydia. C'est un petit garçon très sociable. Et si souriant ! Si tu voyais ses boucles blondes, un vrai petit ange.

Constatant la fierté dont elle faisait preuve, Blanche s'abstint d'avouer ce que Pauline venait de lui apprendre sur le carreau de la mine, à savoir que le bébé portait des vêtements que madame Friedrich lui avait donnés en apprenant la situation de cette jeune maman. Ils provenaient de ses propres enfants. Apparemment, Kurt n'était pas au courant. Le geste de cette jeune femme partait d'un bon sentiment, mais Blanche en avait été humiliée et Lydia en serait morte de honte. Quant à Lucien, il valait mieux ne pas imaginer sa réaction.

Ce samedi-là, comme pour se mettre à l'unisson de la fête, le soleil était de la partie, mais le fond de l'air restait frais à cette heure matinale. Le ciel d'un bleu tendre – un bleu layette, estima Blanche, que son neveu rendait à moitié gâteuse – promettait une radieuse journée printanière. Tout y était, les tulipes aux couleurs éclatantes dans les jardins, les narcisses et les jonquilles, les rameaux fleuris des buissons, les jeunes pousses d'un vert délicat, le piaillement affairé des oiseaux.

Blanche pédalait joyeusement, pensant à mille choses agréables. Elle voulait oublier pour une journée, juste pour quelques heures, que la guerre continuait son œuvre de mort quelques kilomètres plus loin. Ses vingt et un ans réclamaient un répit. Le temps de rire, de raconter des bêtises, de s'amuser avec des jeunes de son âge.

En abordant le vignoble, aux rangées de ceps toujours aussi bien alignés mais qui n'avaient pas encore été taillés et désherbés, sans doute par manque de main-d'œuvre, Blanche réalisa soudain qu'elle n'avait jamais eu d'amie. Lucien Mosmann avait trop souvent changé d'emploi pour qu'elle ait eu le temps de nouer des liens avec qui que ce soit. Elle réfléchit un moment et conclut que les papotages entre filles ne lui avaient pas manqué. Catherine, la mariée, pourrait peut-être devenir une amie, plus tard, quand la vie normale aurait repris son cours, mais pour l'instant elles se connaissaient peu, en réalité.

Puis elle tenta d'imaginer le marié, son futur beau-frère, et se demanda si d'autres garçons seraient invités. Arrivée à ce point de ses réflexions, la jeune fille dut descendre de sa bicyclette. Décidément, pour monter et atteindre Voegtlinshoffen, tout en haut du coteau, il fallait le mériter. Les tours des trois châteaux qui couronnaient la colline méritaient une visite, pourtant Antoine n'avait jamais proposé de l'emmener là-haut. On ne sait sans doute pas apprécier à sa juste valeur ce que l'on tient à portée de main et des yeux.

En toute sincérité, elle devait bien admettre qu'ici, l'environnement offrait davantage d'attraits que la région minière. Mais il ne fallait pas tout mélanger. Elle aimait Wittelsheim et s'y sentait bien, sans doute parce qu'elle avait su s'intégrer à la mine. Avec l'aide bienveillante de deux personnes : Amélie Zurcher et Kurt Friedrich. Quelle chance elle avait eue ! L'amitié de son patron lui était précieuse. L'amitié… ou autre chose. Elle rosit. Non, c'est Antoine qu'elle aimait, qu'elle avait choisi comme compagnon de route, d'une route qu'elle espérait longue. Antoine lui manquait tant !

Elle arriva devant la maison des Friess juste au moment où un véhicule militaire s'arrêtait. Deux soldats en descendirent, des garçons jeunes et séduisants qui portaient bien l'uniforme allemand. Ils pivotèrent vers elle en souriant.

— Je m'appelle Blanche, lança-t-elle, toute joyeuse. Lequel d'entre vous est le marié ?

— Blanche, ma future belle-sœur. Dans mes bras !

Ils s'embrassèrent sur les joues sans façon. Pour ne pas être en reste, l'autre s'exclama :

— Blanche, la providence des blessés ! Savez-vous que votre réputation est parvenue jusqu'à nous, au régiment ? Permettez-moi de me présenter : Max Silberberg, ami d'enfance de Horst Strauch que voici, et étudiant en droit comme lui. Quasiment un frère. A ce titre, j'espère avoir droit à un baiser moi aussi.

Le ton était donné. Blanche lui fit la bise en riant de bon cœur.

— Je suis votre cavalier, Fräulein Blanche, précisa-t-il.

Ce « Fräulein » lui rappelait de bien mauvais souvenirs. A la mine, elle était « mademoiselle Mosmann ».

— Appelez-moi Blanche. Le presque frère de mon futur beau-frère est un peu un parent.

Catherine jaillit de la maison et se jeta dans les bras de Horst avec emportement. Ils échangèrent un fougueux baiser à pleine bouche. Blanche, un peu interloquée, ne s'attendait pas à autant de passion, du moins en public. Sans doute Max dut-il suivre le cheminement de sa pensée puisqu'il la dévisagea avec un petit sourire ironique.

— Nous sommes tous ainsi, à Heidelberg. Ma cavalière souhaite peut-être s'en assurer par elle-même. Je me tiens à sa disposition.

Il salua avec une raideur militaire contrastant avec le clin d'œil espiègle qu'il lui décocha. Ravie, Blanche entra dans le jeu.

— Nous verrons plus tard. Pour l'instant, je vous crois sur parole. Et je dois me changer.

Catherine s'arracha aux bras de son futur mari.

— Blanche, j'ai besoin de toi pour me préparer. Ces messieurs se passeront de nous pendant un moment. Pour les faire patienter, maman leur a préparé un kougelhopf et du café, comme avant la guerre. Ou presque…

Sa moue révélait les difficultés de préparation qu'imposait à présent ce simple en-cas de bienvenue. Après avoir embrassé tous les membres de la famille Friess, Blanche rejoignit Catherine dans la chambre des parents, munie de ses affaires.

Comme Lydia Mosmann l'avait supposé, il avait été impossible de se procurer assez de tissu pour confectionner une robe de mariée. La future épousée devrait se contenter d'une jupe noire et d'un chemisier blanc. Celui-ci, boutonné dans le dos, était pourvu d'un col montant épousant son cou mince, de manches longues légèrement bouffantes resserrées au niveau des poignets et, sur l'avant, d'un grand empiècement triangulaire bordé d'une fine dentelle, partant des épaules et s'achevant au milieu de la taille.

— Tu es si jolie dans ta tenue de mariée ! s'exclama Blanche en toute sincérité.

Catherine fit la grimace.

— On dirait que je vais juste à la messe du dimanche.

Blanche recula de quelques pas, inspecta Catherine et conclut :

— Je sais ce qui manque. Attends-moi une minute.

A la vitesse de l'éclair, elle traversa la salle de séjour familiale, où le café était servi, pour s'engouffrer dans le jardin. Là elle cueillit quelques branches d'aubépine blanche à fleurs doubles, y ajouta du lilas blanc qui s'ouvrait à peine, et dissimula le tout derrière son dos en repassant dans la pièce, ce qui déclencha l'hilarité des deux soldats : pour ne pas dévoiler son butin, elle était obligée de monter les marches de l'escalier à reculons.

Les parents Friess furent reconnaissants à leur future belle-fille de détendre ainsi l'atmosphère ; eux-mêmes se sentaient doublement gênés face à ces jeunes hommes, en raison de leur différence de niveau social, et parce qu'il s'agissait de soldats allemands. On ne savait plus, depuis le début de la guerre, dans quel camp les Alsaciens devaient se compter, traités presque en ennemis par les autorités militaires, et bombardés à l'occasion sans le moindre ménagement.

Les Friess devaient cependant admettre que ce Horst Strauch, qui allait entrer dans leur famille, se montrait fort courtois avec eux, pas le moins du monde prétentieux ni hautain, contrairement à bien des fonctionnaires en poste dans le Reichsland Alsace-Lorraine. De plus, ils appréciaient leur futur gendre. Celui-ci tenait à épouser Catherine. Un autre aurait peut-être juste cherché à prendre du bon temps avec une fille qui n'appartenait pas à son milieu et qu'il aurait pu oublier en rentrant chez lui, quelle que soit l'issue de cette guerre qui finirait bien un jour, d'une façon ou d'une autre.

Blanche se comportait avec ces garçons d'une manière simple et naturelle. Peut-être qu'eux-mêmes, les parents, devaient en faire autant. Ils en furent soulagés.

Dans la chambre parentale, Blanche déposa sa cueillette.

— Ton chignon est trop serré, décréta-t-elle. Refais-le plus souple.

Lorsque Blanche s'estima satisfaite du résultat, elle piqua quelques bouquets d'églantine dans la chevelure blonde ramassée et tordue au sommet de la tête et les fixa avec des épingles.

— Qu'en penses-tu, Catherine ?

La jeune fille contemplait son reflet dans le miroir, incrédule et ravie.

— Que j'ai enfin l'air d'une mariée !

— Tu as prévu un bouquet ?

Elle secoua la tête. Tout s'était fait un peu à l'improviste et l'organisation matérielle avait posé tant de problèmes que les détails futiles avaient été laissés de côté.

Avant de redescendre à la cuisine afin d'y chercher un couteau, Blanche déballa les cadeaux qu'elle avait apportés. La nappe, dans un papier de soie entouré d'un ruban, qui lui seraient bien utiles pour préparer le bouquet, et le ravitaillement, de la farine et des haricots, auxquels s'ajoutait une grande saucisse de foie que Lydia avait réussi à se procurer. Catherine s'extasia à la vue de ces présents, si précieux en temps de guerre.

— Maman se demandait que servir au repas de ce soir. Horst et Max ont eux aussi apporté de la charcuterie, du fromage et même du pain. Ce midi, nous mangerons à l'auberge, comme pour vos fiançailles. Nous aurons un *Baeckeoffe*.

Ce plat, très rustique mais délicieux, était confectionné à partir de trois sortes de viande, bœuf, porc et mouton, coupées en morceaux et mises à mariner pendant vingt-quatre heures dans du vin blanc. On pouvait aussi utiliser de l'oie ou du poulet, et pour ce mariage de guerre, l'aubergiste aurait mis ce qu'il avait pu se procurer. Dans le fond d'une grande terrine, on disposait des pommes de terre émincées et des oignons, une couche de viande, puis à nouveau des pommes de terre et des oignons. On mouillait le tout avec la marinade passée et du vin blanc. A Voegtlinshoffen, c'est ce qui manquait le moins. La terrine, dont on soudait le couvercle au moyen d'un peu de pâte, était portée chez le boulanger qui la plaçait dans son four, où la potée mitonnait durant trois heures.

Tout en rêvant au délicieux repas de noces, Blanche confectionna un bouquet rond avec trois grappes de lilas et quelques branches d'aubépine dont elle entoura la base de papier de soie, formant ainsi une corolle blanche du meilleur effet qui empêcherait Catherine de se piquer les doigts en le tenant. Elle noua le tout avec le long ruban qui avait servi pour la nappe.

Ravie et émue, Catherine embrassa sa future belle-sœur.

— Sans toi, je ne sais pas comment je me serais débrouillée.

— Très bien, certainement. Et maintenant vas-y. Pendant ce temps, je vais me changer à mon tour. Puis je mettrai les provisions dans la cuisine.

— La saucisse de foie, il vaut mieux la placer dans le garde-manger, à la cave.

Blanche hocha la tête. Chez les Mosmann aussi, on conservait les denrées périssables au frais, dans une cage de grillage très fin qui les mettait à l'abri des mouches et des rongeurs.

Tendant l'oreille, Blanche perçut le silence soudain qui régnait en bas, puis l'exclamation étouffée de Horst.

— Comme tu es belle, ma Catherine !

Elle se dépêcha d'enfiler sa propre tenue, un chemisier gris-bleu assorti à ses yeux, avec une jupe confectionnée par Lydia dans le même tissu. L'ensemble était un peu léger pour la saison et lui servait surtout en été, mais tant pis. Devant le miroir, elle fixa une broche que sa mère lui avait prêtée pour l'occasion, une torsade d'or enserrant un disque de cristal qui avait été gravé sur l'envers d'un motif délicat, un oiseau minuscule posé sur une branche fleurie. Elle prit soin de bien attacher la sécurité du fermoir : il s'agissait de l'unique bijou que possédait la famille Mosmann.

Puis elle virevolta devant le miroir, s'estima satisfaite du résultat et descendit à son tour. Un regard ébloui l'accueillit, celui de Max Silberberg.

— Anton a bien de la chance ! lui souffla le jeune homme.

Pour l'armée allemande, Antoine était bien prénommé ainsi. Mais son amoureux était aussi peu Anton qu'elle-même était Fräulein.

A l'église se pressait la foule des grands jours. Tous voulaient voir le mari allemand et témoigner leur sympathie à une fille du village en ce jour si important pour elle. Pour eux aussi ; les occasions de se réjouir manquaient singulièrement. On avait davantage l'occasion de pleurer que de rire, si bien que les vœux de bonheur ne manquèrent pas à la sortie.

Puis le cortège se rendit à la Grappe d'Or, que Blanche retrouva avec plaisir, évoquant de bons souvenirs. Elle eut une pensée pour Théo, le carrier qui aurait tant voulu devenir instituteur. Sa place habituelle était vide. Elle demanda à l'aubergiste ce que ce garçon était devenu, redoutant de le voir secouer la tête.

— Aux dernières nouvelles, tout allait bien pour lui.

Elle s'en contenta. Dans ces conditions, elle pouvait s'abandonner à la joie.

Le curé s'attabla avec la famille, ainsi que le maire, qui dut excuser l'absence de son épouse.

— Elle a été obligée de se rendre au chevet de sa mère. Quand elle apprendra qu'elle a manqué un festin !

L'aubergiste venait de déposer l'imposante terrine au milieu de la table ; il en retira le couvercle avec un respect quasi religieux. Dans la petite salle se répandit un fumet capiteux que tous savourèrent en silence, les yeux à moitié fermés pour mieux en profiter.

— Quelle merveille ! s'exclama le marié. Décidément, rien ne manque à mon bonheur.

Seule Blanche remarqua l'ombre qui l'espace d'un instant voila le regard du jeune homme. Ses parents n'avaient pas pris la peine de venir. Sans doute n'étaient-ils pas ravis de cette union. Peut-être avaient-ils échafaudé des projets pour leur fils. Qui sait si une jeune fille de son milieu ne l'attendait pas, là-bas, à Heidelberg, une demoiselle aussi ravissante que riche, issue de la bonne bourgeoisie ?

Pendant un moment on n'entendit que le bruit des couverts sur les assiettes, des verres que l'on repose sur la table et des soupirs de satisfaction. Les Friess avaient bien fait les choses. Un miracle, par les temps qui couraient.

La conversation débuta plus tard, une fois la terrine vide, de même que plusieurs pichets. Le maire garda le silence un bon moment encore, semblant guetter l'opportunité favorable. Puis il se lança, racontant l'histoire de cet orphelin qui était revenu au village où pourtant il avait connu les mauvais traitements.

Blanche se passionna pour le destin de cet enfant abandonné, qui espérait tant retrouver sa mère.

— Y est-il arrivé ? s'enquit-elle.

— C'est la nouvelle de sa mort qui a permis à cette femme de retrouver la trace de son fils.

Il passa sur l'épisode de l'exécution, due à un malentendu, il ne fallait pas heurter les soldats présents autour de la table. En revanche il s'étendit sur la mère qui travaillait à Eguisheim, chez un gros producteur, lequel avait d'ailleurs épousé une fille du village appelée Jeanne, et l'histoire d'Anneliese, amie de cette dernière, mise à la porte par ses parents.

Blanche comprit tout de suite qui était cette Jeanne. Elle eut un peu de mal à se concentrer sur la suite. Il était à présent question d'un couple de marcaires âgés, les Bresch, qui habitaient toujours chez Anneliese Laugel. Leur village ayant été pris par les Français, ils ne pouvaient pas rentrer chez eux. Le récit s'arrêta là et le silence s'installa.

Horst comprit qu'on leur demandait des nouvelles sans oser le formuler clairement.

— J'imagine que vous parlez de Soultzeren, dans la vallée de Munster, celle que vous appelez la Petite Vallée, laissa-t-il tomber avec une certaine raideur. C'est le front. Il n'y a rien à en dire.

Max intervint.

— Le village est quasiment détruit. Les populations ont dû être évacuées. Nous ne savons rien de plus.

Le maire hocha la tête.

— Les hommes de Soultzeren sont mobilisés dans l'armée allemande, comme vous. Ils viennent en permission ici, à Voegtlinshoffen. Chez Anneliese Laugel. Elle et les Bresch les accueillent à bras ouverts.

Une pensée incongrue traversa l'esprit de Blanche.

— Anneliese est-elle réconciliée avec ses parents ?

— Non, regretta le curé. Elle ne veut pas en entendre parler. Ils l'ont jetée à la rue pour préserver leur réputation, sans se préoccuper de ce qu'elle pouvait devenir. Elle dit que les Bresch sont désormais sa seule famille, puisqu'ils sont venus en aide à Augustin quand il en avait le plus besoin. Elle s'est mariée chez eux. Les gens de Soultzeren lui tiennent lieu de parents, à présent. Sans compter les orphelins qu'elle a adoptés. Ils avaient été maltraités par le même monstre.

Un nouveau silence se fit. Puis le maire pivota vers Blanche.

— Je crois savoir, mademoiselle, que vous connaissez madame Zurcher.

— En effet. Je travaille chaque dimanche dans son hôpital.

— Pensez-vous qu'il serait possible de faire transiter une lettre par la Suisse, afin de demander au maire de Gérardmer ce que sont devenues les populations civiles évacuées ? s'il y a des survivants ?

La jeune fille réfléchit un instant.

— Je ne peux rien vous promettre. Cependant, je pense que ce devrait être possible. Faites-moi parvenir une lettre, je la transmettrai.

Le maire sortit une enveloppe de sa poche et la lui tendit. Elle la glissa dans sa jupe.

— Je n'en attendais pas moins d'une jeune fille qui consacre son temps libre à aider les blessés. De la part de tous ceux qui sont dans l'angoisse, je vous remercie du fond du cœur.

22

La lettre dont Blanche s'était chargée avait atteint Gérardmer, puisque plusieurs semaines plus tard une réponse transitant par la Suisse, puis l'hôpital de madame Zurcher, était adressée au maire de Voegtlinshoffen. Kurt Friedrich libéra Blanche de bonne heure pour qu'elle puisse remettre le pli à son destinataire dès le lundi.

L'été s'était installé mais la guerre faisait toujours rage, endeuillant les familles. Quelles nouvelles allait porter la messagère dans son enveloppe cachetée ? De toute manière, il fallait savoir. L'incertitude était pire que tout.

Blanche trouva le maire chez lui. Prenant à peine le temps de le saluer, elle sortit la missive de sa poche. Ils s'installèrent dans le jardin, sous la tonnelle, pour s'abriter d'un soleil à pcinc supportable en cette fin d'après-midi. Un rosier grimpant éclatait de mille fleurs parfumées qui attiraient des insectes empressés. L'homme avait aussi peur qu'elle-même, et pourtant la jeune fille ne les connaissait pas, ces habitants d'un village de montagne reculé, et le maire guère davantage. Tout au plus avait-il rencontré les soldats en permission privés de leur famille.

Le maire, qui connaissait un peu de français, craignait de ne pas tout comprendre. Blanche maîtrisait bien cette langue à présent. Elle commença la lecture, résumant chaque phrase au fur et à mesure à l'intention de son interlocuteur.

Le village avait été évacué vers la fin du mois de mars, de nuit pour éviter les tirs ennemis, c'est-à-dire allemands, sous la neige qui tombait encore abondamment. Rares étaient les maisons de Soultzeren encore intactes. On déplorait une douzaine de morts et une trentaine de blessés civils. Le bilan aurait pu se révéler bien plus dramatique encore.

Pour l'exode, inévitable, chacun s'était muni de ce qu'il pouvait porter sur son dos. C'était une vision à serrer le cœur, écrivait le maire de Gérardmer, ces pauvres gens déboussolés, ne comprenant pas ce qu'on leur disait, quittant peut-être pour toujours les lieux où avaient vécu leurs aïeux. Les personnes âgées avaient été transportées en camion à partir de la forêt, qui dissimulait les véhicules. Les autres poussaient leurs troupeaux, ou ce qu'il en restait. Du thé chaud leur avait été servi au col de la Schlucht.

L'exode s'était poursuivi jusqu'au 15 juillet. Quatre personnes supplémentaires avaient trouvé la mort en route. Mais on comptait aussi une naissance, sur les hauteurs, où était installée une ambulance militaire.

Les réfugiés, pour le moment privés du secours de leur religion puisqu'ils étaient luthériens et arrivaient en pays catholique – mais on tâcherait d'y remédier –, avaient été répartis dans plusieurs villages situés aux alentours de Remiremont et du Val-d'Ajol, dans les Vosges. C'est dans cette dernière localité que se trouvaient à présent les Bresch, qui avaient survécu par miracle à la destruction totale de leur maison alors qu'ils se terraient dans la cave.

Tous les enfants étaient scolarisés dans des classes spéciales, appelées « écoles des Alsaciens », et ne tarderaient pas à apprendre le français, ce qui simplifierait la vie de leurs parents.

Suivait une liste des réfugiés. Le maire de Gérardmer ne pouvait fournir celle des personnes qui avaient succombé avant le départ.

— Venez, Blanche, lui dit-il en la prenant par le bras. Nous devons porter ces nouvelles chez Anneliese.

Un vieil homme aux allures de patriarche de l'Ancien Testament vint à leur rencontre. Le maire agita la lettre.

— Nous avons des nouvelles de votre famille, monsieur Bresch ! lui cria-t-il de loin.

Le vieux marcaire tomba à genoux en pleine rue pour adresser une ardente prière de remerciement au Créateur. Blanche en eut les larmes aux yeux.

Blanche fut impressionnée par la personnalité d'Anneliese. La réciproque fut vraie. Les deux jeunes femmes n'eurent pas besoin de mots pour se comprendre.

— Je peux transmettre d'autres lettres, proposa Blanche. Il suffit de les donner à un mineur qui travaille à Wittelsheim. Là-bas, tout le monde me connaît.

— Tous les gens de Soultzeren vous connaîtront également, affirma Martin Bresch en lui broyant les mains. Croyez bien qu'ils ne vous oublieront jamais.

Blanche reprit le chemin du retour. Ce soir-là, elle se sentait des ailes.

Au fil des mois, Blanche eut souvent l'occasion de revenir à Voegtlinshoffen : elle aimait livrer le courrier elle-même chaque fois qu'elle en avait la possibilité. Anneliese se chargeait de le distribuer aux hommes de Soultzeren au hasard de leurs permissions.

Un jour, elle se retrouva face à Jeanne Sibold, qui venait régulièrement apporter son aide. Il y eut un moment de flottement. Jeanne et Anneliese comprirent tout de suite que Blanche savait, du moins en ce qui concernait l'amour passionné qu'Antoine avait voué à son amie d'enfance. Pour l'enfant né de cet amour, elles n'en étaient pas sûres : il valait mieux éviter d'aborder le sujet.

Une fois sa tâche de facteur accomplie, Blanche allait rendre visite à Catherine et sa future belle-famille, puis rentrait chez elle avant la tombée de la nuit. Quand le crépuscule se fit pressé d'envahir la plaine de plus en plus tôt, elle eut davantage recours au mineur, qui de toute manière rentrait à Voegtlinshoffen, sa journée de travail achevée. Toute l'année 1916 se déroula ainsi.

Puis Horst et Max durent quitter la région. Catherine réalisa peu après qu'elle était enceinte. Elle attendait des nouvelles de son mari, s'obstinant à le croire vivant alors que son silence devenait insupportable.

— S'il était mort, je le saurais. L'armée prévient la famille.

La famille, peut-être. Mais les parents Strauch ne s'étaient guère manifestés depuis le mariage. En cas de malheur, ils ne prendraient peut-être même pas la peine d'informer l'indésirable épousée sur le front.

— L'armée sait qu'il s'est marié ici, s'obstinait Catherine. C'est moi qu'on préviendrait.

Finalement, elle reçut une lettre du front, suivie de plusieurs autres. Horst se battait quelque part en France. Les courriers, sans doute soumis à la censure, manquaient de précision. Max était toujours avec lui.

Comme si elle s'autorisait enfin à accoucher, Catherine donna naissance à une petite fille qu'elle prénomma Odile, en l'honneur de la sainte patronne de l'Alsace.

Une lettre de Roger arriva chez les Mosmann, la première depuis le début de la guerre.

« Mes chers parents,

« Plus de trois ans se sont écoulés depuis que j'ai quitté votre maison. Trois années difficiles. Je pense souvent à nos dernières semaines vécues ensemble et je n'arrive pas à comprendre comment nous avons pu en arriver là.

« Hier, nous avons traversé un village dévasté. Seul un unique bâtiment restait debout. Je suis entré. C'était une école, miraculeusement intacte. A part la suie, les gravats et la poussière qui recouvraient toute chose, on aurait pu croire que les écoliers allaient arriver, leur cartable sur le dos, pour lui redonner vie. Une date écrite en français au tableau noir, vieille de plusieurs mois, dissipait cette illusion.

« J'ai cru revoir mon école d'autrefois à Wittelsheim. C'étaient les mêmes pupitres, des cartes similaires accrochées au mur. Sauf qu'elles ne représentaient pas l'Allemagne mais la France. Sur la droite figuraient la Lorraine et l'Alsace. J'ai cherché l'emplacement de Wittelsheim. C'était comme si je me retrouvais chez nous.

« Puis j'ai fait un tour vers l'église au clocher écroulé. Un spectacle étonnant a attiré mes regards du côté du cimetière. On aurait dit des bouteilles accrochées à chacune des croix, sur les nombreuses tombes récentes. Je me suis approché. Mes yeux ne m'avaient pas trompé.

C'étaient bien des bouteilles, le goulot vers le bas. Chacune contenait un papier portant l'identité de celui qui était enterré là. Un soldat, allemand ou français. Dans la mort, peu importait la nationalité.

« Mes chers parents, je n'ai jamais cessé de penser à vous. Je vous aime toujours autant. Si la guerre n'avait pas éclaté, nous aurions pu nous réconcilier, fêter ensemble mon mariage avec Pauline, accueillir dans la joie la naissance de votre petit-fils, René Mosmann.

« Il s'appelle ainsi. C'est mon fils, mon devoir et mon honneur me commandaient de le reconnaître, je l'ai fait. Pour le mariage, nous attendrons mon retour. Pauline est une femme courageuse et honnête qui n'a pas eu de chance dans la vie. Vous apprendrez à l'apprécier et à l'aimer.

« Nous devons à présent tourner la page, oublier les mots qui dépassaient nos pensées. Mes chers parents, il me tarde de vous revoir. Vous m'avez tant manqué. A bientôt, je l'espère de tout mon cœur.

« Votre fils qui vous aime,

« Roger. »

Peu après, les Mosmann apprirent officiellement que leur fils était mort pour la patrie au Chemin des Dames, le 23 octobre 1917.

Lucien en devint fou de douleur. Lui qui avait à peine lu la lettre de son fils, s'entêtant dans sa mauvaise foi, ses préjugés et ses principes rigides, accapara cette unique missive comme si elle lui avait été adressée à lui tout seul. Il en relisait inlassablement les phrases, s'arrêtant sur chaque mot, essayant d'imaginer son fils dans ce village d'un autre monde. Rapidement, il prit l'habitude de sauter tout ce qui concernait Pauline et l'enfant. Ces deux-là, Lucien refusait d'en entendre parler. C'étaient des étrangers. Il ne voulait pas avoir affaire à eux.

A force d'avoir mal, il en devenait injuste et méchant, avec sa famille, avec les hommes dans la mine. Qui a prétendu que pleurer soulage ? C'était faux, il le savait. Les larmes se contentaient de mesurer l'étendue de la souffrance et sa douleur était si vaste qu'elle le dévorait tout entier. Aucun torrent de larmes ne pourrait la dissoudre.

La lettre ne le quittait plus. C'est tout juste s'il ne l'emportait pas dans le ventre de la mine. La sueur et la poussière auraient effacé les mots. Alors elle restait dans la salle des pendus, enfermée dans un portefeuille de cuir, et son premier geste, en remontant du fond, était de vérifier si elle se trouvait toujours à sa place.

Lydia souffrait tout autant, mais elle n'avait plus accès aux derniers mots de son fils. Contrairement à son mari, elle avait bien compris le message de réconciliation.

Un jour, en rentrant de la mine, Lucien eut un vif mouvement de recul. Un enfant blond et bouclé jouait dans la cuisine, tandis que Lydia tricotait un petit paletot. La laine de récupération, roulée en grosses boules, lui rappela un chandail ayant appartenu à Camille.

— Je te présente René Mosmann, annonça-t-elle d'une voix déterminée.

Lucien ouvrit la bouche, sur le point d'exploser.

— Tais-toi, Lucien, lui intima son épouse. Relis la lettre de Roger. Cet enfant est son fils. A partir d'aujourd'hui, il viendra ici.

Lucien tourna les talons et s'engagea dans l'escalier. Là-haut, une porte claqua violemment. Apeuré, le petit garçon se mit à pleurer. Lydia l'installa sur ses genoux pour le bercer contre elle avec tendresse. Comme elle n'était pas une inconnue pour lui, l'enfant se calma rapidement.

— N'aie pas peur, petit René. Ton grand-père finira bien par s'habituer à toi. Pour ta mère, en revanche, ce sera long, j'en ai bien peur.

Peu après les fêtes de Noël, où René fit une apparition chez les Mosmann pour venir chercher ses cadeaux apportés par l'Enfant Jésus, qu'on représentait sous les traits d'une jeune fille vêtue de blanc, on apprit qu'Antoine avait quitté le front de l'Est, stabilisé suite à la révolution d'Octobre en Russie. Ces événements avaient amené, début décembre, l'armistice entre la Russie et les empires centraux de l'Europe, le Reich et son alliée l'Autriche-Hongrie.

Pour Antoine, la guerre continuait désormais sur le front de l'Ouest, en France, plus proche, moins froide puisque la température n'y tombait pas à moins quarante degrés en hiver, mais tout aussi dangereuse, sinon davantage. Puis il bénéficia d'une permission imprévue de quelques jours.

Il arriva à Voegtlinshoffen un après-midi de fin janvier. Le froid avait serré le vignoble dans un écrin de cristal. La fragile caresse du soleil déshabillait les sarments de leur étincelante gaine de givre. Il s'arrêta sur la route poudrée de blanc, le cœur étreint par une émotion qui lui embua les yeux. C'était merveilleux, féerique ! Aucun paysage au monde ne pouvait détrôner celui qui s'offrait à ses regards avides.

Jamais, il s'en fit le serment solennel, il ne retournerait à la mine. Les galeries lugubres lui rappelaient trop les tranchées, la terre noire qui jaillissait, soulevée par les obus. Elle avait enseveli tant de camarades ! Si jamais la guerre prenait fin un jour, s'il avait la chance d'en rentrer vivant, il reviendrait à la vigne. Blanche comprendrait. Il le fallait bien.

Son regard lui échappa pour s'égarer du côté des trois châteaux. Non, il ne fallait plus penser à ce qui s'était passé là-bas. Jeanne avait choisi. Des émotions contradictoires le clouèrent sur place. Au bonheur du retour s'ajoutaient la douleur de l'avoir perdue, la colère de savoir qu'un enfant grandissait loin de lui, un enfant qu'on lui avait volé, et aussi l'angoisse du lendemain. Pauvre il était, pauvre il resterait.

— Aide-moi, Blanche, gémit-il.

Ses lettres d'amour lui avaient permis de tenir bon dans la tourmente. Aux pires moments, il s'était raccroché à elle et, par l'effet d'une curieuse superstition, il était certain qu'elle lui avait plus d'une fois sauvé la vie. Blanche était forte. Avec elle à ses côtés, il saurait faire face.

Le soir s'en vint, escortant la figure blême d'une lune aux joues rebondies. Antoine se remit en route. Dans quelques minutes à peine, il pousserait la porte de la maison familiale.

Ils étaient tous là, les Friess, les siens, et les démons qui le torturaient s'évanouirent.

Après les embrassades, Antoine voulut quitter son uniforme. Il ne retrouva aucune de ses affaires civiles. Son père n'avait plus rien à se mettre, ses frères avaient grandi. En farfouillant à droite et à gauche, on lui dénicha une chemise et un pantalon. Les chaussures qu'il portait autrefois avaient trouvé un autre utilisateur.

— Ce n'est pas grave. J'ai mes godillots militaires.

L'atmosphère de la maison familiale, avec les pleurs d'Odile, lui devint très vite irrespirable. Il avait longtemps rêvé de cette permission et maintenant qu'il était enfin rentré chez lui, il ne se sentait plus à sa place.

— Je vais faire un tour à l'auberge, annonça-t-il.

Il ne savait pas trop ce qu'il en attendait, peut-être une rencontre, avec quelqu'un comme lui. Il fut accueilli par de bruyantes acclamations, quasiment en héros.

— Viens, on t'offre à boire. On te doit bien ça, toi qui combats pour nous.

Personne ne prononça le mot de « patrie ». Plus que jamais, les hommes attablés devant leur verre de vin se sentaient alsaciens avant tout. La dictature militaire avait gâché les quarante années d'efforts pour les assimiler. Quant aux Français, ils leur faisaient peur. Mais on n'en parla pas. On épargna au soldat les exhortations et les mots creux qu'ailleurs maniaient si facilement les planqués, ceux qui n'avaient aucune idée de la manière dont se déroulait la guerre vue au ras du sol.

On lui parla de Blanche, grâce à qui les gens de Soultzeren recevaient enfin des nouvelles des combattants appartenant à leur famille. D'Anneliese et de son tragique destin, des gens qui habitaient chez elle. De Jeanne aussi. Comme il était fiancé à Blanche, une sacrée petite bonne femme, jolie comme un cœur avec son minois de chat, le nom de son amour impossible n'était plus tabou à leurs yeux.

Antoine écouta beaucoup, parla peu, avala trois verres et se leva.

— Je dois vous laisser. J'ai une longue route derrière moi.

On l'excusa aisément, l'encourageant à revenir le lendemain, une fois qu'il aurait pris du repos. Mais il n'avait pas envie de revenir. Il lui fallait voir Blanche, de toute urgence.

Il arriva à Wittelsheim en milieu d'après-midi. Il

pensait attendre là-bas l'heure où Blanche quittait son travail, et même se faire héberger chez ses futurs beaux-parents. Lydia Mosmann, le petit René dans les bras, l'accueillit avec un sourire contraint. Non qu'elle ne soit pas heureuse de le revoir, mais elle craignait la réaction de Lucien. Celui-ci, qui se terrait dans la chambre conjugale « pour se reposer » tant que l'enfant restait chez eux, tonna qu'il était fatigué. Il ne voulait voir personne. En réalité, il lui aurait été impossible de se réjouir qu'Antoine se tienne là, face à lui, alors que Roger était mort. Et pourtant, les deux hommes avaient été très proches avant la guerre.

Déçu, Antoine battit en retraite. Le sourire désolé de Lydia lui fit comprendre qu'en effet, il valait mieux partir. Et il se retrouva dans le froid de l'hiver. Il arpenta un moment les rues de la cité minière, aux maisons identiques plantées au milieu de leurs jardins enneigés, ne sachant comment tuer le temps. S'il n'avait pas laissé son paquetage à Voegtlinshoffen, peut-être serait-il reparti vers le front. Ici, il se sentait de trop. Mais il voulait voir Blanche, vérifier s'il manquait à quelqu'un en ce monde devenu fou.

Il regrettait le temps où il habitait chez les Reinhart. Au point où il en était, il pouvait se faire renvoyer de chez eux également. Ses pas prirent la direction du village de Wittelsheim, presque malgré lui. Le jeune homme haussa les épaules. Aller là ou ailleurs…

Le visage de Paul Reinhart s'éclaira en le voyant.

— Antoine ! Toi au moins tu en es revenu.

Comprenant que leur fils était tombé à la guerre, lui aussi, Antoine faillit marmonner quelques mots de compassion pour repartir aussitôt.

— Entre, Antoine. Je suis si content de te voir. Tu es

un peu notre fils à présent, puisque nous avons perdu le nôtre.

Incrédule, il pénétra dans l'agréable tiédeur de la maison et se retrouva assis devant un semblant de café bien sucré, un véritable luxe par les temps qui couraient. Paul ne cessait de lui répéter qu'il était chez lui, ici, et son épouse, une petite femme silencieuse, acquiesçait en le couvant d'un regard quasi maternel.

Les mots du soldat en permission se mirent à couler, exprimant toute la déception qui l'avait cueilli à son retour. Le sentiment d'être indésirable, de n'être à sa place nulle part. Les Reinhart le laissèrent vider l'amertume qui l'empoisonnait. Lorsqu'il se tut enfin, Paul consulta sa femme du regard, qui hocha la tête en signe d'assentiment.

— Installe-toi ici, mon garçon. Tu connais la chambre. Les affaires de notre fils sont restées dans l'armoire. Prends ce qu'il te faut.

Cet accueil le réconcilia avec la vie. L'émotion l'empêcha de trouver les mots pour exprimer sa reconnaissance.

— Ne te fatigue pas. Tu vas chercher Blanche à la sortie du bureau ? Tu sais…

Paul s'interrompit pour consulter encore son épouse, et un nouvel assentiment répondit à sa question silencieuse.

— Tu peux amener Blanche ici. La vie continue pour ceux qui restent. Tu nous feras plaisir. En toute sincérité.

En remontant du fond, Kurt Friedrich aperçut Pauline. Il lui fallut un moment pour la reconnaître. La klaubeuse n'était plus que l'ombre d'elle-même. Enveloppée dans ses vêtements noirs, elle offrait l'image de ce qu'elle était, une veuve de guerre, sans en avoir le statut. Elle lui inspira une telle pitié qu'il se détourna de son chemin pour aller la saluer.

La jeune femme, intimidée, osait à peine lui répondre.

— Si vous avez besoin de quelque chose, n'hésitez pas à nous le signaler par l'intermédiaire de Blanche. La mine peut vous venir en aide. Vous pouvez par exemple obtenir un logement gratuit.

— Merci beaucoup, monsieur Friedrich. Mais pour le moment, je préfère rester chez la grand-mère d'Ernest. Elle est si seule à présent.

Il remarqua soudain ses yeux brillant d'un éclat fébrile.

— Vous êtes malade, Pauline. Restez chez vous demain. Je le signalerai au service du personnel.

Elle poussa un soupir de soulagement ; elle se sentait à bout de forces.

— La grand-mère d'Ernest pourra vous soigner. Mais il vaudrait mieux que le petit ne demeure pas avec vous.

La grippe, cette maladie étrange, commençait à faire des ravages inattendus.

— René se trouve chez ses grands-parents depuis ce matin.

— Alors, qu'il y reste, Blanche transmettra le message. Quant à Mosmann, j'en fais mon affaire.

Pauline remercia. Kurt Friedrich la regarda s'éloigner, soucieux. Cette épidémie de grippe ne lui disait rien qui vaille, presque chaque maison comptait un malade à présent, qui succombait très souvent.

Soudain son regard s'arrêta sur une silhouette qui rejoignait la jeune femme en noir. Il en conçut un vif déplaisir. L'homme, curieusement vêtu, moitié civil moitié militaire, le salua de loin. Au moment où il allait embrasser Pauline sur les deux joues, Kurt Friedrich lui fit signe que non, il ne fallait pas. Après un instant de surprise, Antoine fit un pas en arrière. Le chef du fond avait raison. Inutile de contaminer Blanche.

— Blanche, qu'avons-nous de prévu d'ici la fin de la semaine ?

Elle énuméra quelques tâches qui n'offraient aucun caractère d'urgence.

Kurt Friedrich hésitait encore. La laisser filer le parfait amour avec Antoine Friess lui brisait le cœur. Non, c'était au-dessus de ses forces. Pour gagner du temps, s'octroyer encore quelques instants de réflexion, il parla de Pauline et lui demanda de signaler l'absence de la klaubeuse pour les jours à venir. Personne n'avait envie de voir la grippe se propager.

— Dites à votre père, de ma part, que l'enfant doit rester chez vous. S'il le faut, je lui ferai la leçon demain.

Un curieux silence s'installa. Non, Kurt Friedrich ne pourrait pas laisser le champ libre à son rival abhorré. Crevant de jalousie, il s'entendit pourtant articuler :

— J'ai aperçu quelqu'un, dehors. Quelqu'un qui vous attend avec impatience. Allez, Blanche, ne faites pas attendre Friess plus longtemps. Encore une chose, je ne veux pas vous voir ici avant lundi prochain. C'est bien compris ?

Le ton faussement bourru dissimulait, du moins il l'espérait, la douleur atroce qui le clouait sur place. Il vit les yeux gris-bleu briller d'un bonheur insoutenable. Elle lui sauta au cou. Un bref instant, il sentit le corps souple contre le sien et les lèvres si douces se poser sur sa joue.

— Merci, Kurt. Je ne l'oublierai jamais.

Il eut à peine le temps de réaliser qu'elle était déjà partie, le laissant seul avec le souvenir de sa chaleur, de son odeur fruitée. Et la tension douloureuse provoquée par ce contact trop bref qui le laissait sur une faim toujours restée inassouvie.

23

La grippe fit autant de ravages parmi les civils que la guerre chez les soldats.

Pauline, épuisée par les conditions d'existence difficiles, et manquant de points d'ancrage qui lui auraient donné l'envie de s'accrocher, mourut après quelques jours de maladie. René, qui se trouvait toujours chez ses grands-parents à ce moment-là, y resta définitivement. Quant à Lucien, placé devant le fait accompli, il se fit une raison. Son caractère ne s'améliora pas pour autant.

Blanche, qui avait été si proche de son père, n'en pouvait plus. Seul le souvenir des quelques jours passés avec Antoine chez les Reinhart, véritable lune de miel avant l'heure, lui donnait le courage de le supporter.

Kurt Friedrich repoussait depuis des jours et des jours la conversation inéluctable.

La situation intérieure du Reich était devenue désastreuse, avec des mouvements de grève de grande ampleur, notamment dans les usines de guerre. Tous les moyens étant affectés aux armées, la population souffrait de la faim, à tel point que les soldats, toujours bien nourris, avaient la possibilité de diminuer leurs propres rations au profit de leur famille. Le blocus mis en place par les Alliés rendait impossible l'approvisionnement venu d'autres pays, en admettant que ceux-ci acceptent de commercer avec le Reich.

Madame Zurcher se faisait pressante. Il fallait choisir son camp. Kurt Friedrich, personnellement, n'avait pas le choix. Il n'en allait pas de même pour Blanche. Son avenir était en jeu. Le samedi, enfin, il se résigna. S'il ne parlait pas ce soir, madame Zurcher retiendrait l'infirmière volontaire dans son hôpital le dimanche, avec ou sans bagages. Avec ou sans adieux.

La tension grandissante entre eux avait préparé la jeune fille au pire. Il se lança soudain.

— Blanche, le moment est venu.

La réponse fusa.

— Je ne veux pas vous quitter, Kurt.

— Nous allons perdre la guerre.

Ce que cela impliquait, elle le savait : le départ d'une partie des quelque quatre cent millc Allemands arrivés en Alsace depuis 1871.

— Je resterai avec vous jusqu'au dernier instant.

Il secoua la tête. Bien qu'il fût réconforté de la savoir prête au sacrifice, il ne pouvait l'accepter.

— Cet instant est déjà venu, Blanche. Tu dois t'en aller à présent. Si la guerre se termine à l'avantage du Reich, je pourrai rester. Et dans ce cas, tu sais bien que je te reprendrai avec moi. Tu n'as rien à perdre et tout à gagner.

— Mais je te perdrai, toi. Comment veux-tu que je me passe de toi ?

— C'est la question que je me pose chaque jour depuis que tu es devenue si chère à mon cœur.

L'imminence de la séparation fit tomber les barrières qu'ils avaient élevées entre eux depuis qu'ils savaient. Blanche se dirigea vers la porte du bureau pour donner un tour de clé. Elle ne voulait pas qu'on puisse interrompre leurs ultimes instants d'intimité. Puis elle vint vers lui.

— Prends-moi dans tes bras, implora-t-elle.

Il la serra contre lui avec emportement.

— Blanche, ma Blanche, je t'aime tant.

— Moi aussi, Kurt. Je ne sais pas comment on peut aimer deux hommes à la fois. Toi, c'est différent. Si fort, mais impossible.

Il lui vint à l'esprit que si Kurt avait été libre, elle ne serait pas tombée amoureuse d'Antoine. Peut-être qu'en réalité, l'homme qui lui était destiné, celui qui lui convenait le mieux, c'était lui, celui qui avait attendu, durant tant d'années, sans tenter le moindre geste.

— Alors nous serons vraiment séparés, Kurt ? gémit-elle.

— J'en ai peur, mon amour. Souviens-toi, tu as promis.

— Je ne savais pas que ce serait aussi difficile.

Ils étaient étroitement soudés. Les seins ronds de Blanche s'écrasaient contre le torse musclé. Elle ne put ignorer le désir qu'il avait d'elle. Elle aussi le désirait, comme la femme qu'elle était devenue, avec un autre. Elle lui tendit ses lèvres, qu'il prit avec douceur, tendresse, puis avec emportement, sans oser risquer une caresse.

— Je suis à toi, Kurt, souffla-t-elle. Prends-moi. Je veux faire l'amour avec toi, ne serait-ce qu'une fois. Je veux ce lien entre nous. Quoi qu'il arrive par la suite, nous le garderons enfoui dans nos mémoires. Jusqu'à la fin de notre vie.

Il cessa de lutter. Celle qu'il rejoignait en rêve chaque nuit réalisait ses souhaits les plus fous. D'ailleurs, n'était-il pas en train de rêver une fois de plus, dans la pénombre du bureau ? Etait-elle bien réelle, la femme à la peau si douce et aux mains légères, dont les gestes répondaient si exactement à son attente ? L'obscurité s'allongea sur la plaine, les enfermant dans des ombres propices. Haletante, Blanche se cambra pour mieux s'offrir et poussa un gémissement lorsqu'il la pénétra enfin.

Les événements se précipitèrent.

Le Reich voulait accorder aux Alsaciens le statut qu'ils avaient réclamé en vain. Après l'abdication du Kaiser Guillaume II, le nouveau chancelier, le prince Max de Bade, encouragea une campagne en faveur d'un autre statut de l'Alsace-Lorraine, l'autonomie, voire l'indépendance et la neutralité. Ultime recours pour empêcher l'annexion par la France.

Mais il était trop tard. En Alsace, la meilleure volonté du monde ne pourrait effacer les années de guerre, la détention préventive ou l'expulsion de ceux qui figuraient sur les listes noires, les libertés publiques – presse, réunions, associations – suspendues, la correspondance privée soumise à la censure, l'endoctrinement des enfants dans les écoles.

Les projets neutralistes s'effondrèrent avec la révolution de novembre 1918. L'armée du Reich se désagrégea. Les marins se mutinèrent dans les ports, arrachant leurs galons aux officiers. Des conseils de marins se mirent en place, relayés par des conseils de soldats et d'ouvriers. Les marins mutinés, dont plusieurs milliers d'Alsaciens d'origine ouvrière à présent démobilisés, quittèrent les ports de guerre, traversant l'Allemagne par trains entiers. A mesure que les Français avançaient en Alsace, ils prononcèrent la dissolution des conseils d'ouvriers et de soldats qu'ils trouvèrent sur place. Les socialistes repassèrent le Rhin. Toute action politique était devenue impossible.

On se hâta également de mettre à la porte les Allemands indésirables, en priorité les fonctionnaires détestés, avec femme et enfants. Ceux-ci ne purent emporter, sous les huées, les crachats et les jets de crottin de cheval, que quarante kilos de bagages et une somme d'argent limitée, le reste de leurs biens étant placé sous séquestre. On assista à quantité de scènes révoltantes, les populations surexcitées se vengeant sur les expulsés de toutes les injustices subies.

La délation, nourrie de jalousie et de revanche, prit le relais, frappant à tort et à travers.

Kurt Friedrich savait depuis longtemps qu'il devrait partir avec les siens. Les bagages contenant l'essentiel étaient prêts. Une valise pour lui, un sac à dos pour Thekla, des plus petits pour les enfants. Les sacs à dos qui servaient habituellement au pique-nique du dimanche, quand ils partaient en promenade sur les sentiers des Vosges si proches. Tant de dimanches ensoleillés à présent perdus à jamais. Tant de beaux souvenirs qui s'effaceraient de leurs mémoires. Le brouillard dissimulait à leurs yeux les hauteurs familières. Ils avançaient dans la morsure du froid, serrés les uns contre les autres.

Ce fut pire que dans un cauchemar. Une foule vociférante, haineuse. Quel crime avait-il donc commis ? Ne s'était-il pas toujours montré juste avec ses hommes ? Avançant dans la file des proscrits, Kurt Friedrich chercha des visages familiers. Parmi les plus acharnés des assaillants, il n'en reconnut aucun. D'où sortaient-ils, jaillis comme des diables de leur boîte, ceux qui leur voulaient à présent tant de mal ? Les seuls hommes qu'il identifia se tenaient en retrait, désolés, honteux des excès commis par les enragés qu'ils ne connaissaient pas, eux non plus. Beaucoup de mineurs étaient venus, finalement, ils se concertaient, se demandant comment venir en aide à leur ancien chef. Mais il n'y avait rien à faire. Les autres étaient trop nombreux.

Tout à coup, un bloc de potasse rouge vola, surgi d'on ne savait où. Il frappa l'ancien chef du fond à la tempe. Il eut un geste instinctif pour protéger sa fille, qu'il portait sur le bras gauche : la petite Amélie, née à Wittelsheim, filleule de madame Zurcher. L'enfant hurla sa peur en voyant le sang couler sur le visage de son père, sang qu'il ne pouvait même pas essuyer puisqu'il avait une valise dans l'autre main. La file des expulsés ne pouvait pas s'arrêter, ne serait-ce qu'un instant.

Puis Kurt aperçut le visage bouleversé de Lucien Mosmann. Celui-ci parut sur le point de foncer sur les tortionnaires qui harcelaient des femmes et des enfants. Kurt secoua la tête. C'était inutile. Quelques mineurs seraient impuissants face à une foule déchaînée. Il échangea avec son porion un regard d'adieu, chargé d'estime et même d'affection. Puis il articula un prénom, « Blanche ». Lucien comprit qu'il devait dire à sa fille que son ancien patron prenait congé d'elle au moment du départ. Une bousculade mit fin aux adieux.

Kurt fut heureux qu'elle ne le voie pas, que cette épreuve leur soit épargnée. Comme dernier souvenir, elle garderait leurs uniques gestes d'amour.

Les expulsés furent suivis d'émigrants, qui choisirent l'Allemagne, souvent parce que dans le couple l'un des deux était allemand, ou issu d'Allemand. Il se produisit un gigantesque mouvement de population ; les partants, forcés ou volontaires, devaient être remplacés par des Français, choisis parmi les plus nationalistes. A bien des égards, la Libération eut un goût amer.

A Voegtlinshoffen, Catherine vit revenir son mari. Horst Strauch ne pouvait rester. La jeune mariée, qui avait eu si peu de temps pour savourer leur vie de couple, était prête à le suivre à Heidelberg avec leur fille Odile. Dieu seul savait ce qui les attendait là-bas. Nul doute que les parents Strauch feraient grise mine à cette épouse. Qu'importe. Elle l'aimait, son soldat qui redeviendrait étudiant en droit, qu'il fût allemand ou non.

Les adieux furent déchirants. Heidelberg était à l'étranger désormais. La petite Odile grandirait loin de l'affection des siens, dans un pays vaincu aux multiples difficultés. Elle deviendrait une vraie petite Allemande. Quant à Catherine, quels obstacles trouverait-elle sur sa route ?

— Si ça ne va pas, reviens, sanglota son père. Tu auras toujours ta place auprès de nous.

Horst fit la grimace, si bien que Catherine se sentit obligée de répondre :

— Ma place est auprès de mon mari.

En réalité, une fois au pied du mur, aucune certitude ne venait conforter son choix. Mais il était trop tard pour changer d'avis.

L'école de Voegtlinshoffen devait rouvrir ses portes. L'instituteur allemand étant parti, un lieutenant français avait proposé de le remplacer. Il n'était pas enseignant, mais peu importe, sa bonne volonté lui tiendrait lieu d'expérience. Désormais, seul le français avait cours dans les salles de classe. Du jour au lendemain.

Ils étaient tous réunis, les enfants du village, garçons et filles. Le lieutenant se présenta, expliqua qu'il était heureux de rendre service à l'Alsace qu'il avait contribué à libérer, l'Alsace restée fidèle à son ancienne patrie.

Un silence religieux accueillit ces paroles, et le lieutenant se félicita d'avoir su trouver le ton qu'il fallait pour se faire respecter des petits villageois. De temps en temps, il jetait un coup d'œil au maire, assis au dernier rang, l'air de dire : « Vous voyez que tout se passe à merveille. »

L'instituteur de fortune chercha quelle question il pourrait bien poser à ses élèves modèles.

— Qui peut me dire quelque chose concernant la France ?

Un doigt finit par se lever. Il appartenait à un gamin aux joues rouges, l'un des petits frères d'Antoine Friess.

— Oui ? l'encouragea-t-il, soulagé.

— Vive la France !

Toute la classe reprit en chœur ce cri de patriotisme.

— Bien, approuva le lieutenant. Comment t'appelles-tu ?

Le jeune Friess, qui s'était levé, se rassit sans répondre. L'instituteur insista, il voulait connaître le nom d'au moins un élève. Le gamin, voyant que l'enseignant lui accordait encore la parole, se leva d'un bond et lança d'une voix vibrante :

— Moi, Français !

Les autres l'imitèrent. Il y eut un tohu-bohu qui prit le malheureux lieutenant de court. Quoi qu'il dise, on en revenait aux deux seules phrases figurant au répertoire des petits villageois. Le maire s'éclipsa, laissant le pauvre militaire débordé par la situation. Visiblement, il aurait préféré retourner sur le champ de bataille. Au moins, là-bas, il savait ce qu'il avait à faire. Quelques minutes plus tard, le maire revenait, accompagné d'un jeune homme que les gamins accueillirent avec des exclamations de joie.

— Ça suffit, maintenant, lança sévèrement Théo Kleitz en alsacien. Vous n'avez pas honte de mettre le lieutenant français dans l'embarras ? Il voulait juste vous rendre service.

Le calme se fit instantanément.

— Vas-y, Théo, l'encouragea le maire en français.

Théo s'avança, demandant au lieutenant, dans la même langue, d'excuser les petits villageois qui n'avaient jamais eu l'occasion d'apprendre autre chose que les expressions patriotiques auxquelles il avait eu droit.

— Si vous le permettez, je vais commencer l'apprentissage en traduisant au fur et à mesure.

Au bout de quelques minutes, les gamins avaient appris « Je m'appelle… », « J'ai… ans », « J'habite à Voegtlinshoffen », phrases écrites à la craie sur le tableau, et étaient capables de répondre sans faute à la question correspondante.

Le lieutenant, ulcéré, prit place à côté du maire pour assister à la suite de la leçon. Il fut bien obligé d'admettre que Théo Kleitz pratiquait un français correct, quoique avec un accent dialectal prononcé. Lorsque le jeune homme constata que l'attention de ses élèves commençait à faiblir, après un travail studieux de presque une heure, il décida qu'il fallait leur accorder une récréation.

— Et maintenant, nous allons remercier le lieutenant et la France, annonça-t-il en alsacien.

Il écrivit deux phrases supplémentaires au tableau, couvert d'inscriptions déjà recopiées dans les cahiers : « Merci à la France » et « Merci, monsieur le lieutenant ». Le crayon à la main, les élèves s'appliquèrent.

Lorsqu'il entendit toute la classe déclamer avec conviction ces paroles qui apaisaient son amour-propre meurtri, le lieutenant français se leva pour prendre congé. Dès qu'il eut franchi le seuil, les galopins se mirent à chahuter.

— Oh ! vous vous croyez où ? tonna Théo.

Chacun reprit sa place, sage comme une image.

— Bien. Pour demain, vous apprendrez les phrases écrites sur vos cahiers. Chacun d'entre vous sera interrogé. Demandez à vos parents de vous faire réciter.

Le maire approuva. C'était faire d'une pierre deux coups ; peu de parents se rendraient aux cours pour adultes qu'on envisageait de mettre sur pied.

— Théo, déclara le maire, c'est toi qu'il nous faut comme instituteur. On trouvera bien moyen de te faire passer les examens nécessaires.

La Libération fut sans doute difficile à bien des égards, mais elle fit au moins un heureux.

24

Dès la fin de la guerre, Fernand Vogt revint de son lieu de détention en Allemagne et reprit sa place à la tête de Kali Sainte-Thérèse ou KST, la société des mines de potasse à capitaux alsaciens et français.

Les onze *Gewerkschaften* – dont Amélie – contrôlées par des groupes allemands furent placées sous séquestre. La liquidation des biens se ferait en application du futur traité signé entre les Alliés et les vaincus. On apprit que l'Etat français se porterait acquéreur des mines sous séquestre, qui devenaient les Mines domaniales de potasse d'Alsace ou MDPA. La direction générale, installée près de la mine Amélie, quitta Wittelsheim pour s'installer à Mulhouse. Après réorganisation, les MDPA furent divisées en quatre groupes, ayant chacun à sa tête un directeur français, tous subordonnés à Pierre de Retz, un industriel avisé, nommé administrateur-séquestre et directeur technique.

Il y avait beaucoup à faire dans le bassin potassique pour assécher et sécuriser les puits noyés, réparer et moderniser les installations techniques, redémarrer là où l'exploitation s'était arrêtée. Au fond des mines, on voulait expérimenter de nouvelles techniques d'abattage. Au jour, on envisageait de mettre en service, sur le carreau de la mine Amélie, la première fabrique de traitement thermique de la potasse, qui permettrait de produire du chlorure de potassium à une teneur de cinquante pour cent, alors que jusque-là on s'était contenté de trier et concasser le sel avant de le vendre.

Non seulement la France avait besoin d'engrais pour son agriculture nationale, mais il fallait surproduire : le marché mondial s'ouvrait à la première potasse française, surtout le marché américain. A présent, la potasse d'Alsace entrerait en concurrence avec celle produite outre-Rhin. Les Allemands ne seraient plus les maîtres du marché.

Dès que possible, Blanche Mosmann revint à Wittelsheim. Chaudement recommandée, elle releva de la direction d'Amélie, dont le deuxième puits n'avait pas encore été rouvert. Comme elle connaissait parfaitement l'administration et l'exploitation des mines telle qu'elle avait été conduite à l'époque allemande, ainsi que les mineurs qui y travaillaient, on avait jugé que son expérience pouvait se révéler utile. Elle sut vite prouver ses capacités.

Ce retour excitant l'empêchait en outre de trop s'appesantir sur le passé. Une nouvelle page se tournait dans le livre de sa vie, où s'inscrirait son avenir avec Antoine. Ils n'avaient que trop attendu. Si la guerre n'avait pas éclaté, ils auraient été mariés depuis plus de quatre ans.

Mais Antoine tardait à rentrer.

Blanche s'empressait d'interroger les anciens soldats qui venaient se réinscrire à la mine. Ils étaient rentrés un à un, crasseux, couverts de poux, les pieds en sang dans les chaussures en lambeaux qui les avaient portés pas à pas, parfois durant des centaines de kilomètres.

La logistique allemande, qui avait fonctionné avec une précision d'horlogerie suisse tout au long de la guerre, s'était enrayée le jour de l'armistice. Aux abords de l'ancien front, les voies ferrées ne parvenaient plus à absorber le trafic ferroviaire. Des centaines de trains à l'arrêt bloquaient les lignes, qu'ils soient chargés de matériel militaire ou de blessés graves.

La voix pleine d'inquiétude, Blanche demanda une fois de plus à un ancien soldat ce qu'il en pensait, d'autant qu'il s'était battu dans le nord de la France, comme celui qu'elle attendait avec une impatience fébrile. Personne ne pourrait l'assurer que l'artilleur Antoine Friess était toujours en vie, mais compte tenu des circonstances, un retard de quelques semaines n'avait rien d'anormal à ses yeux.

— Vous êtes rentré à pied ?

L'ancien soldat décrivit les routes de Belgique encombrées par les convois, les milliers de soldats qui marchaient inlassablement, le cantonnement chez l'habitant. Les gens offraient jusqu'à leur lit aux soldats vaincus, ils préféraient passer la nuit assis sur une chaise dans la cuisine, craignant sans doute que les Allemands ne leur prennent le peu qu'ils possédaient encore. Beaucoup de civils n'osaient pas s'endormir tant que restaient dans leur maison ceux qu'on avait dépeints sous les traits de monstres assoiffés de sang, violant les femmes et dévorant les enfants.

Comme Blanche le pressait de raconter encore, sachant qu'Antoine ne lui dirait rien, le mineur narra son retour en Allemagne.

— Je n'oublierai jamais l'accueil des populations lorsque nous sommes arrivés dans le premier village allemand. Toutes les maisons étaient décorées de guirlandes en l'honneur des soldats qui rentraient du front. Nous avons été reçus en musique dans une sorte de hangar, à côté d'une usine. On nous avait préparé un repas de fête, bien misérable : il n'y avait pas grand-chose à manger. Il était servi par des jeunes filles. Quel plaisir de voir des visages souriants et amicaux, après la suspicion et la peur que nous inspirions à l'étranger ! Il y avait cependant une chose étrange. Toutes les jeunes filles portaient un foulard sur la tête, noué d'une manière assez seyante, sans doute, il n'empêche que nous aurions préféré voir des nattes, des chignons, des boucles, quelque chose de plus séduisant. Puis nous avons remarqué leur teint, jaune comme un coing.

Bouche bée, Blanche cherchait à comprendre.

— Que leur était-il arrivé ?

— Nous étions dans une usine qui avait fourni l'armée en munitions. Elles avaient fabriqué les saletés d'obus empoisonnés que nous étions obligés d'envoyer en face. Elles avaient toutes perdu leurs cheveux.

Blanche ne remarqua pas tout de suite que le jeune homme avait terminé son récit en jetant des regards derrière elle, d'abord au loin, puis de plus en plus près.

— Bon, il faut que j'y aille, annonça-t-il avec un petit sourire incongru, si l'on prenait en compte la gravité de la conversation.

— Mais, attendez…

Elle pivota et se retrouva emprisonnée entre des bras qui la serrèrent à l'étouffer, tandis qu'une bouche avide cherchait la sienne.

Antoine s'était juré de ne jamais retourner à la mine. La situation qu'il trouva à Voegtlinshoffen lui arracha des cris de rage et même de désespoir. Il s'attendait à trouver la vigne dans un état déplorable, tout serait à refaire. Mais il ne pensait pas que le mariage de Catherine avec un Allemand leur causerait autant de soucis. Impossible de travailler avec ces Français qui les traitaient en ennemis.

Les pires étaient ceux dont les parents, en 1871, avaient opté pour la France et quitté l'Alsace. Que savaient-ils, les « revenants », de ce qu'avaient vécu ceux qui étaient restés au pays ? Ces roquets arrogants, qui se disaient fidèles à l'Alsace, n'y avaient jamais mis les pieds. Ils étaient nés dans de lointaines provinces, dans la France de l'Intérieur. La plupart d'entre eux ne parlaient même pas leur langue. C'était ça, la fidélité à l'Alsace, les brimades dont ils accablaient leurs anciens compatriotes ? C'était à devenir fou.

Son père, la mort dans l'âme, s'était inscrit à la mine Théodore. Antoine ne pouvait faire autrement que de retourner à Amélie.

Le vendredi 14 mars 1919, à six heures quinze du matin, un magasinier ouvrit un fût de cheddite – un explosif à base de chlorate de potassium et de nitrotoluène – au dépôt, dans le fond de la mine Fernand. Désormais, l'abattage de la potasse se faisait à l'explosif. Le baril prit feu. Les mineurs s'enfuirent aussitôt. Ceux qui se dirigèrent vers le puits est en sortirent indemnes. Au puits ouest, en revanche, la cage ne put effectuer que quatre remontées. Vers six heures vingt-cinq, une terrible déflagration annonça l'explosion du dépôt principal, contenant des détonateurs.

Parmi les victimes, Edouard, un tout jeune homme. En 1915, à l'âge de dix-sept ans, il avait été mobilisé pour se battre au front. Après la guerre, Edouard était descendu au fond de la mine, accompagné de son père.

Ce jour-là, tous deux étaient du poste du matin. Vers onze heures, ses camarades remontèrent le jeune homme par l'échelle du puits. Il était l'unique survivant du quartier. Il mourut quelques heures plus tard à l'hôpital de Mulhouse. L'explosion avait fait treize morts.

Ce tragique accident secoua le bassin minier tout entier. Il aurait pu être évité. Désormais, on veillerait à stocker les explosifs et les détonateurs dans des locaux différents, mais pour les familles des victimes, et pour Edouard, le mal était fait.

Antoine faillit claquer la porte, quitter la mine à tout jamais, abandonner les Reinhart qui le logeaient à nouveau, en attendant que Blanche obtienne la maison d'employé qu'elle avait sollicitée pour eux dans la cité Amélie.

Il n'eut pas le temps de s'organiser autrement.

Le 25 mars 1919, à la mine Théodore, une cassure produite le long du front de taille, accompagnée d'un décollement des schistes du toit et d'un éboulement, provoqués par le sautage à l'explosif d'un pilier, produisit un important dégagement de grisou. Le redoutable gaz, formé de méthane et de gaz carbonique, sortit en abondance des schistes et s'enflamma sur les lampes à carbure – des lampes à feu nu dont l'emploi était réglementaire – que portaient les mineurs travaillant à la tête de la descenderie qui desservait le chantier d'abattage. Les flammes progressèrent ensuite jusqu'à la taille, produisant une flambée encore plus forte que la première. Le mélange de grisou et d'air brûla quinze mineurs, dont onze succombèrent.

Le père d'Antoine faisait partie des victimes. Il revint à Blanche la lourde tâche d'annoncer ce deuil à son fiancé.

Antoine, le regard noir et les mâchoires crispées, ne prononça plus le moindre mot.

Blanche lui obtint un congé, ainsi qu'à elle-même, afin d'assister à l'inhumation. Tout Voegtlinshoffen était réuni, avec une délégation des Mines, ainsi que des gens venus de tous les villages alentour.

Antoine ne voyait rien ni personne. Il ne pensait qu'à cette horreur, suivant celle du front, et à laquelle il ne pourrait jamais échapper.

Blanche, tout en étant elle-même très secouée par ce malheur, suivant de près un autre accident tout aussi horrible, n'en vit pas moins les participants. Elle remarqua Jeanne, l'ancienne amoureuse d'Antoine. Elle ne le quittait pas des yeux. Dans le regard de cette rivale du passé, elle ne lisait pas la compassion ou le chagrin, mais autre chose. Un sentiment beaucoup plus violent, plus avide. La jeune fille fut effrayée. Jeanne n'avait pas voulu d'Antoine autrefois, lui préférant un homme riche. Ah ! non, elle n'allait pas l'aimer d'amour maintenant ! Elle avait choisi, et lui aussi.

Jeanne, bouleversée par la brutale révélation de la passion, finit par remarquer le regard assassin de Blanche. Elles se défièrent par-dessus le cercueil du vigneron, dont la misère avait fait un mineur qu'on s'apprêtait à mettre en terre.

Bourrelée de désir et de regrets, Jeanne céda la première, retenant avec peine les sanglots qui nouaient sa gorge. Il était trop tard à présent. Les épines de la jalousie la hérissèrent. La douleur et la frustration explosèrent en elle, torturant ses entrailles. Elle comprit que le chagrin, désormais, tournerait en rond tel un animal en cage, ne lui laissant plus jamais de repos.

Une autre femme, en retrait, dévisageait Antoine. Sa décision était prise.

A la fin de l'inhumation, elle laissa passer la foule, attendant le moment propice. Blanche remerciait la délégation des Mines, la famille tournait le dos. Alors la femme s'approcha d'Antoine.

— Passe me voir quand tu auras un moment, souffla-t-elle. J'ai une proposition à te faire. N'en parle à personne.

Elle partit avant qu'il ait eu le temps de dire le moindre mot.

Blanche dut repartir à Wittelsheim le soir même. Une fois qu'elle eut disparu aux yeux d'Antoine sur sa bicyclette, il se souvint des paroles étranges chuchotées au cimetière. Avait-il bien entendu ? En tout cas, elle voulait lui parler. Haussant les épaules, il remonta le village. Au moins il échapperait pour un moment au chagrin familial.

Anneliese l'attendait.

— As-tu dîné ? Je peux te faire préparer quelque chose.

Apparemment, elle et les enfants venaient de quitter la table. Un garçon de cinq ans environ, deux autres plus âgés.

— Voici mon fils Augustin, présenta Anneliese. Ceux-ci, fit-elle en désignant les adolescents, sont arrivés presque en même temps dans ma famille, Emile et Roland. Je les ai adoptés.

Antoine s'étonna qu'elle lui fournisse autant de détails, tout en se disant que le plus vieux des gamins avait de justesse échappé à la guerre. Il se souvint de l'offre et la déclina.

— Merci, je n'ai pas faim.

— Il est temps d'aller te coucher, Augustin. Tu t'en charges, Roland ?

Anneliese conduisit son visiteur dans la cave où

s'alignaient les énormes fûts de chêne aux verrous sculptés. Sur une petite table recouverte d'une nappe à carreaux rouges et blancs attendaient deux verres avec un pichet de grès, ainsi qu'une assiette sur laquelle s'empilaient des petits sablés traditionnels découpés à l'emporte-pièce. Elle lui désigna une chaise alsacienne au dossier en forme de cœur.

— Ici nous serons tranquilles pour parler, expliqua-t-elle en versant du vin doré dans un verre qu'elle glissa vers lui. Mange en même temps. Dans un estomac vide, l'effet risque d'être désastreux.

Elle avait tout préparé. Cela excita la curiosité d'Antoine.

— Que voulais-tu me dire ? Tu as parlé d'une proposition, il me semble. Tu as besoin d'un employé ?

— J'ai besoin d'un mari.

Il s'étrangla avec le sablé qu'il avait pris machinalement.

— Tu peux répéter ?

— Je te propose de m'épouser.

Il lui fallut un moment pour comprendre qu'elle parlait sérieusement.

— Pourquoi moi ?

— Tu aimeras Jeanne toute ta vie, même si tu étais sur le point de te marier avec Blanche, que j'estime beaucoup d'ailleurs. Tu sais qu'elle a rendu service à ma famille de Soultzeren ? Ma seule famille, avec les garçons. Et moi, je ne peux pas aimer un autre homme que mon mari décédé, Augustin. Comme ça, il n'y aura pas de malentendu.

Il hocha la tête, regardant sans le voir le contenu de son verre.

— Un arrangement, conclut-il.

— Beaucoup de mariages sont conclus ainsi. Les

règles sont connues et acceptées par les deux parties. Personne ne sera volé dans l'histoire.

— Un mariage blanc, sans doute. Pourquoi ne pas me prendre comme régisseur ? Je déteste la mine. Elle me rappelle trop les horreurs des tranchées.

Ce qu'il n'avait pas réussi à dire à Blanche était sorti tout seul. Il en fut le premier surpris. Anneliese hocha la tête, elle comprenait.

— Je préfère un vrai mari. Je ne veux pas rester seule jusqu'à la fin de mes jours. Pour moi, tu es en quelque sorte le meilleur choix. Sans doute aurons-nous des enfants ensemble. Je dois t'avertir que l'essentiel reviendra à Augustin. Nos vins porteront d'ailleurs le nom de son père. Ce n'est que justice. Mes deux fils adoptés auront eux aussi leur part. J'ai suffisamment confiance en ton savoir-faire et ton talent pour développer l'affaire. Nos futurs enfants ne seront pas lésés. Je ne te cacherai pas que j'aimerais une réponse rapide. Il y a beaucoup à faire pour remettre le vignoble en état, arracher les pieds hybrides qui nous ont permis de survivre ces dernières années, planter des cépages nobles. Contrairement à beaucoup d'autres, nous ne manquerons pas de main-d'œuvre. Je n'ai jamais été à court de bras. Les gens de la vallée de Munster, en particulier ceux de la Petite Vallée, viendront nous aider chaque fois que nous aurons besoin d'eux.

Antoine avala une gorgée du vin d'Anneliese, bien supérieur à ce qu'il avait goûté dans la région. Il eut une mimique éloquente, trahissant à la fois sa surprise et son admiration.

— Alors, Antoine ? Tu acceptes de m'épouser ? En bons partenaires, nous discuterons de tout. Mais comme je te connais bien, je sais déjà que tu prendras les bonnes décisions : tu aimes la vigne et le vin.

Soudain, il réalisa ce que cela impliquait. Dire à Blanche qu'il mettait un terme à leurs projets. Blanche qui l'avait soutenu et aimé tout au long de la guerre. Elle ne méritait pas un pareil traitement.

— J'allais me marier.

— Je sais, rétorqua-t-elle. C'est pourquoi je me dépêche de faire ma demande. Je ne t'en voudrai pas si tu refuses.

Retourner à la mine alors que, durant quelques minutes magiques, il s'était vu patron d'un vignoble important ? Non, il ne pouvait renoncer à ce rêve.

— J'accepte, fit-il sans en être totalement convaincu.

— Tu es sûr de toi ? s'enquit-elle en le regardant droit dans les yeux.

Il s'accorda un ultime moment de réflexion.

— Oui, annonça-t-il d'une voix ferme. J'accepte ta demande en mariage. Tu peux compter sur moi.

— Encore un détail : je n'aimerais pas être trompée.

Elle pensait moins à Blanche, qu'il ne verrait plus, qu'à Jeanne, habitant la commune voisine.

— Tu seras amené à rencontrer la grand-mère d'Augustin, qui est gouvernante chez les Sibold. A l'occasion, tu verras Jeanne et ton fils.

— Ah ! tu sais ?

— Ça saute aux yeux. Je m'arrangerai pour qu'il ait l'occasion de te connaître, bien entendu sans qu'il sache quels sont vos liens de parenté.

Il lui en fut reconnaissant. Puis tous deux évoquèrent mentalement ce qui s'était passé des années plus tôt, à l'époque de leur jeunesse insouciante et de leurs folles illusions. Mais le moment était venu de regarder vers l'avenir.

— Nous sommes d'accord ?

— Oui.

— Alors, j'ai encore quelque chose à te montrer.

Elle lui tendit une masse et lui demanda de défoncer le mur de brique, au fond de la cave. L'ancien mineur n'eut aucun mal à ouvrir une brèche dans la cloison. Lorsque le trou fut assez grand pour leur laisser le passage, elle prit une lampe qu'elle alluma avant de la lever bien haut au moment d'enjamber les gravats.

Les yeux ébahis d'Antoine découvrirent des milliers de bouteilles inclinées sur des rayonnages. Des bouteilles qui avaient une forme inhabituelle pour la région.

— Voici mon trésor de guerre, annonça Anneliese. Du vin d'Alsace méthode champenoise.

25

La trahison d'Antoine blessa cruellement Blanche. Les serments, les projets, les lettres enflammées tout au long de la guerre, les jours et les nuits d'amour, acompte sur leur future existence de couple, tous ces espoirs et ces certitudes s'écroulaient en un instant, à cause d'un minable mariage d'intérêt. Finalement, il ne valait pas mieux que son ancienne amoureuse, la Jeanne vendue à un vieux mais riche vigneron.

Bien entendu, tout au fond d'elle-même, elle savait qu'Antoine était motivé par d'autres mobiles, la haine que la mine lui inspirait, poussée à son paroxysme par les scènes horribles vécues durant la guerre et que le ventre de la terre lui rappellerait toujours, mais aussi par l'accident de son père, brûlé à mort dans une galerie, prisonnier dans son trou. Il avait tenté de lui expliquer tout cela. Elle savait également qu'il adorait la vigne. Mais pour parvenir à surmonter le traumatisme de l'abandon, il lui fallait le haïr, le mépriser, afin d'oublier qu'elle l'avait tant aimé.

Tout le monde savait et lui lançait des regards de commisération. On l'appréciait, Blanche, sur le carreau de la mine. Derrière son dos, on critiquait le déserteur, tout en regrettant, sans doute, de ne pas avoir pu en faire autant.

Chez les Mosmann, il n'y eut pas de commentaires. Apprenant la nouvelle de la rupture, Lucien était sorti de la pièce en claquant la porte. Il n'oubliait pas que c'était lui qui avait amené Antoine chez eux. Pour lui, il était comme un fils. Comme Roger, qu'il avait perdu. Doublement meurtri, il ne pouvait cependant pas devenir encore plus odieux et injuste, avec les siens et au travail, les limites acceptables pour autrui étant dépassées depuis longtemps.

Blanche raya Antoine de sa vie et se concentra sur le souvenir de Kurt. Jamais son ancien patron ne lui aurait causé la moindre peine. Il n'avait pas choisi de partir. C'est le destin qui les avait séparés. Elle enjolivait leur amour, imaginait qu'ils auraient fini par vivre ensemble d'autres moments aussi forts que leurs adieux, et ne s'embarrassait même plus de vraisemblance. Chaque fois qu'elle fermait les yeux, elle le trouvait derrière ses paupières closes et se voyait dans ses bras, avec mille variantes.

Cette douce illusion élevait autour d'elle une barrière qui l'amenait à ignorer les tentatives masculines, certaines discrètes, d'autres beaucoup plus directes. Cette jeune femme évoluant dans un univers essentiellement masculin ne manquait pas d'attirer l'attention.

Blanche ne supportait plus la maison familiale, toujours bruyante. Elle voulait vivre dans le calme, se retrancher du monde, trouver un refuge protecteur dans un logement qui ne serait qu'à elle. Elle fit une demande pour une maison de la mine, suivant le conseil de Kurt : il fallait prendre date. Comme elle s'y attendait, on lui répondit que des familles étaient sur les rangs ; on leur accorderait la préférence. Elle pouvait cependant obtenir un logement de célibataire, qu'elle accepta. Elle y emménagea avec un vif soulagement.

D'humeur toujours égale, contrairement à son père dont les colères étaient devenues légendaires, Blanche se consacra encore davantage à son travail. Voyant qu'elle savait résoudre tous les problèmes, monsieur Bucherer, directeur de la mine Amélie, lui attribua un bureau à côté du sien et lui confia les dossiers épineux.

— Mademoiselle Mosmann, lors de la prochaine réunion à la direction générale de Mulhouse, nous allons entre autres discuter du manque de main-d'œuvre et du moyen d'y remédier. Vous qui connaissez bien les mineurs, auriez-vous une idée ?

Oui, elle en avait une. Elle l'exposa dans les grandes lignes et fut chargée de creuser le projet. L'ingénieur Blaise Lecaroux, un Parisien arrivé récemment, proposerait, lors de la même réunion, de nouvelles méthodes d'exploitation dans les galeries.

Blanche s'informa, passa beaucoup de temps au téléphone, reçut de nombreux documents par la poste, constitua un épais dossier, rédigea une synthèse qu'elle tapa elle-même à la machine, et en fit un résumé qui servirait de plan à son exposé.

Monsieur Pierre de Retz, administrateur et directeur technique des mines sous séquestre, présidait la réunion, à laquelle avaient été conviés les différents directeurs, accompagnés chacun d'un ou deux collaborateurs. Tous des hommes. Il n'y avait que deux femmes dans la salle : mademoiselle Mosmann, tenue stricte et chignon doré serré sur la nuque, et une secrétaire d'un certain âge se contentant de prendre des notes afin d'en rédiger plus tard le compte rendu.

On dévisageait Blanche avec une intense curiosité teintée d'ironie. Monsieur Pierre de Retz, lui, vint la saluer en ayant l'air de savoir qui elle était, mais il agit de même avec tous les autres participants.

Il commença par résumer la situation des Mines de potasse alsaciennes. Tout naturellement, on en vint au premier point à l'ordre du jour, à savoir la remise en état des différents puits. La proximité des combats avait eu pour conséquence de les placer sous le feu des canons français. Les destructions avaient surtout frappé la mine Rodolphe, transformée par les Allemands en dépôt de munitions. Un bombardement avait détruit l'essentiel des installations de surface. Dans les puits en cours de fonçage au début de la guerre, noyés suite à l'arrêt des travaux, on progressait normalement.

Il fut ensuite question des accidents dramatiques qui avaient endeuillé le bassin potassique. On résolut de stocker les explosifs et les détonateurs dans des lieux éloignés les uns des autres. On ne pouvait plus tolérer à l'avenir une telle négligence. Quant aux lampes à acétylène, elles seraient remplacées par des lampes électriques. Concernant le déclenchement des tirs de mine, la suppression des lampes à feu nu entraînerait la mise en place de dispositifs électriques.

Puis l'ingénieur exposa la nouvelle méthode d'exploitation qu'il avait commencé à mettre en application à la mine Amélie. Jusqu'à présent, on traçait des galeries parallèles séparées par des stots, volumes de minerai laissés en place pour protéger les installations. Ces piliers restants étaient abandonnés. La pression des terrains, qui les écrasait, occasionnait souvent des éboulements graves avec dégagement de gaz. De plus, la perte de minerai était importante. Pour améliorer le rendement et la sécurité, l'ingénieur Lecaroux proposait de tracer des chantiers chassants entre les galeries, qui seraient remblayés.

On évoqua ensuite les conséquences de la grève générale qui avait paralysé les Mines de potasse pendant un mois et demi. Des regards coulèrent en direction de mademoiselle Mosmann, qui resta imperturbable. Tout le monde savait quel rôle avait joué son frère, Albert Mosmann, aux côtés du délégué syndical Joseph Noll. Celui-ci, un artisan mécanicien, prétendait imposer des revendications salariales, si bien qu'il avait été licencié par la direction. Personne ne s'attendait à une grève aussi dure.

A présent, des accords salariaux signés par les syndicats, par Pierre de Retz, directeur technique des MDPA, et par Fernand Vogt, directeur de KST, définissaient pour l'ensemble du bassin potassique alsacien les salaires par poste de travail : haveur du fond, ouvrier de production du fond, artisan d'entretien du fond, artisan du jour, ouvrier de fabrique âgé de plus de vingt ans, ouvrier de fabrique de plus de quatorze ans. Par ailleurs, tout ouvrier participant au fonçage d'un puits aurait désormais droit à une prime, et tous les ouvriers toucheraient une prime par enfant à charge.

Au sein de la famille Mosmann, les relations avaient été tendues tout au long de la grève. Albert accusait sa sœur de se ranger du côté des patrons, trahissant son milieu d'origine. Si bien que la jeune fille avait pris encore davantage de recul par rapport aux siens. Plus seule que jamais, elle ne voulait même plus tenter de se justifier. Albert se comportait désormais en syndicaliste pur et dur. Même s'il n'avait pas tort sur le fond, elle ne se sentait plus le courage de discuter avec lui. Ni avec qui que ce soit, d'ailleurs.

Son attention fut ramenée à la réunion lorsqu'il fut

question de l'Ecole des maîtres mineurs de Mulhouse. Les élèves porions-mineurs y suivraient une formation de deux ans, résolvant ainsi, à terme, les problèmes d'encadrement. Kurt Friedrich en avait rêvé, les Français l'avaient fait. Un bref instant, Blanche en eut un pincement au cœur, mais elle n'eut guère le temps de céder à la nostalgie.

D'après l'ordre du jour qui avait été adressé à tous les participants quelque temps avant la réunion, les problèmes de main-d'œuvre seraient examinés en dernier.

— A vous, mademoiselle Mosmann, déclara monsieur de Retz.

Blanche voulut ignorer les regards ironiques. D'une voix qu'elle espéra ferme, elle rappela que certains mineurs locaux, agriculteurs ou vignerons à mi-temps, désertaient dès que leur propre exploitation manquait de bras. De plus, beaucoup de mineurs, des Allemands venus de Saxe ou d'ailleurs, étaient repartis dans leur région d'origine ; des hommes avaient également choisi d'émigrer vers l'Allemagne. Beaucoup d'Alsaciens n'étaient pas revenus de la guerre, d'autres étaient rentrés du front infirmes ou malades. Pour pallier le déficit en main-d'œuvre, on pouvait recourir à des mineurs étrangers.

— Les directives officielles sont de faire appel à des travailleurs européens, originaires des pays ayant combattu aux côtés de la France ou ayant témoigné une neutralité bienveillante, annonça Blanche. En premier lieu, des Italiens ou des Polonais. Nous en avons déjà eu quelques-uns dans le bassin potassique. Je propose en priorité les Polonais, pour les raisons suivantes.

Blanche expliqua que la Pologne présentait une surpopulation et souffrait d'un chômage aggravé par l'inflation. L'immigration des Polonais, facile parce que déjà organisée, était régie par une convention franco-polonaise basée sur trois grands principes. La Pologne devait faciliter le recrutement de la main-d'œuvre sur son territoire, la France devait assurer aux Polonais un traitement équivalent à celui des nationaux, enfin elle devait assurer la protection des travailleurs immigrés. Concrètement, l'Office d'émigration polonais recevait les demandes par voie diplomatique et organisait le recrutement en Pologne. La sélection sur place était triple : médicale, professionnelle et judiciaire.

— Je vous rappelle la lutte engagée chez nous contre les épidémies et surtout la tuberculose. Or, dans les pays d'émigration, la Pologne entre autres, l'état sanitaire des populations laisse à désirer. Après sélection, on nous enverra des volontaires en bonne santé, vaccinés et correctement vêtus.

Plus personne n'avait envie de sourire autour de la table. Mademoiselle Mosmann avait étudié la question à fond. Elle n'avait pas négligé les dispositions pratiques. Les Polonais viendraient en train, dans des wagons de voyageurs. Ils seraient regroupés et arriveraient par convois. Au départ, chacun recevrait un carnet de bons, qu'il pourrait échanger contre des repas au cours du voyage. Le nom des gares où on leur servirait à manger serait inscrit sur le carnet. Les émigrants arriveraient tous à Toul, où ils seraient à nouveau soumis à un triple contrôle. Ensuite, ceux qui seraient embauchés par les Mines de potasse d'Alsace prendraient le train pour Mulhouse.

— Nous serons sur le quai pour les accueillir. Je propose qu'une personne parlant le polonais nous accompagne. J'en connais. Les premiers arrivants seront des célibataires que nous logerons dans des foyers. Plus tard, quand nous aurons des maisons à leur proposer, viendront des familles. Pour une bonne adaptation, qui nous sera bénéfique, nous devrons faciliter leur vie associative. N'oublions pas la pratique de la religion dans leur langue.

Blanche gardait à l'esprit le désarroi des habitants de Soultzeren, luthériens germanophones, évacués vers un pays catholique où l'on ne parlait que le français.

— En agissant ainsi, nous les empêcherons de s'intégrer ! protesta un directeur.

Elle ne se laissa pas démonter et le fixa de ses grands yeux.

— Au contraire, nous les aiderons à s'adapter chez nous. Des femmes polonaises travaillent déjà dans le textile tout près d'ici. Elles viendront participer aux fêtes et suivre la messe chaque dimanche. Nous ferons venir un prêtre polonais, parlant le français. Celui-ci entrera en relation avec les curés des différents villages. Ainsi les mineurs feront-ils des connaissances. Nous aurons des mariages, entre Polonais bien sûr, mais aussi avec des Alsaciennes. Les mineurs gagnent bien leur vie. On ne peut pas en dire autant des paysans et des viticulteurs.

Le regard de Blanche parcourut les visages des hommes, tous attentifs, certains approuvant d'un hochement de tête.

— Je propose de faire appel à la main-d'œuvre polonaise, ajouta-t-elle. Je tiens à votre disposition un document qui rassemble tous les éléments que je viens de vous exposer. Il me semble préférable d'adresser une demande groupée, une fois que chaque mine aura évalué le nombre de travailleurs qu'elle estime nécessaire et qu'elle peut loger.

— Merci, mademoiselle Mosmann, conclut

monsieur de Retz. L'immigration polonaise semble en effet une bonne solution. Je vous suggère d'y réfléchir, et de vous adresser ensuite à mademoiselle Mosmann, qui entreprendra les démarches nécessaires.

Tout le monde se leva, l'ordre du jour étant épuisé. Quelques hommes s'empressèrent de féliciter Blanche, même parmi ceux qui la regardaient avec une condescendance ironique au début de la réunion. On lui trouva soudain quelques qualités, à l'Alsacienne inculte, la fille de mineur, une certaine intelligence, peut-être même du charme.

Son patron, ravi, savourait le spectacle qui justifiait son choix atypique. L'ingénieur parisien, Blaise Lecaroux, n'avait pas eu besoin de cette démonstration pour être conquis. Mais pas plus ce jour-là que les autres elle ne lui accorda la moindre attention, souriante et distante comme d'habitude.

Pierre de Retz s'approcha à son tour et les autres personnes s'éloignèrent, juste de quoi entendre quand même ce que dirait le grand patron.

— On m'avait parlé de vous, mademoiselle Mosmann. Je constate que les éloges étaient mérités. Vous avez votre place aux Mines de potasse d'Alsace.

Lucien Mosmann pédala en direction de Wittelsheim, son village d'origine, avec l'impression de remonter le temps, laissant derrière lui la cité Amélie. A chaque tour de roue, il lui sembla gagner quelques jours, une poignée de semaines, indifférent aux couleurs chatoyantes que l'automne déployait dans les jardins. Les premières collines vosgiennes, marbrées de jaune et de rouille, étaient auréolées d'une douce lumière dorée.

Aujourd'hui, ce n'était pas le mauvais temps qui le

chassait de son jardin mais le mois d'octobre, porteur d'un horrible anniversaire. Parfois, il voulait se persuader que rien de tout cela n'était arrivé, que les jeux n'étaient pas faits. Il suffirait de changer un infime détail pour que le mécanisme infernal s'enraye et épargne Roger. Immanquablement, la réalité le rattrapait avec brutalité. Ces jours-là, Lucien avait pris l'habitude de se réfugier dans un café de Wittelsheim. Il s'installait seul dans un coin de la salle, devant une unique chope de bière. Parfois il écoutait d'une oreille distraite les conversations des villageois, sans y prendre part.

Pour une fois, le thème de la discussion retint un moment son attention. Il était question des quatre types de cartes d'identité auxquels les habitants de l'Alsace pouvaient prétendre. Les cartes « A », barrées de tricolore, étaient réservées aux Alsaciens qui auraient été français sans la guerre de 1870 et ses conséquences. C'était son cas et celui de sa famille. Ils étaient de plein droit réintégrés dans la nationalité française.

Les cartes « B », barrées de deux traits rouges, étaient attribuées aux personnes dont un membre de la famille était d'origine étrangère, c'est-à-dire ni alsacienne-lorraine ni française. Les cartes « C », barrées de deux traits bleus, revenaient aux Alsaciens dont les deux branches familiales provenaient de pays alliés à la France ou restés neutres pendant le conflit de 1914-1918. Les cartes « D » signalaient les « étrangers des pays ennemis », en l'occurrence les Allemands, Autrichiens et habitants des « anciens empires centraux », ainsi que leurs enfants, même s'ils étaient nés en Alsace-Lorraine après 1871. Les discussions houleuses critiquaient ces discriminations : bien des familles avaient oublié un grand-père venu de l'autre côté du Rhin.

Lucien avait déjà décroché pour sombrer dans ses pensées morbides, où il ressassait son chagrin, sans jamais remettre en cause sa propre attitude envers son fils. Il tirait de sa poche la dernière lettre de Roger, à présent déchirée aux pliures, lorsqu'il crut entendre son nom.

— Lucien Mosmann ? C'est lui, là-bas.

Un étranger avança vers le fond de la salle enfumée, un homme de son âge, accompagné d'une petite femme rondelette. Lucien fronça les sourcils. Que lui voulaient ces gens ? Il n'avait pas envie de faire la causette à qui que ce soit. S'il se réfugiait ici, c'était pour qu'on lui fiche la paix.

L'homme s'arrêta devant lui, le dévisageant attentivement. Sous l'intensité de ce regard, Lucien se troubla. Le physique de l'inconnu lui évoquait quelque chose, ou quelqu'un, mais il n'arrivait pas à identifier quoi, ou qui.

— Je m'appelle Mosmann également, se présenta l'homme en français. Victor Mosmann. Et voici mon épouse Simone.

L'accent parfait du nouvel arrivant trahissait le Français de l'Intérieur. Heureusement, Blanche avait insisté pour que toute la famille pratique la nouvelle langue officielle.

— L'un de mes oncles est parti en 1871, se souvint Lucien. Il a opté pour la France. Nous n'avons plus jamais eu de ses nouvelles depuis. L'oncle Ferdinand.

Le visage de Victor Mosmann s'éclaira.

— C'était mon père.

Après un moment de stupéfaction, Lucien salua les visiteurs et les invita à prendre place à sa table. Comme la conversation se déroulait en français, les consommateurs reprirent en alsacien leurs discours concernant les papiers d'identité. Les cousins firent connaissance autour d'un pichet de vin blanc.

— Je voulais découvrir la patrie de mes ancêtres et la faire visiter à mon épouse Simone, expliqua Victor. Nous sommes tous les deux à la retraite, et malheureusement, nous ne savons plus comment occuper notre temps à présent.

Les yeux de Simone s'embuèrent. Lucien crut comprendre et son propre chagrin lui remonta à la gorge.

— J'ai perdu un fils, mon aîné, annonça-t-il d'une voix enrouée. Au Chemin des Dames.

La stupéfaction se peignit sur les visages qui lui faisaient face.

— Nous aussi. Le 23 octobre 1917, finit par avouer Victor Mosmann en chevrotant.

— Le 23 octobre…

Lucien ne put aller plus loin. Le 23 octobre 1917. Cette date maudite qui tournait dans sa tête, qui nuit et jour dansait une sarabande infernale, au point de le rendre fou. Se pourrait-il qu'en face, dans l'autre camp, Roger ait trouvé un autre Mosmann ? Qu'il ait tiré sur lui, ou que l'autre ait déchargé son fusil sur un être issu de la même chair, du même sang ? Qu'ils soient morts le même jour et, qui sait, peut-être l'un par l'autre ?

Lorsqu'il eut compris le bouleversement de Lucien et sa cause, Victor prit son cousin dans ses bras avec emportement. Ils éclatèrent en sanglots. Ils pleurèrent sur l'injustice de cette guerre fratricide, sur la douleur de ceux qui restaient, sur l'impossibilité de continuer une existence normale en apparence avec ce grand vide au milieu de la poitrine, ce trou béant qui jamais ne pourrait se refermer.

Lucien sanglotait pour la première fois, lui qui croyait

ses yeux aussi secs que son cœur. Et il en ressentit un soulagement inattendu. Victor était comme lui. Victor le comprenait. Et Simone. Mais Lydia aussi... Alors Lucien pleura sur son injustice, sur sa méchanceté envers les siens. Et les larmes amères évacuèrent le poison qui pourrissait son cœur et la vie de ses proches. Mais la douleur, il le savait, resterait là à jamais.

— Viens, Victor. Et toi aussi, Simone. Allons chez moi. Je veux vous présenter Lydia et les enfants qui nous restent. Vous êtes nos invités.

26

Tout ce que la région comptait de notables se trouvait réuni pour fêter le début de l'exploitation directe des Mines de potasse d'Alsace par l'Etat français. Amélie Zurcher regarda Blanche évoluer d'un groupe à l'autre, souriante, avec une aisance qu'elle ne lui aurait pas soupçonnée. Décidément, la gamine de Wittelsheim n'avait pas fini de l'étonner.

Antoine Friess avait quitté l'une de ses protégées pour en épouser une autre. Quelle ironie du destin ! Ce coup du sort avait blessé la jeune femme plus profondément qu'elle ne voulait le montrer. Et cela juste après le départ de Kurt Friedrich. Heureusement, Blanche n'avait pas assisté à l'expulsion de son ancien patron. Amélie n'approuvait pas la cruauté des scènes qui s'étaient déroulées ici ou là. Le chef du fond ne méritait pas autant de haine. Pour commencer, il était retourné en Saxe, dans la ferme de ses beaux-parents. Aux dernières nouvelles, il avait retrouvé un poste aux mines de potasse de Stassfurt. La vie était très difficile dans l'Allemagne d'après-guerre. Le pays, exsangue, ruiné, avait du mal à absorber toutes les populations déplacées venant de l'Est et de l'Ouest. On parlait d'un million de personnes.

Longtemps, Amélie s'était interrogée sur la nature des liens qui avaient uni Blanche et le chef du fond. A présent, elle ne doutait plus. Lorsqu'elle avait transmis les dernières informations concernant les Friedrich, en particulier la naissance imminente d'un sixième enfant, elle avait vu le regard de Blanche vaciller douloureusement. Il n'en fallait pas davantage pour la conforter dans son opinion. Il y avait bel et bien eu une relation amoureuse entre ces deux-là.

Finalement, Amélie ne regrettait pas d'avoir, un peu brutalement, mis fin au rêve impossible que la jeune femme caressait peut-être encore. Il était parti, et pour lui la vie continuait. Loin d'elle. Dommage ! Elle les aurait bien vus ensemble, ces deux-là.

Blanche avait changé d'allure, cheveux courts et jupes de même. Tout en la suivant des yeux, Amélie remarqua un étrange ballet. Dès qu'un jeune homme s'approchait du groupe qu'elle avait rejoint, elle s'éloignait pour s'arrêter un peu plus loin. Et le jeune homme, contrit, devait reprendre son courage à deux mains pour la suivre. Mais avant qu'il n'atteigne son but, elle s'était déjà esquivée, tout en ayant l'air de ne pas remarquer son manège.

Voyons, on le lui avait présenté, ce garçon. Ah ! oui, c'était l'ingénieur venu de Paris. Le personnel d'encadrement était importé de France, la France de l'Intérieur. De même que les fonctionnaires et tous ceux qui occupaient un poste d'un certain niveau. La chose n'était pas nouvelle. Les Allemands n'avaient pas agi autrement entre 1871 et 1918. Ces Français de l'Intérieur affichaient la même arrogance et se montraient volontiers condescendants avec les autochtones qui ne comprenaient pas leur langue.

Le jeune homme, qui venait de voir s'envoler la jeune

femme une fois de plus, remarqua le regard de madame Zurcher fixé sur lui. Comme elle lui adressait un sourire engageant, il vint vers elle.

— Prenez donc place à mes côtés pour me tenir compagnie un instant. Vous êtes l'ingénieur, n'est-ce pas ? Vous plaisez-vous ici, monsieur Lecaroux ?

Le nom lui était revenu juste à temps.

— Beaucoup, fit-il d'un ton peu convaincant.

— Mais ?

— L'Alsace est différente de ce que j'imaginais. Nous l'avons libérée, non ?

— La région vous plaît, mais pas ses habitants, résuma Amélie.

Le début de cette conversation lui en rappela soudain une autre, qui s'était déroulée un jour d'hiver, sur le carreau de la mine. Onze ans auparavant. L'ingénieur protesta, puis admit qu'il escomptait un autre accueil.

— Vous pensiez peut-être trouver des jeunes filles avec un grand nœud noir sur la tête.

Tout en s'amusant follement, bien qu'arborant une parfaite ingénuité de façade, elle désigna Blanche, irrésistible dans sa robe bleue à taille basse, qui adressa à sa protectrice et amie un chaleureux sourire.

— Avouez que mademoiselle Mosmann est bien plus séduisante avec sa coupe à la mode et une robe qui dévoile ses jolis mollets.

Il déglutit laborieusement en hochant la tête, et Amélie conclut qu'elle s'était assez amusée à ses dépens. Ce garçon semblait amoureux de la petite, et jouer les bonnes fées la tentait assez.

— Elle m'inspire autant d'estime que d'affection, avoua-t-elle sur le ton de la confidence. Je la connais bien. Savez-vous qu'elle s'est dévouée dans mon hôpital en tant qu'infirmière volontaire ? D'abord en me consacrant la totalité de ses dimanches, alors qu'elle travaillait à la mine toute la semaine avec le chef du fond. Puis elle m'a rejointe à temps complet. Elle a même trouvé moyen de mettre sur pied un circuit postal avec la France, en passant par la Suisse, pour que les familles coupées en deux par le déplacement de la frontière puissent communiquer à nouveau. Les hommes étaient sur le front de l'Est.

L'ingénieur commença à s'agiter sur son siège, mal à l'aise.

— Puis-je vous donner un conseil, monsieur Lecaroux ? Oubliez les grands mots comme « patrie », « devoir », « ennemis ». Ils n'ont que trop servi. Vous ne trouverez ici que des hommes meurtris par une guerre injuste.

Le jeune ingénieur sursauta. Madame Amélie Zurcher, restée francophile au point de couper les ponts avec le Reich…

— Ils ont combattu dans l'autre camp, protesta-t-il, déboussolé.

— Si vous voyez en eux des Boches, je vous conseille de repartir, assena-t-elle fermement. Au début de la guerre, ils étaient de nationalité allemande depuis quarante-trois ans. Dans quelle armée pensez-vous qu'ils ont été mobilisés ? Personne ne leur a demandé leur avis.

— J'ai demandé à l'un des porions s'il était content de redevenir français, avoua l'ingénieur Lecaroux après bien des hésitations.

— Qu'a-t-il répondu ?

— Rien, admit-il piteusement. Il a ouvert la bouche, puis il a tourné les talons sans répondre.

Amélie devina que cette anecdote n'était pas choisie au hasard.

— Monsieur Mosmann, peut-être ? hasarda-t-elle, certaine d'avance de sa réponse.

Le jeune homme hocha la tête.

— Le Reich a envoyé son fils aîné au front, expliqua-t-elle. La France le lui a tué. Que vouliez-vous qu'il vous réponde ?

— Je l'ignorais, avoua l'ingénieur, confus.

Elle le laissa mijoter un instant puis, arborant un grand sourire, lui demanda :

— Puis-je vous donner un autre conseil ?

Il n'osa pas dire non. Après cet échange, il craignait pourtant qu'elle ne fustigeât sa maladresse.

— Acceptez l'Alsace telle qu'elle est. Si une femme est blonde, mince et réservée, vous ne lui demandez pas de devenir brune, plantureuse et exubérante, n'est-ce pas ?

Deux paires d'yeux suivirent Blanche, qui riait à une plaisanterie du préfet en renversant la tête en arrière. Non, pour rien au monde il ne la voudrait différente, celle qui le fuyait depuis des mois.

— Que dois-je faire ? s'enquit-il piteusement.

— En ce qui concerne l'Alsace ? le taquina Amélie.

Il ouvrit des yeux ahuris, puis se reprit rapidement.

— Oui. La communication est difficile. Les hommes ont du mal à se mettre au français.

— La plupart d'entre eux ont quitté l'école depuis très longtemps. C'est surtout difficile pour eux. Comme d'habitude, les meilleures places sont pour les autres, ceux qui viennent d'ailleurs.

— Nous organisons des cours pour les aider à progresser.

— Des cours en français. Comment voulez-vous qu'ils en tirent profit ?

Le silence s'installa. Là-bas, du côté du buffet,

Blanche subit des compliments qu'elle accueillit avec un petit sourire ironique.

— Je ne sais pas comment me comporter. On dirait qu'elle ne veut pas comprendre.

Cette fois, il parlait bien de la jeune femme.

— Vous qui la connaissez bien… elle a peut-être perdu quelqu'un.

Amélie hocha la tête. Elle avait même perdu deux personnes qui lui étaient chères.

— Oui, on peut résumer les choses ainsi.

Il poussa un soupir à fendre l'âme. L'ingénieur semblait sincèrement peiné. Amélie en savait assez à présent.

— Monsieur Lecaroux, où en êtes-vous dans l'apprentissage de la langue allemande ?

Il avait du mal à suivre. Abasourdi, il se demanda si cette dame d'un certain âge ne perdait pas la tête.

— Pour arranger vos affaires, toutes vos affaires, je ne vois qu'une solution : faire preuve de bonne volonté. Apprenez l'allemand. Vous verrez, la communication deviendra beaucoup plus facile. Même si le résultat n'est pas parfait, tout le monde appréciera vos efforts pour vous intégrer.

Terre de brassage de cultures, l'Alsace assimilera les Français, se dit-elle. Ainsi que les Italiens et tous ceux qui poseront leurs valises ici pour un moment et ne voudront pas en repartir. Camille, la petite sœur de Blanche, était bien tombée amoureuse d'un mineur polonais, arrivé récemment. Il ne repartirait sans doute jamais. Le père Mosmann l'ignorait encore, mais il finirait bien par s'y faire. Comme il avait accepté l'enfant de son fils mort au front.

— Vous croyez ? fit le jeune ingénieur. Oui, peut-être… mais je ne sais pas où m'adresser.

Son interlocutrice coula un regard malicieux en direction de sa protégée.

— Demandez à Blanche.

Dans un élan de reconnaissance, il broya la main de madame Zurcher et se leva d'un bond.

Blanche le vit arriver avec un vif déplaisir. Elle ne voulait pas de lui et des airs de chien battu qu'il affichait en sa compagnie. Un Parisien qui ne comprenait rien à la situation et se comportait à la mine en libérateur, en conquérant ! Elle ne voulait ni de son humilité, ni de son assurance. Blanche ne réalisait pas qu'elle l'accusait de deux défauts contradictoires. En fait, elle ne voulait d'aucun homme. Deux lui avaient amplement suffi. On ne l'y reprendrait pas de sitôt. De préférence, plus jamais ! Elle n'avait pas besoin d'un homme dans sa vie. Son travail à la direction de la mine suffisait à son bonheur. Il ne lui manquait plus qu'une maison dans la cité, ce qui ne saurait tarder.

Maintenant que la guerre était bel et bien terminée, les femmes s'étaient mises au travail et elles se débrouillaient très bien. On admettait enfin leurs capacités. Elles pouvaient jouer un rôle dans la société. Dommage qu'il eût fallu perdre tant d'hommes pour en arriver là. En tout cas, l'évolution était en marche et rien ne l'arrêterait.

— Mademoiselle Mosmann, puis-je vous parler un instant ?

Elle fronça les sourcils, contrariée. Tiens, il n'arborait pas son regard penaud de petit garçon qui va se faire taper sur les doigts ou envoyer au coin. Elle lui trouva même une étincelle dans l'œil. Non, elle refusait de savoir ce qu'il lui voulait et quel prétexte il avait déniché pour l'importuner une fois de plus.

— J'ai du mal à communiquer avec les mineurs.

Elle lui coupa la parole.

— Vous voudriez sans doute qu'ils assistent aux cours du soir.

Il secoua la tête pour lui faire comprendre qu'elle faisait fausse route.

— Non, non. Je sais bien qu'ils exercent un métier très pénible et que, le soir, ils ont besoin de se reposer en famille.

Elle faillit lui demander « En quoi puis-je vous être utile ? », formule qui lui venait spontanément aux lèvres. Mais avec lui, pas question. Elle ne voulait pas lui rendre service et encore moins se montrer aimable. Elle se contenta donc de hausser les sourcils d'un air interrogateur, en une mimique qu'il trouva irrésistible. Avec ses yeux gris-bleu et son visage triangulaire encadré de cheveux dorés, elle ressemblait à un chat. Un chat prêt à feuler, à le griffer, peut-être. Elle n'était pas prête à entendre ce qu'il aurait voulu lui dire.

— Mademoiselle Mosmann, j'aimerais prendre des cours d'allemand, expliqua-t-il posément. Mais je ne sais pas à qui m'adresser.

Il aima la surprise qui en un instant dissipa la méfiance qu'elle lui avait toujours témoignée.

— Oui, l'allemand. C'est bien la forme écrite de l'alsacien ?

— Vous envisagez d'apprendre l'allemand ? s'enquit-elle, incrédule.

— Les hommes me comprendront, si je leur parle en allemand, n'est-ce pas ? Tant pis si je commets des fautes. On se moquera de moi, ce n'est pas très grave.

Tant de bonne volonté la fit fondre. Elle lui adressa un sourire attendri.

— Je crois que les hommes apprécieraient beaucoup cet effort.

Il fut heureux qu'elle le regarde enfin, lui, l'homme qui se tenait devant elle, et pas l'importun empêtré dans sa timidité qu'elle s'efforçait d'éviter jusque-là. Heureux au point de se lancer dans de folles promesses.

— Ou alors, j'apprendrai directement l'alsacien.

Elle éclata de rire en secouant sa jolie tête, ses cheveux blond foncé balayant son visage triangulaire d'un côté, puis de l'autre. Il n'avait jamais rien vu d'aussi joli que ce mouvement de pendule. Il retint avec peine l'envie d'effleurer ses joues là où les mèches dorées passaient et repassaient. De caresser sa peau doucement, tendrement, inlassablement. Et les étoiles qui pétillaient dans ses yeux gris-bleu, si seulement elles pouvaient ne jamais s'éteindre !

— Vous me croyez incapable d'apprendre l'alsacien ? fit-il, faussement vexé.

Le rire de Blanche cascada de plus belle. Que c'était bon de la voir se moquer de lui avec une telle gentillesse !

— Non, non, pas du tout. Mais commencez par l'allemand.

Elle riait tant qu'elle en hoquetait.

— D'accord, je commence par l'allemand. Mais après, je veux apprendre à parler votre langue.

Le rire s'étrangla dans sa gorge. Commençait-elle à saisir le message que lui transmettait l'ingénieur Lecaroux sans recourir aux paroles ?

Blaise, quel joli prénom ! pensa-t-elle à l'improviste. Elle rosit, et il aima cette confusion : elle laissait augurer un début de complicité entre eux.

— Ce sera long, murmura-t-elle.

Ni l'un ni l'autre ne savait de quoi elle voulait parler au juste. S'il faudrait à l'ingénieur français à la bonne volonté désarmante beaucoup de temps pour apprendre la langue et s'intégrer. Ou s'il devait faire preuve de patience pour parvenir à l'apprivoiser.

— Peu importe, assura-t-il d'une voix déterminée. J'ai tout mon temps.

Révolution russe en Creuse

(Pocket n° 4361)

Enfant abandonnée, Jeannette n'a pas été épargnée par la vie. Recueillie par un curé de Corrèze, elle a eu une jeunesse pieuse et s'est mariée, sans amour, avec un coiffeur de la Creuse. Puis la guerre est arrivée… et avec elle des troupes russes, venues en renfort en 1917. Pour tous les villageois de La Courtine, c'est la peur, mais pour Jeannette, c'est enfin le bonheur : elle rencontre Grogori Globa, un soldat russe pour lequel elle est prête à tout abandonner : travail, famille et... patrie !

Il y a toujours un Pocket à découvrir

Composé par FACOMPO
à Lisieux (Calvados)

Imprimé en Espagne par
Liberdúplex
à Sant Llorenç d'Hortons (Barcelone)
en juin 2010

POCKET – 12, avenue d'Italie – 75627 Paris Cedex 13

N° d'impression : 18924
Dépôt légal : juillet 2010
S19192/01